Carla Tommasone

CARLA TOMMASONE

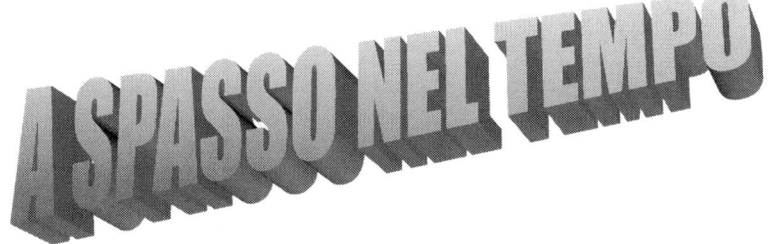

ROMANZO

Carla Tommasone

Prima Edizione Maggio 2013
E-mail Autrice carla.tommasone@hotmail.it

A tutti coloro
Che custodiscono un sogno nel cuore.

Opere pubblicate nella libreria www.lulu.com:
Il Buio della Notte
Frammenti di una Vita
Un Uomo di una Razza Superiore
Standby
Una Sposa per 6
Sotto la Sabbia del Tempo
Sole e Buio Sale e Miele
La Rivalsa del Bruco
Il Volo della Fenice
Di nuovo il sole sorgerà
Il tempo del raccolto
Il risveglio dei sensi
La verifica del cuore
Seguendo la strada del cuore
Il dettaglio celato
Qualcosa di dolce
Viaggio fino al termine del diario (Trilogia)
I voli dei sogni
Ondeggiando nel vento della vita
Il futuro in un battito di ciglia
Una fidanzata su misura
Racconti e fiabe di Natale
Il sussurro del demonio
Il bacio del Gatto
La donna del buio
Tutto quello che vorrei dirti
L'influsso di Johnson
La finestra sull'amore
Una vita a scelta
Le onde del cuore
L'eredità di Cassandra

Le suddette Opere sono presenti anche nella libreria
www.amazon.it

A SPASSO NEL TEMPO

Un castello medievale in cui soggiornare come se si vivesse in un'altra epoca, una cornice romantica e ammantata di storia che favorisce l'evolversi di un ardente amore.

Ma fuori da quelle mura è tutto diverso, reale, difficoltoso, da inseguire con affanno e determinazione.

Fuori da quel castello non è più un gioco e il ritorno alla quotidianità rischia di cancellare la magia, la realtà giornaliera smorza lo stupore e l'entusiasmo, la prevedibilità rimpiazza l'ignoto e Marco e Azzurra dovranno impegnarsi per ritrovare la magia, difenderla e perpetuarla.

Un romanzo sospeso tra realtà e fantasia, avventura e magia, passione ed erotismo.

Carla Tommasone

1

Marco contemplò la sua immagine riflessa dallo specchio e storse le labbra. "Che devo fare con te?" chiese sorridendosi. "Che diavolo devo fare?" ripeté parlando rivolto al suo volto.
Non credi sia giunta l'ora di darsi una regolata? Si domandò sfiorandosi con un polpastrello una palpebra inferiore un po' gonfia.

Cercò di considerarsi con distacco, da estraneo.

Niente male, pensò fissando i propri occhi che predominavano sul resto del viso per il loro intenso colore azzurro, esaminando il naso ben dritto e di giuste dimensioni, passando a contemplare la forma delle labbra abbastanza piacevoli, quindi spostando lo sguardo critico al mento rasposo e alla mascella. Si pose anche leggermente di profilo per osservarsi meglio, poi si tirò indietro i capelli sulla fronte e aguzzò la vista temendo di avere scorto un filo bianco. Smosse i capelli e scosse il capo. No, non c'era alcun filo bianco e anche le tempie erano ancora ben folte. Si strofinò le guance lasciando scorrere la mano sull'ispida barba in crescita.

Maledetta! Non mi dai tregua, pensò studiando l'ombra scura folta e compatta sul viso. Per un attimo considerò l'idea di non sbarbarsi.

Sì, aveva un aspetto sicuramente più virile ma sembrava anche sporco!
Gli occhi corsero all'orologio sulla mensola sotto lo specchio e trasalì.

Datti una smossa, bello, o non riuscirai a vederla questa mattina, si ammonì sfilandosi velocemente i corti calzoncini ed entrando nella cabina doccia.

Ancora Marco si pose davanti allo specchio. L'azzurro intenso della camicia che indossava accentuava in qualche modo il colore delle iridi.

Grazie nonna, pensò dedicandosi un sorriso. Dalla nonna, infatti, aveva ereditato quel colore turchese/violaceo così bello e intenso.

Dai, dai o finirai davvero per tardare questa mattina, se continui a perdere tempo nella contemplazione della tua persona, si rimproverò seccamente. *Oggi ti senti un vanesio?*

Infilò la giacca in fretta, recuperò il portafoglio il telefonino e le chiavi e si avviò all'uscio consultando l'orologio.

E' ora! Si disse accostandosi alla porta. Sbirciò attraverso l'occhiolino magico ma ebbe solo la visione deformata del pianerottolo deserto.

Dai bella mia, che cosa stai facendo?

Uno due tre ... dai Zu-zù ... non farmi tardare, per favore ... ho un dannatissimo appuntamento questa mattina ...

La serratura della porta che scorgeva attraverso l'occhiolino scattò rumorosamente. Marco sospirò di sollievo e si accinse ad aprire la sua porta. Nel farlo scrutò, fingendosi sorpreso, la ragazza che stava uscendo dall'altro appartamento. "I nostri orari coincidono sempre. Sembra incredibile," costatò disinvolto chiudendo l'uscio alle sue spalle e accostandosi all'ascensore.

La ragazza rise e fu assolutamente stupenda. Come sempre.

"Di' Marco, ma non è che per caso aspetti dietro la porta?" chiese derisoria.

Anche Marco sbottò in una calda risata e i suoi bei denti scintillarono. "Sì, certo, come se non avessi altro da fare il mattino che aspettare d'imbattermi in te," replicò ironico aprendo le porte dell'ascensore e invitando l'amica ad avanzare.

La ragazza andò avanti ed entrò nella cabina appoggiandosi contro la parete. Lo fissò con occhi attenti, scuri e vivaci. "Hai fretta questa mattina?"

"Sì, perché?"

"Ormai lo capisco quando ti vesti in fretta. Sei sempre così schifosamente impeccabile e stamattina ..." esitò e stirò le labbra in un sorrisetto divertito. "... il revers della tua giacca è rivoltato ..." continuò avanzando e tendendo le mani per sistemare il bavero della giacca. Marco trasalì per quell'improvviso, inaspettato contatto e lei lo scrutò incuriosita.

Dio, quella ragazza lo faceva impazzire!

Ora le mordo le labbra, pensò d'improvviso fissando le labbra deliziosamente piene dalla linea marcata, arrossate naturalmente come frutti maturi e senza ombra dell'odioso belletto a impiastricciarle. Lei, ringraziando il cielo, ne faceva a meno.

"Hai sussultato perché non ti aspettavi che ti sfiorassi o perché ... è il mio tocco magico che ti induce a ... vibrare?" chiese la ragazza ironica, ancora con quella luce divertita negli occhi fondi, eppure, forse proprio per quella luce così tremendamente seducente.

Marco le esaminò il viso con occhi valutativi. "Due occhi ... un naso, una bocca ..." enunciò lasciando scivolare lo sguardo su di lei. "... due braccia ... due gambe ... due belle tette ... non mi sembra che tu abbia niente di diverso dalle altre Azzurra, quindi perché dovresti ... indurmi a vibrare?" chiese infine mostrandosi quasi infastidito e attendendo con palese condiscendenza che lei lo precedesse fuori della cabina. La ragazza sorrise amabile. "Non esserne tanto sicuro Marco e se mi gira qualche volta ti dimostrerò perché potrei indurti a vibrare," rispose precedendolo nell'atrio.

Marco le fissò la schiena ben eretta coperta dai lunghi capelli castani, la vita stretta, le natiche sode evidenziate dagli aderenti calzoni eleganti, la curva morbida dei fianchi e deglutì più volte una saliva inesistente giacché la sua bocca era completamente asciutta. Dov'era finita la sua saliva?

Rise ancora, spavaldo. "Se gira a te? Dovresti prima verificare che io sia disponibile," rispose seguendola.

Azzurra si volse e lo inchiodò con uno dei suoi sguardi fulminanti, di quelli che andavano sempre a segno. "E quando è capitato che tu abbia rifiutato un invito?" chiese improvvisamente seria. "Di' Marco ma le collezioni? E conservi una lista di tutte quelle che ti porti a letto? Devi raggiungere un record o in ogni caso necessariamente un numero prestabilito?"

"Tesoro troppe domande e mancanza di tempo per le risposte. Magari domattina ti aspetterò sul pianerottolo e soddisferò la tua curiosità, va bene Azzurra?" rispose accostandosi a sfiorarle lieve la guancia con le labbra. "Ciao tesorino," aggiunse ironico e, rapido, si ritrasse, nonostante fosse stato raggiunto dal suo tenue, buon profumo che ancora avrebbe voluto inalare. Volse le spalle e si mosse.

"Ciao, passione della mia vita," rispose Azzurra con lo stesso ironico tono e rivolgendo una boccaccia al suo indirizzo.

"Attenta ... che ti mordo la lingua," l'avvertì Marco senza volgersi del tutto e allontanandosi velocemente.

Come ha fatto a vedermi? Si chiese Azzurra divertita, però poi, interdetta, scorse la propria immagine riflessa nei vetri a specchio che tappezzavano la facciata dell'ingresso del palazzo. Ecco come l'aveva veduta!

Sorrise tornando a cercare Marco con lo sguardo. Stava infilandosi nell'ingresso dei box.

Perché non andava mai fin nei box con l'ascensore e usciva sempre insieme con lei al piano terra per poi raggiungere il box dall'ingresso secondario?

Per stare ancora qualche minuto con me, si rispose mentalmente sorridendo di se stessa.

Già, come no! Lui muore per me e non fa che dimostrarmelo, pensò con amarezza.

D'impulso corse verso la rampa dei box e si fermò in attesa. Poco dopo vide sopraggiungere l'auto di Marco e si fece avanti agitando la mano. Marco frenò e aprì il finestrino sporgendo il capo. "Che c'è?"

"Dove devi andare?"

"In centro."

"Anch'io, me lo dai un passaggio?"

"Okay, monta su."

Azzurra saltellò intorno all'auto come una libellula e, sorridente, s'infilò nell'abitacolo. "Mi sono detta, giacché il mio amico mi dimostra ammirazione e simpatia, magari posso ancora gratificarlo della mia graziosa presenza," spiegò allegra richiudendo lo sportello.

"Ah! Pertanto sei tu che mi stai rendendo un favore? E come desideri che ti ringrazi?"

"Andando un po' veloce perché ... ehm ... sono fortemente in ritardo ... e il mio capo sarà già un po' infuriato," replicò Azzurra storcendo le belle labbra e attirando così lo sguardo di Marco che l'avvolse in una tenera carezza.

"Anch'io sono in ritardo perciò che ne diresti di dimenticare i nostri impegni e di andarcene da qualche parte?" chiese sommesso e Azzurra lo fissò incuriosita.

"Qualcuno deve avermi riferito che non sei un tipo molto affidabile e me ne sono sempre chiesta la ragione. Forse adesso l'ho capita," rispose.

Ancora Marco rise. "E quel qualcuno non ti ha redarguito sul fatto che sono anche molto pignolo? Quindi ora la tua evasiva risposta richiede necessariamente alcuni chiarimenti. Chi è quel qualcuno? Perché sarei inaffidabile? E la tua risposta alla mia domanda è un no? E tu non realizzi mai d'impulso ciò che ti suggerisce la mente e senza ragione una ragione apparente? Come ci si sente a essere sempre padroni delle proprie reazioni? E perché oggi non sei diretta in ufficio? E se sei perfettamente consapevole che il tuo capo sia suscettibile ai ritardi perché non ti sei anticipata stamattina? E come hai potuto ..."

"Marco frena!" gridò Azzurra e Marco schiacciò con prontezza il pedale del freno inducendo la ragazza a sbalzare dal seggiolino nonostante la cintura. "Che succede?" chiese volgendo intorno lo sguardo e girandosi verso il lunotto posteriore a esaminare chi stava ripetutamente suonando il clacson in segno di protesta per la sua brusca frenata.

Azzurra cominciò a ridere senza ritegno e Marco la fissò interdetto.

"Intendevo dire ... frena il pensiero ... e il flusso ininterrotto delle parole ..." spiegò la ragazza continuando a ridere.

Il guidatore dell'auto che li seguiva pigiò ancora una volta la mano sul clacson e Marco si volse irritato. "Ma che cacchio vuoi? Che cosa suoni? Passa di lato!" urlò indicando che c'era spazio più che sufficiente per un sorpasso e l'altro per tutta risposta riprese a premere contrariato sul clacson.

"Ma sei proprio stronzo allora!" sbottò Marco aprendo lo sportello e facendo per uscire tuttavia Azzurra fu lesta ad afferrargli il braccio e a trattenerlo. "Dove vai? Lascia stare Marco. Mi hanno anche informato che sei un attaccabrighe."

Marco s'immobilizzò e ancora la fissò. Gli occhi di Azzurra furono animati dal divertimento e guizzarono di vivacità. "Ora desideri sempre sapere chi me l'ha riferito e perché e quando e imputandolo a cosa?" chiese ironica e divertita.

Marco richiuse lo sportello e ripartì, mentre l'auto in coda lo superava strombazzando.

"Che coglione," commentò Marco osservando la macchina che si allontanava, poi tornò a volgersi verso la ragazza al suo fianco. "Esatto," rispose. "E inoltre gradirei capire se chi emette giudizi su di me sia davvero in grado di poterselo permettere e se quindi mi conosce abbastanza, e perché diavolo ha parlato con te e ..."

"Marco bloccati! Ma non l'auto per l'amor di cielo!" esclamò Azzurra ridendo ancora. "Tu non sei pignolo, sei tignoso!" concluse incrociando le braccia sul petto.

"Tignoso dici?" chiese Marco perplesso. "Un tale ti riferisce di me che sarei attaccabrighe e inaffidabile, io ti domando chi lo ha affermato e perché e quando, e divento automaticamente anche tignoso? Perfetto! Non apro più bocca allora," concluse imbronciato, sbuffando.

Azzurra lo guardò intenerita. "Dobbiamo aggiungere alla lista, anche permaloso?" chiese dolcemente.

"Mettici quello che ti pare," rispose l'uomo sbuffando nuovamente.

"E perché continui a sbuffare?"

"Perché avrei dovuto seguire il mio istinto e recarmi in un altro luogo. Temo che le persone che ci attendono avranno modo di farci a fette," replicò indicando la strada davanti a loro.

"Oh, no!" gemette Azzurra costatando che le auto che li precedevano erano completamente ferme. "Questa volta Passeri mi licenzia. Sono certa che mi licenzierà," mugolò con sofferenza.

Marco estrasse lo smartphone dalla tasca della giacca e glielo porse. "Avvertilo," suggerì.

"Grazie ma ho il mio telefono," replicò lei aprendo la borsa.

"Cazzo! Sarò anche inaffidabile o fastidioso ma non mi sconvolgo certo per una telefonata! Prendi questo cazzo di telefono e avverti chi ti aspetta!" sbottò.

"Okay," rispose Azzurra sconcertata. "Ma non ti adirare."

Marco si guardò rapidamente attorno, le scaltre pupille a saettare leste nei suoi occhi. "Però ... se devio sul marciapiede e arrivo fin là ..." mormorò a se stesso e senza pensarci ulteriormente sterzò e si catapultò sul marciapiede. Attraversò un giardinetto pubblico per una ventina di metri, quindi s'immise nell'altro senso di marcia più scorrevole. "Proviamo da questa parte," dichiarò volgendosi a osservare Azzurra e la scoprì con le mani artigliate al seggiolino. "Ti sei spaventata?" chiese.

"Tu sei matto!" rispose Azzurra consultando l'orologio. "Sto con te da quindici minuti durante i quali ti ho veduto rilassato, poi, dopo avermi sottoposta a un terzo grado ti sei adirato. Quindi ti ho quasi visto aggredire un altro automobilista e a momenti investivi un cane e il suo anziano padrone in un tranquillo giardino pubblico. Santo cielo! Ha ragione Amanda che mi raccomanda di tenermi alla larga da te."

Marco sterzò bruscamente e frenò al lato della strada. Spense il motore dell'auto e si rilassò contro lo schienale inspirando ed espirando ripetutamente. Azzurra lo fissò interrogativa. "Beh? E ora che succede?"

"Chiamiamo chi ci aspetta e disdiciamo i nostri reciproci impegni, quindi andiamo a berci un caffè. Ti piace il caffè?"

"Sì ... ma ..."

"Siamo irrimediabilmente in ritardo, Azzurra," continuò Marco suadente.

La ragazza annuì e digitò un numero sulla tastiera del cellulare. "Pronto? Ciao Passeri ... no ... non riesco ... sono bloccata sulla Ripamonti ... anche tu sulla Comasina ... già ... è proprio tutto fermo ... okay ... sì, direttamente in ufficio ... va bene ... ciao," chiuse la comunicazione e restituì il telefono a Marco. Anche lui sfiorò lo schermo col polpastrello per richiamare un numero noto dalla memoria.

"Simona? Sì ... è tutto bloccato sulla Ripamonti ... tarderò ... avverti tu Giovanni ... va bene ... okay ... a più tardi."

Chiuse la linea e si volse per sorridere all'amica. "Adesso ti dimostrerò che non è affatto necessario stare lontano da me perché non sono deleterio. Suppongo che le informazioni ricevute siano state un po' estremizzate unicamente perché Amanda ... è stata da me liquidata piuttosto in malo modo."

"Puoi ben dirlo!" rispose Azzurra convinta.

"Sì, io posso ben affermarlo, tu non puoi," la rimbeccò Marco.

"Hai ragione ... io so solo quello che mi ha riferito Amanda e dal suo punto di vista, l'hai allontanata davvero con scortesia."

"Okay Azzurra, accetto di essere definito inaffidabile giacché mi preoccupo principalmente di me stesso e poco degli altri e sono anche propenso ad acconsentire a essere additato come un uomo fastidioso perché se non comprendo qualcosa tormento me stesso e gli altri pur di avere un quadro chiaro e completo, e ti autorizzo a credere che sia quanto altro vuoi tuttavia, ciò che proprio non sono, è colui che si fa prendere per il culo da una donna. E' vero ... l'ho trattata peggio che male ma unicamente perché Amanda ha erroneamente creduto che tollerassi che si trombasse un altro quando non era a letto con me!"

"Ah! Questo particolare lo ha taciuto."

"Naturale. Beh, invitala a spiegarti i particolari se sei interessata. E' una storia avvincente e machiavellica," replicò Marco rimettendo in moto.

Azzurra sorrise. "Sai che ti dico? Non me ne importa proprio niente e poi ho il sospetto che Amanda mi abbia parlato tanto male di te unicamente perché io ti detestassi."

"E perché avresti dovuto detestarmi? Ci conosciamo a malapena."

"Lei fa terra bruciata attorno a te. E' molto gelosa perché ... ecco ... non considera definitivamente chiuso il vostro rapporto."

"Allora è proprio scema!"

"Lei ti ama, Marco."

"Grazie tante, eppure io non mi fido di chi sostiene di amarmi e ha la freddezza di scoparsi un esercito senza il minimo senso di colpa o evitando di provare il più lieve, evanescente dubbio che forse ... non dovrebbe. Cazzo, ma dobbiamo proprio parlare di Amanda?"

"No, certo."

Marco inspirò di nuovo profondamente. "Raccontami di te Azzurra. Che mi racconti del tuo uomo? Anche tu pensi di amarlo divertendoti con altri se capita?"

Azzurra rise. "Mi diverto con tanti proprio perché non ho un compagno e non ho intenzione di averlo."

"Perché?"

"Al momento voglio spaziare e poi devo realizzarmi nel lavoro. Non ho tempo da dedicare a un rapporto serio e duraturo."

"Sei la donna che fa per me, allora."

"Mi era parso di capire che tu fossi per i rapporti ... profondi."

"No Azzurra, tuttavia anche se ritengo non impegnativo il legame che mi unisce momentaneamente a una donna, ciò non implica che il rapporto o le spedizioni a letto siano estese a chiunque voglia prendervi parte!"

"Pertanto ti diverti e non desideri un legame saldo, però pretendi la fedeltà. Non è un po' contraddittorio?"

"No, è solo una questione di serietà e di prudenza. Ti informo a priori che non miro a consumare una relazione che duri per l'eternità tuttavia finché prosegue per il piacere di entrambi coinvolgerà solo noi due e nessun altro. A me sembra pulito e corretto."

"Okay," rispose Azzurra disinvolta. "Allora, nel caso decidessimo di provarci ... posso essere sicura che se fai coppia con me, non esci con le altre nonostante la lunga lista d'attesa."

"In linea di massima è così, anche se la parola 'uscire' resta piuttosto vaga. Io mi riferisco al sesso," precisò Marco.

Azzurra annuì. "E così ... giusto per amore di curiosità ... generalmente, quanto durano ... questi tuoi rapporti piacevoli e senza senso ma farciti di sesso?"

Marco sorrise. "Solitamente un paio di settimane ma qualche volta anche alcuni mesi. Con Rita ad esempio, è durata oltre otto mesi," replicò Marco soddisfatto e tronfio, come se la durata di quel rapporto avesse rappresentato un legame lunghissimo per i suoi standard.

Azzurra sgranò gli occhi. "Così tanto?" chiese falsamente incredula, l'ironia a malapena trattenuta.

"Sì, infatti verso la fine era diventato un rapporto assai piatto e noioso."

La ragazza lo osservò. Gli contemplò gli occhi blu splendenti e fondi incorniciati da ciglia sfacciatamente lunghe che di certo ogni donna invidiava, il naso dritto e sottile, le labbra morbide armoniose e volitive, il capo ricoperto di morbidi capelli scuri e il suo cuore palpitò rapido.

Ma che speranze ho con te? Si chiese afflitta.

"E quello è stato il record di lunga durata?" chiese ancora.

Marco sorrise di nuovo parcheggiando l'auto. "Sì e ritengo a questo punto che se mai un giorno riuscirò a superare i nove o i dieci mesi insieme con qualcuna senza annoiarmi ... beh, significherà che quella è la donna giusta per me. Ma ormai dispero che esista," terminò volgendosi a guardarla. I suoi denti erano bianchi e perfetti e il suo accattivante sorriso lo rese ancora più affascinante. Azzurra avvertì la testa girarle, mentre lui le piantava in viso gli occhi e la studiava con attenzione spropositata. "Chissà quanto potrebbe durare con te?" chiese sommesso fissandole con intensità le labbra.

Azzurra rise disinvolta volgendosi ad aprire lo sportello. "Peccato che non abbia il tempo di verificarlo," rispose uscendo dall'auto e guardandosi attorno. Marco aveva posteggiato dinanzi al cancello di un club privato. "Non avevi un luogo più banale ove condurmi a bere un caffè?" chiese.

Marco assunse un'espressione indignata. "Il primo caffè bevuto insieme con me non si scorda mai," rispose.

"Ah! Pertanto le conduci tutte qui al primo caffè? E il secondo dove? Nella tua stanza da letto?"

Marco non replicò e si accostò a stringerle la mano. "Vieni, Azzurra," la invitò varcando il cancello. Il parco immenso si aprì immediatamente davanti ai loro occhi. Il vento caldo scivolava tra le alte fronde inducendole a fluttuare con sommessi mormorii e lievi fruscii.

Marco si fece ancora più vicino alla ragazza e le circondò le spalle con un braccio. "Quando mi sento stressato mi basta varcare quel cancello perché subentri immediatamente la serenità in me. E' incredibile l'effetto che il verde produce su di me," spiegò alzando il capo a esaminare il fogliame degli alberi secolari che frusciava sopra le loro teste. "E ascolta gli uccellini ... ma che chiacchieroni," considerò abbozzando un dolce sorriso.

Azzurra si sentì sopraffare da una tenerezza sconosciuta. Cielo, sarebbe stato oltremodo difficile riuscire a non soccombere a quell'uomo bellissimo e assai complicato che adesso le mostrava una parte sconosciuta della sua natura, quella più tenera ingenua e magica.

"Che cosa credi che si stiano dicendo?" chiese.

"Ciao ci sei ... sì io sono qui ... e ci sono anch'io e sono felice di esserci ... c'è il sole, è una magnifica giornata ... è caldo il sole sulle piume ... e Nerino c'è? ... Sì, sono quaggiù e seguo la corrente ... è talmente meraviglioso lasciarsi condurre dalle correnti, è questa la libertà ... allora, fatemi sentire che ci siete tutti ... sì, io lo comunico con un acuto ... ed io con un basso ... cip, cip, cip cip."

Azzurra rise. "Per cui con il loro incessante cinguettio offrono la testimonianza della loro presenza?" chiese ancora.

"Sì, e della gioia che provano solo perché esistono e sono parte integrante della natura," rispose Marco fermandosi al centro del vialetto con il capo alzato. Azzurra indirizzò lo sguardo dove guardava lui. "E' un nido?" chiese a un tratto avvistando quello che aveva attratto lo sguardo di Marco. "Cielo ... guarda come oscilla ... cadrà!"

Marco mosse un passo e si pose davanti a lei. Le osservò il viso sollevato verso il cielo e si chinò a carezzarle lieve le labbra con le proprie, poi spinse anche la lingua a massaggiarle dolcemente godendo della loro turgida cedevolezza e fu impossibile per Azzurra non schiudere le labbra per accoglierlo nella sua bocca. E lui le portò in dono dolcissime meraviglie con cui la subissò, mentre la sua lingua tenera e laboriosa la carezzava e la blandiva senza sosta per pochi incandescenti, accecanti secondi. Ad Azzurra vorticò la testa ma poi Marco si ritrasse e riprese il cammino. Lei rise disinvolta. "E tu? E' così che esprimi la tua presenza?"

"Certo, non è un sistema incisivo?"

"Senza dubbio."

Arrivarono alla costruzione in muratura in fondo al viale e vi entrarono. Marco fu immediatamente salutato con calore da un inserviente del bar. "Buongiorno Dottore, è venuto a rilassarsi in paradiso?" chiese il ragazzo sorridendo cordiale.

"Ciao Alfredo vorremmo proprio bere un caffè in tutta calma. Questa mattina il traffico sembra impazzito."

"Vada in terrazza, non c'è nessuno su."

"Grazie, aspettiamo i caffè," rispose Marco stringendo nuovamente la mano di Azzurra. La condusse all'ascensore e poco dopo furono in un'ampia terrazza soleggiata in fondo alla quale partivano tre diversi scivoli che finivano nella piscina sottostante. "Sole o ombra?" chiese indicando uno dei grossi ombrelloni variopinti che seguivano il perimetro della terrazza.

"Sole," rispose la ragazza sedendo su una sedia di plastica, fuori dalla cerchia d'ombra. Marco invece sedette sotto l'ombrellone dopo essersi sfilata la giacca e aver allentato la cravatta. "Cazzo, che caldo!" borbottò.

"Vieni spesso qui?"

"Sì, ci gioco a tennis o vado a cavallo. Sai montare? Cioè ... intendevo ... sai cavalcare?" chiese fissando la ragazza che gli sorrise. "No, tuttavia se ho un buon maestro imparo in fretta a montare ... cioè a cavalcare," replicò con una luce maliziosa negli occhi.

"Io sono un ottimo maestro."

"Non ho alcun dubbio in proposito, te lo assicuro."

Le porte automatiche dell'ascensore si aprirono e l'inserviente si fece avanti. Depose le tazzine fumanti sul tavolino lanciando un'occhiata interessata ad Azzurra. "La signorina deve essere proprio una persona speciale, vero Dottore?" chiese strizzandogli un occhio.

"Naturalmente, altrimenti non l'avrei condotta proprio nella mia oasi personale."

"Vuole che blocchi l'ascensore?"

"No Alfredo, ti ringrazio per il gentil pensiero ma purtroppo tra un po' dobbiamo andare," replicò Marco con un sospiro.

"Mi chiami se ha bisogno," rispose il ragazzo e, rivolgendo un sorriso amichevole ad Azzurra, ritornò all'ascensore.

"Bloccare l'ascensore?" chiese Azzurra perplessa.

"A volte glielo chiedo quando desidero restare solo e giacché lo ringrazio sempre con mance spropositate, lui è più che propenso a compiacermi."

Azzurra annuì. "Quindi funziona così: perché il primo caffè sia indimenticabile conduci qui le tue donne e con l'aiuto compiacente di quel ragazzo ti intrattieni da solo con loro," dedusse Azzurra volgendo intorno lo sguardo. "E dove le scopi? Sopportano il peso di due persone quei lettini di plastica? E non sono un po' scomodi?"

Marco le lanciò una strana occhiata. "Possiamo sempre accertarcene," rispose brusco.

Azzurra consultò l'orologio. "Magari la prossima volta," rispose ingollando velocemente il suo caffè. "Non vorrei deludere le tue aspettative, però io sono comunque attesa in ufficio."

Imperturbabile Marco si tese ad afferrare la giacca sulla sedia al suo fianco ed estrasse da quella il telefonino. Compose velocemente un numero.

"Necessita un taxi in Via delle Camelie ... sì esatto davanti all'ingresso del Country Club ... quanti minuti? ... Grazie," chiuse la comunicazione e fissò Azzurra con occhi freddi e impenetrabili. "Affrettati. Il viale è lungo fino all'uscita," esclamò secco.

"Okay." Azzurra si alzò e afferrò la borsa. "Grazie per il caffè era buonissimo. Ci vediamo," rispose andando rapida all'ascensore.

"Ci puoi scommettere!" rimarcò Marco attivando l'interfono posto sul tavolino davanti a lui.

"Sì?" chiese l'inserviente mentre le porte dell'ascensore si richiudevano dietro le spalle di Azzurra.

"La mia amica sta scendendo. Per favore Alfredo, accompagnala al taxi e pagale la corsa."

"Sì Dottore ... ecco la signorina, vado."

Marco sorrise abbassando la spalliera della sua poltrona e chiudendo gli occhi soddisfatto. Poteva provare a rilassarsi.

2

Marco stava allacciandosi le stringhe quando giunse nitido alle sue orecchie, lo scatto della serratura dell'appartamento di Azzurra.

"Stai già uscendo Zu-zù?" chiese balzando in piedi e afferrando la giacca corse alla porta. L'aprì e sorrise all'amica. "Ciao, tutto bene?" chiese infilandosi la giacca e richiudendo l'uscio.

"Bene grazie, e tu? Sei nuovamente di corsa stamattina?"

"Già," rispose Marco aprendo la porta dell'ascensore. Vi entrarono e come il solito Azzurra si appoggiò alla parete della cabina squadrandolo da capo a piedi.

"Che c'è?" chiese Marco lisciandosi il revers della giacca con le mani.

"E' la seconda mattina consecutiva che non costato la solita impeccabilità. Hai il ciuffo di capelli che ti ricade sulla fronte e la cravatta un po' storta. Sei anche tu umano dunque?" chiese ironica e Marco sorrise indolente. "Che cosa pretendi tesorino? Penso troppo a te," rispose accigliato.

Azzurra annuì. "Fai bene, sei più carino quando sei un po' meno impeccabile," rispose uscendo dalla cabina.

"Cazzo! Dovevo arrivare a trent'anni per scoprire di aver impostato male la mia vita. Pertanto è meglio presentarsi trasandati?" chiese alle spalle della ragazza e lei si volse ridendo. "Non ho proprio affermato questo," rispose tendendo le mani a raddrizzargli il nodo della cravatta.

"E che cosa hai detto?" chiese Marco fissandola. Le contemplò le labbra arrossate che inconsapevolmente Azzurra si mordicchiò. "Ho solo detto ... che ... che ..." esitò, scrutandolo negli occhi e Marco percepì l'attrazione vibrare ancora una volta tra loro e fu certo che la percepisse anche lei. "Cosa?" sussurrò alzando un dito a sfiorarle lo zigomo.

"Amanda sostiene che sai essere tanto dolce e gentile da ipnotizzare una donna ma anche tanto spietato da ferirla profondamente," spiegò con gli occhi piantati nei suoi.

"Perché non fai che parlare di me con Amanda?" replicò Marco.

"La vedo ... tutto il giorno ... lavoriamo nello stesso Studio ... e mi chiede di te ... e mi incuriosisci ..." balbettò lei.

"Perché?" chiese Marco spostando la mano a scostarle i capelli dal viso per fermarli dietro un orecchio.

"Vorrei capire se quello che lei afferma corrisponda alla verità," replicò Azzurra.

"Puoi scoprirlo personalmente," rispose Marco.

Con uno sforzo Azzurra si sottrasse agli occhi ipnotici dell'uomo e al loro magnetico incanto. Arretrò di un passo e rise disinvolta. "Non ... non è ... che poi mi interessi così tanto," specificò e anche Marco sorrise. "Che cosa temi?" chiese preciso e diretto.

Che tu mi spinga a soffrire, pensò Azzurra simultaneamente.

"Nulla, che cosa dovrei temere? Vai in ufficio stamattina?"

"Sì e tu?"

"Anch'io. Il mio ufficio è situato in Largo Augusto."

"Posso percorrere una strada alternativa e passarci davanti se non c'è traffico. Se ti è più comodo puoi venire con me."

"Oh grazie, e se poi c'è traffico potresti comunque sempre chiamarmi un taxi perché mi accompagni. Grazie per la cortesia, però sono in grado di pagarmelo da sola un taxi," precisò la ragazza seguendolo nel box.

Marco si fermò e si tastò nelle tasche della giacca. "Se lo desideri posso chiamarlo immediatamente il taxi," rispose brusco ma Azzurra entrò nell'auto. "Non ho detto questo! Perché fraintendi sempre le mie parole?"

"No, non fraintendo ma cerco solo di leggere tra le righe. C'è sempre un messaggio sottinteso tra le righe, che lo si voglia oppure no. E se lo capisco prima che sia espresso non mi ritroverò spiazzato."

"Adesso comprendo perché è così difficile instaurare un rapporto con te o perché necessiti di rilassarti. Tu sei sempre sul piede di guerra."

Marco sorrise. "E la vita non è forse una guerra?"

"Sì, ma diavolo! Tu affronti ogni avvenimento seppur banale come se affrontassi una quotidiana battaglia."

"Solo in questo modo proteggo me stesso," rispose Marco e ancora una volta Azzurra si sentì travolgere dalla tenerezza. "Non hai per niente l'aspetto di un uomo vulnerabile, anzi ... affermerei il contrario. Che bisogno hai di proteggerti? Chi ti può scalfire?"

"Possediamo tutti i nostri talloni d'Achille ed io sono molto attento a non offrirlo al nemico. C'è sempre chi cerca di mettertelo in quel posto ma se non commetto imprudenze, è difficile che mi becchino con le brache calate."

"Come sei amaro ... e prevenuto. Dovrò stare attenta a misurare le parole con te."

Marco rise. "Di conseguenza prevedi ulteriori sviluppi?"

Anche Azzurra rise. "Sì se continueremo a uscire da casa alla medesima ora e tu sarai ancora così gentile da accompagnarmi fino allo Studio. Ferma qui per favore, non voglio che Amanda possa vedermi e morire di gelosia."

Marco obbedì. "Buona giornata tesoruccio," la salutò divertito.

"Anche a te, passione della mia vita," replicò Azzurra sardonica. Poi corse via e attraversò la piazza in un turbinio di gonnelline svolazzanti che costrinse i colombi intenti ad abbeverarsi in una pozza d'acqua a svolazzare caoticamente spaventati dal suo irruente passaggio.

Azzurra rise correndo nella scia di un paio di colombi affannati, quindi raggiunse lo Studio ed entrò spedita. "Buongiorno a tutti."

Amanda le fu subito davanti. "Ciao Celeste."

"Mi chiamo Azzurra," la rimbeccò la ragazza.

"Oggi sembri scolorita, che ti succede?"

"In che senso?" chiese Azzurra sedendo alla sua scrivania.

"Sei svagata e hai uno guardo sognante. Stai ancora dormendo?"

"Forse, il caldo di Giugno mi fa questo effetto," replicò Azzurra somiona.

3

Marco si specchiò e si sorrise.

Quella mattina Azzurra avrebbe nuovamente riscontrato l'impeccabilità, pensò sistemandosi ancora una volta il nodo della cravatta già perfetto. Ancora lisciò i lunghi capelli corvini. Cominciava a faticare a tenerli in ordine ma non poteva assolutamente tagliarli.

Ripensò alla sua splendida Zu-zù, rivendendola mentre attraversava di corsa la piazza disturbando i colombi e costringendoli a svolazzare intorno a lei e, senza guardare, tese la mano a prendere la tazzina con il caffè. Maldestramente la scosse e la rovesciò. Il caffè si versò e gli schizzò i calzoni immacolati.

Cazzo! Cazzo! Cazzo!

Corse al guardaroba saltellando per sciogliere le stringhe delle scarpe.

Cazzo! Tarderò. E non la vedrò!

Udì, irritato, la serratura che scattava nell'altro appartamento e inveì contro se stesso mentre si sfilava i calzoni e ne indossava un altro paio. Infilò le scarpe e allacciò le stringhe e si rialzò sbuffando, quando udì il campanello della porta.

Stupito e incuriosito corse ad aprire e si ritrovò Azzurra davanti agli occhi, così bella e splendente da togliergli il fiato.

"Buongiorno Marco, tutto bene?" chiese lei esitante scrutandolo con attenzione.

"Ciao Zu... Azzurra, come mai ...?" domandò stupito.

"Ero un po' in ansia. Stranamente non sei uscito da casa contemporaneamente con me questa mattina e non sapevo che pensare," chiarì.

"Mi sono rovesciato il caffè indosso e ho dovuto cambiare i calzoni. Aspetta un attimo che prendo le chiavi ... entra," la invitò inoltrandosi nel corridoio.

Azzurra avanzò nell'ingresso guardandosi attorno. "La tana del lupo," bofonchiò. "Hai le lenzuola di seta sul letto?" s'informò.

Marco rise prendendo la giacca e le chiavi dal cassettone. Tornò sui suoi passi. "No, la seta scivola troppo," rispose. "In un attimo puoi ritrovarti in terra se rotoli più del dovuto sul letto."

"E il soffitto e le pareti della camera sono tappezzati di specchi?"

Ancora Marco sorrise raggiungendo l'amica nell'ingresso. "Stavo giusto pensando di istallarli mentre consumavo sesso fantasioso con la mia ultima compagna," rispose canzonatorio.

"Sono indispensabili gli specchi in camera. E' più erotico osservarsi da ogni prospettiva," insistette Azzurra.

"Tu possiedi esperienza diretta di specchi?" chiese Marco guidandola all'uscio.

"Sì e te li raccomando. Sia sul soffitto, sia sulle pareti laterali."

"D'accordo, avrai i tuoi specchi," rispose Marco chiudendo la porta.

Azzurra storse le labbra. "Okay, niente specchi niente fantastiche scopate," replicò ironica e poi abbozzò un sorriso. "Che scemo sei."

"Io? Sei tu che hai introdotto l'argomento," rispose Marco aprendo la porta dell'ascensore. Azzurra avanzò e si appoggiò alla parete. "Eppure ero certa che dormissi in lenzuola di lucente seta nera e che la camera fosse tappezzata di specchi," ribadì fissandolo con quella luce divertita nello sguardo che Marco adorava. Lui abbozzò una smorfia. "E' il crollo di un mito?" chiese.

Inaspettatamente Azzurra avanzò e lo baciò lieve sulle labbra. Poi si ritrasse. "No, pian piano ti scopro sempre più umano."

"Cazzo! Ti avevo dato l'impressione di essere un robot?" chiese Marco aprendo le porte della cabina.

"No, ma sicuramente quella di un uomo irraggiungibile."

"Ci tenevi a raggiungermi nella melma?" chiese Marco ironico pilotandola verso il box.

"Hai sempre nuotato nella melma?"

"Molto spesso e quello non è sicuramente un posto per te," rispose fermandosi e attivando l'apertura automatica del box con il telecomando che fungeva da portachiavi per le chiavi dell'auto.

"E qual è il posto per me? Il Country Club?" chiese Azzurra parandosi rapida davanti a lui. Marco la scrutò. Fu raggiunto dal suo profumo seducente e vibrò immediatamente di tensione.

Ti mangerei, pensò d'improvviso osservando le labbra turgide e piene e desiderando intensamente di catapultarsi su di lei ma Azzurra si sarebbe spaventata.

"Mi ci porti a fare il bagno domani?" propose la ragazza avanzando di un altro passo. Gli era indosso e lo sfiorava con il seno alto e pungolante. "Oppure hai altro da fare?" chiese umettandosi le labbra.

L'avrebbe volentieri afferrata e stretta a lui per godere del contatto con quel corpo caldo che sembrava anelare la sua stretta, e l'avrebbe baciata immergendosi in lei per penetrare a fondo nella sua bocca, ma assai dolcemente, rievocando in lei un'altra penetrazione intima e profonda, invece rimase assolutamente immobile, controllando caparbiamente la propria brama.

Devi cuocere insieme con me, a fuoco lentissimo, pensò percependo gli spasmi susseguirsi rapidi nel basso ventre, mentre sottili lingue di fuoco sembravano volergli inondare i testicoli.

"No ... non ho ancora concordato alcun impegno per domani," rispose avanzando appena e premendo il torace contro il suo seno.

Azzurra schiuse le labbra e respirò più adagio e quella bocca dischiusa fu irresistibile. Finalmente se l'addossò contro e la serrò sulla sua turgida erezione anelando il contatto caldo col suo ventre. Frenetico le cercò la lingua e la carezzò e la succhiò compiacendosi del suo dolce sapore, della sua cedevolezza, della risposta ardente e partecipativa. Poi si ritrasse respirando profondamente.

"Cazzo! Non è per nulla produttivo iniziare la giornata in questo modo," considerò scontento di se stesso e della propria vulnerabilità davanti a quella ragazza. E la risata allegra e cristallina di Azzurra fu una carezza per le sue orecchie.

"Credevo che un bacio appassionato regalato di primo mattino fosse l'augurio per una felice e proficua giornata," rispose derisoria entrando nell'auto.

"No, è solo il preludio di qualcosa che non sembri per nulla intenzionata a concedermi ma che assai abilmente hai evocato in me."

"Non vorrei sembrarti pignola, tuttavia sei tu che hai baciato me."

"Già, chissà perché," rispose Marco attivando la messa in moto.

"Stai suggerendo che ti sono venuta troppo vicino? Devo ancora stabilire qual è la distanza di sicurezza. Così va bene, mi pare," continuò stendendo una mano a carezzargli la gamba e istantaneamente Marco contrasse i muscoli della coscia.

Azzurra sorrise. "No, a quanto pare va bene solo a patto che non ti tocchi," aggiunse divertita ritirando la mano.

"Puoi toccarmi Azzurra, non ti salterò addosso per questo," la rimbeccò Marco irritato.

"E spiegami reagisci sempre così? Vai subito a fuoco con un bacio o stamattina è divampato un incendio perché sono particolarmente talentuosa quando bacio?" chiese ancora lei con ironia.

Marco accostò velocemente l'auto al marciapiede e si volse a scrutarla. "Verifichiamolo," rispose afferrandole la nuca e attirandola a sé. L'aggredì con la sua irruenza cercando famelico la sua bocca ma non appena l'ebbe invasa subentrò la dolcezza che il dolce sapore di lei gli ispirava e cominciò a carezzarle la lingua volteggiando con quella, in una danza assai seducente. Ancora il fuoco divampò in lui e si fece più vicino per serrarla contro il petto desideroso di un contatto più stretto. Il seno sodo della ragazza premette contro il suo torace e Marco fu assalito dal desiderio di toccarla, di averla nuda tra le braccia, di palparla, morderla e baciarla da capo a piedi.

Si ritrasse brusco, pienamente cosciente di essere nell'auto e ancora grugnì contrariato. Azzurra respirò profondamente, senza fiato.

"Allora? A quale conclusione sei giunto?" chiese con il volto arrossato e le labbra tumide un po' tremanti.

"Non sei niente di speciale," rispose Marco ripartendo.

"Ah!"

"Ma soltanto perché mi sembra lampante che tu voglia giocare con me," aggiunse. "Sono certo che volendo, saresti davvero in grado di indurmi la testa a volteggiare tra le nuvole."

"Ma poi girerebbe anche a me," replicò la ragazza sommessa.

Marco sorrise. "Pensaci," le suggerì con un tono incredibilmente dolce. "Considera se possa valerne la pena. Io sono qui se ne hai voglia."

"Grazie Marco per la tua magnanimità, sei davvero un uomo generoso e disponibile," replicò Azzurra ironica.

"Lo sono benché tu non ci creda. Non raccolgo tutti gli inviti che mi sono rivolti, sai?"

"Io non ti sto affatto rivolgendo un invito," precisò Azzurra.

"No, non apertamente tuttavia sai che ti attraggo e ti piace giocare con me e punzecchiarmi, e nel caso dovessi prendere in considerazioni altre opzioni, ti assicuro che ci sto."

"Non avevo alcun dubbio. Dopotutto perché non dovresti? Non sono proprio da buttare via, mi sembra," replicò Azzurra punta.

"Ti sottovaluti tesorino," rispose Marco frenando. "Eccoti a destinazione. A che ora vuoi andare al Country Club domani?"

"Alle ... dieci?"

"Va bene."

"Allora ... buona giornata," rispose Azzurra facendosi vicina. Lo fissò con il suo sguardo malizioso e pungente. "Posso renderti l'augurio per una buona e proficua giornata?"

Marco deglutì. "No, grazie ..."

Ma Azzurra era già sulle sue labbra e le lambiva assai delicatamente e poi anche la sua piccola mano fu su di lui a carezzargli il torace, a saggiare la compattezza dei muscoli, a incendiarlo con il suo tocco intraprendente e sensuale. Le dita leggere scivolarono fino all'inguine e lo sfiorarono soltanto, tuttavia fu sufficiente perché Marco si riaccendesse di passione. L'uomo si appropriò con decisione della lingua che gli carezzava le labbra e la stuzzicò con focoso ardore.

Azzurra si ritrasse senza fiato. "Vorrei giocare con te ... ma tu non me lo consenti," sussurrò con le gote arrossate e lo sguardo acceso e lucente.

"Ed io vorrei credere che tu non sortisca alcun effetto su di me ... eppure non è affatto così," rispose Marco riaccostandosi, riappropriandosi di quella bocca dolce e incendiaria. La bevve carezzandola, stringendola, accostandola a sé per quanto l'abitacolo dell'auto glielo consentisse. Spinse la mano sulle sue gambe, a insinuarsi fra quelle e Azzurra gemette piano, tremando come la fiamma di una candela sfiorata dal vento, subendo il tocco audace di quelle carezze.

"Anche tu ti accendi in fretta o sono io particolarmente abile?" sussurrò Marco baciandole il collo e la gola, spingendo la mano più in alto a lambirla con delicata insistenza. Azzurra ansimò cercando di sottrarsi ma Marco la strinse ancora a sé e, persistente, la carezzò ancora tra le gambe.

La ragazza si ritrasse con decisione. "Non sei niente di speciale ed io mi scaldo in fretta con chiunque," rispose respirando con affanno. "Tuttavia se ce la metti tutta, sono certa che saprai divertirmi se e quando lo vorrò!" concluse aprendo lo sportello e catapultandosi fuori.

Marco la guardò allontanarsi avvertendo ancora il suo dolce sapore sulla lingua, il suo profumo lieve nelle narici e la sensazione della sua pelle vellutata sotto le dita.

Cazzo! Dovrei far cuocere te e sono io che sto bruciando. Oh Zu-zù ... tu mi farai ammattire! Pensò inspirando grandi boccate d'aria per placarsi.

4

Marco avanzò sul pianerottolo e si accostò all'altra porta. Pigiò con decisione sul campanello e poco dopo una ragazzina lentigginosa aprì la porta. "Ciao Alice, che cosa fa Azzurra?" chiese riconoscendo la sorella della sua amica.

"Ciao Marco, Azzurra è al telefono con quel gran rompicoglioni del suo ragazzo. Non capisco perché non si mollino quei due, non fanno altro che litigare!"

"Ah! Be'... puoi riferirle che l'aspetto giù?"

"Va bene."

"Ciao," la salutò Marco brusco volgendosi verso la scala.

Il suo ragazzo? Azzurra non aveva mai parlato di un ragazzo. Cazzo! Gli aveva mentito? E che cosa aveva in mente di fare con lui? No, di qualsiasi cosa si fosse trattato non glielo avrebbe permesso.

Si diresse al box e montò nell'auto. Procedette con cautela sulla rampa e si trovò Azzurra davanti. Ma come poteva diventare ogni giorno più bella quella piccola strega bionda?

Frenò e Azzurra entrò nell'auto, frizzante e gioiosa.

"Buongiorno amico, com'è andata ieri la tua giornata? E la serata?" chiese volgendosi e accostandosi a baciarlo sulle labbra. "So che sei rientrato tardi perché ti ho chiamato senza trovarti."

"Avresti potuto cercarmi sul cellulare. Che cosa volevi comunicarmi?" rispose freddamente e Azzurra lo scrutò sconcertata.

"Non conosco il numero del tuo cellulare e poi non dovevo riferirti nulla d'importante," rispose con un'alzata di spalle.

"Allora hai fatto bene a non metterti in contatto perché ero impegnato con il mio direttore di produzione e non avrei gradito interruzioni."

"Brr ... che freddo!" mormorò la ragazza e quella volta fu Marco a squadrarla perplesso. "Senti freddo? Non è in funzione il condizionatore."

"No, non io, sei tu che sembri un ghiacciolo. Che cosa ti è successo?"

"Niente."

"Ci hai ripensato? Non vuoi andare al Country Club?"

Marco alzò le spalle in un gesto noncurante. "Non ho nulla da fare oggi," rispose.

"E quindi ti contenti di me? Grazie tante passione unica della mia vita," esclamò Azzurra ironica.

"Di nulla, tesoruccio. E poi voglio proprio costatare dove riesci ad arrivare con i tuoi giochetti."

"Di che cosa parli?" chiese Azzurra sgranando gli occhi e Marco rise. "Per rendere l'espressione ancora più ingenua e ignara dovresti anche aprire la bocca oltre che sgranare i tuoi begli occhioni," replicò ironico.

"No e che bisogno ho di aprire la bocca? Da attrice consumata quale sono mi basta esprimere con gli occhioni l'ingenuità. Tu poi hai così tanto intuito che comprendi al volo i miei intenti solo scrutandomi negli occhi," replicò altrettanto ironica.

"No, non uso l'intuito ma l'esperienza e tu sei solo una delle tante che vuole indurmi a credere in qualcosa," rispose Marco parcheggiando.

"Perdona la mia mancanza d'intelligenza e sii caritatevole perché io non ho né la tua esperienza, né il tuo intuito, né la tua sicurezza. Potresti essere così cortese da illustrarmi cos'è che vorrei obbligarti a credere, di grazia?"

Marco la fissò. "Nella tua buona fede," enunciò glaciale.

Ancora Azzurra sgranò gli occhi e la sua espressione fu stupita. Poi un lampo d'ironia le balenò nelle pupille fonde. "Accidenti, mi hai scoperto! Ora come farò a raggirarti? Come potrò più convincerti a scoparmi giacché ormai sei informato che mi scopo un plotone?" replicò col medesimo tono ironico. "Lo sapevo che eri troppo furbo per me."

"La tua ironia è assolutamente gratuita," replicò Marco uscendo dall'auto e spostandosi ad aprire il cofano per prendere il suo borsone. Azzurra lo imitò e gli si parò davanti. "Mi spieghi che diavolo vuoi?" chiese con occhi fiammeggianti.

"Io? Nulla mia cara, se non prestarmi al tuo gioco. Però desidero che tu capisca che io so!"

Azzurra ebbe un gesto di stizza ed emise un suono stridulo e acuto. "Che cosa diavolo sai?" sbottò.

"Che vuoi giocare," rispose Marco come se la cosa fosse ovvia e scontata.

L'espressione della ragazza fu indecifrabile, ma poi sorrise amabile. "Io intendo giocare e tu ti presti. Molto bene. Allora diamo inizio ai giochi," rispose avviluppandogli le braccia intorno al collo e aderendo su di lui. Marco rimase immobile.

Azzurra sollevò il viso porgendogli le labbra dischiuse, premendo e strusciando adagio contro il suo inguine ma Marco si ritrasse. "Mi presterò nella mia camera, non in pubblico," rispose avviandosi.

Azzurra fu tentata di volgere le spalle e andarsene però qualcosa d'incomprensibile glielo impedì e la costrinse a muoversi per raggiungere e affiancare Marco.

Forse desidero proprio che tu creda nella mia buona fede, pensò un po' smarrita seguendo l'uomo. *E desidero anche capirti, accidenti, perché devo trovare la strada che conduce al tuo cuore se non voglio impazzire!*

Lo affiancò e gli cinse la vita. "Buongiorno Marco, ricominciamo dal principio?" chiese sommessa.

"Ogni volta che vuoi tesoruccio."

"La sai una cosa, Marco? Prima desideravo baciarti, adesso ti strangolerei!"

"Perché? Il gioco non si sta evolvendo come avevi previsto?"

Azzurra si fermò davanti all'ingresso del bar. "C'è qualcosa che mi sfugge," costatò seria, fissandolo con attenzione.

Marco le sorrise e fu da mangiare. "Forse hai solo sottovalutato la mia intelligenza e il mio orgoglio," rispose e lei provò ancora l'impulso di strozzarlo. Scosse il capo ed entrò nel bar.

"Buongiorno Dottore ... buongiorno Signorina," salutò cordiale l'inserviente. "La terrazza è già affollata. Vi consiglio il giardinetto posteriore della piscina."

"Grazie Alfredo poi mi porti un caffè? Azzurra?" chiese volgendosi verso la ragazza.

"Anche per me, grazie."

Uscirono dal bar dall'ingresso che dava sulla piscina e si incamminarono lungo i vialetti alberati che la circondavano. Dopo pochi passi una bella ragazza li incrociò, sorridendo amabilmente a Marco.

"Ciao leoncino," esclamò con voce roca e sensuale.

"Ehm ... ciao Stefy, come stai?"

"Così, come vuoi che stia?"

Azzurra si fece avanti e affiancò Marco.

"Ehm ... conosci ...?"

"Azzurra," lo precedette le ragazza presentandosi di persona.

"Stefania," rispose l'altra alquanto acida e ignorandola immediatamente. "Mi chiami Marco? Devo chiederti una cosa," riprese Stefania gongolando davanti all'uomo. Gonfiò i pettorali già troppo prominenti e Azzurra pensò che le sarebbe scoppiato il seno o che sarebbe straripato dalle coppe striminzite del costume.

"Sono in partenza, Stefy, ti chiamerò al mio rientro."

"Oh ... non puoi ... dedicarmi adesso cinque minuti?"

"Diavolo! Ci consenti almeno di posare le borse da qualche parte?" intervenne Azzurra irritata.

"Ehm ... già ... magari più tardi ... va bene?" propose Marco conciliante e Stefania sorrise soddisfatta. "Ti aspetto," rispose agitando nell'aria le ciglia sicuramente posticce e muovendosi per andarsene ancheggiando assai vistosamente.

"Chissà quanto le è costato l'impianto," mormorò Azzurra.

"Che impianto?" chiese Marco riprendendo a muoversi.

"Di silicone."

Marco sorrise. "Come lo hai capito?"

"Si vede lontano un miglio," rispose e poi lo studiò perplessa. "Ma tu le riconosci le tette vere?" chiese dubbiosa.

"Qualche volta," rispose Marco raggiungendo un giardinetto racchiuso da alte siepi. "Ti piace qui?" chiese.

"Sì," rispose la ragazza posando la borsa su un tavolo. Cominciò a sbottonare il vestito spostando un lettino al sole. Sfilò l'abito, poi prese dalla borsa un telo che stese sul lettino. Si volse e si ritrovò gli occhi di Marco piantati su di lei. "Le tue sono tette vere e devono essere un vero spettacolo. Ti sgancio il costume?" chiese disinvolto indicandole il reggiseno.

"No, devo prima bagnarmi."

Marco annuì sfilandosi la t-shirt e Azzurra rimase per un attimo senza fiato.

Aveva supposto che Marco fosse dotato di una discreta muscolatura che trapelava anche attraverso gli abiti, tuttavia non si era aspettata quel bellissimo, sodo corpo da atleta che Marco aveva portato allo scoperto quasi per intero. "Anche i tuoi muscoli sono veri. Dedichi molte ore alla palestra," costatò con noncuranza sedendo sul lettino.

"Esigenze di lavoro," rispose Marco noncurante, ripiegando la t-shirt e ancora Azzurra lo scrutò. "Lavoro? Lavori ponendo in mostra il corpo?"

"Anche," rispose Marco con un sorriso conturbante, spostando al sole un altro lettino.

"Ma che lavoro fai, Marco?"

"Non lo sai?"

"No."

"Non mi hai mai veduto in televisione?" chiese Marco sedendosi.

"In televisione?"

"Già."

"No."

"Questo significa che non segui i programmi d'informazione scientifica. Spesso illustro personalmente gli usi e i costumi di popoli antichi evidenziando anche le tecniche di combattimento. Sono davvero molto pesanti da reggere le spade antiche o gli scudi."

"E' interessante. Ero informata che sei un giornalista però non avevo idea che fossi anche un attore."

Marco rise. "Mio malgrado," rispose reclinando il capo sul lettino.

"Vado a bagnarmi," lo informò Azzurra.

"Non aspetti il caffè?"

"Ah, sì ... eccolo in arrivo, infatti."

Il garzone del bar avanzò e depose il vassoio sul tavolino. Marco si rialzò e prese la tazzina che Azzurra gli porgeva. "Grazie, che cosa hai detto al tuo ragazzo?"

"Che ragazzo?" rispose Azzurra distratta bevendo il caffè.

"Non lo so, quanti ne hai?"

"Cinque," replicò lei pronta.

"E riesci a districarti tra tutti?" chiese Marco stupito.

"A fatica. E tra un po' dovrò anche farmi la plastica alla vagina. Si sta letteralmente consumando," rispose provocatoria e Marco balzò in piedi irritato. "Ma che risposte del cazzo mi dai?"

"E tu che domande del cazzo mi rivolgi?"

"Sei una stupida!"

"E tu un pazzo furioso e incomprensibile! Ma chi diavolo mi ha spinto a proporti questa uscita?"

"Forse la voglia di divertirti. Non è questo il motivo?"

"E tu questo lo chiami divertimento?" replicò Azzurra fissandolo infiammata.

"Sono dolente che le cose non si evolvano come avevi prestabilito, tuttavia questo è ciò che accade a chi pecca di presunzione."

"Marco, vai a quel paese!" replicò Azzurra decisa e gli volse le spalle per andarsene ma Marco l'afferrò e se la strinse contro il petto cercandole la bocca con prepotenza. La ragazza cercò di sottrarsi però i suoi vani tentativi si esaurirono subito. Si abbandonò vulnerabile alla bocca esigente e rabbiosa dell'uomo benché non capisse cosa motivasse la prepotenza in quel bacio sconvolgente. "Ora comincia ... a essere più divertente?" ansimò l'uomo respirando con affanno, cercandole ancora la bocca per tornare a invaderla con più calma e maggiore dolcezza ma egualmente fremente di passione. La sua mano le carezzò la curva di una natica, pigiandola contro di lui, mentre l'altra correva a un seno. Azzurra tremò e si sottrasse ormai privata del fiato. "Dio, ma chi diavolo ti capisce?" ansimò arretrando, poi si volse e si diresse alla piscina.

Azzurra nuotò a lungo aspettando che Marco la raggiungesse, però dopo un bel po', non scorgendolo, si chiese che cosa stesse facendo e il pensiero corse a Stefania. Uscì dall'acqua e tornò al giardinetto e non fu minimamente sorpresa di trovarci la ragazza, peraltro seduta sul suo lettino e sul suo telo immacolato e fresco di bucato.

"Ma che diavolo!" sbottò sgarbata. "E se hai un fungo della pelle?" chiese afferrando il telo e, tirandolo con forza, lo fece scivolare via da sotto le natiche della ragazza che la fissò interdetta e stupefatta, sballottata dalla furia con cui il telone era stato strattonato.

"Non ho alcun fungo della pelle," rispose indignata.

"E chi se ne frega! Ti ho forse invitato a sedere sul mio telo?" rispose Azzurra aggressiva.

"Qui, siediti qui," esclamò pronto Marco, invitando l'amica a sedere al suo fianco.

Stefania si alzò offesa ed esitò, guardando Azzurra che sbatacchiava furiosa il telo da mare per poi ridistenderlo sul lettino alla rovescia.

"Magari poi la tua amica vuole sedere qui e non può più farlo temendo che abbia infettato anche questo letto," replicò Stefania ironica.

Azzurra si stese al sole e chiuse gli occhi. "Io non ti ho certo invitata," rispose tranquilla, liberando il viso dai capelli.

"Okay Marco ... allora siamo d'accordo così. Ciao, mio bel leone focoso," sussurrò la ragazza presumibilmente baciando Marco e benché Azzurra avesse voglia di saltare al collo di quella sfacciata, non si mosse e mantenne gli occhi ostinatamente chiusi. Poi udì un fruscio e dei passi.

"Se n'è andata?" chiese sollevando maggiormente il viso verso il sole.

"Non si può certo affermare che tu sia stata molto cordiale."

"E chi se ne frega!"

"Non togli il reggiseno?" chiese Marco.

"Per consentirti di lustrarti gli occhi? No, contentati del silicone!" ribatté irritata e ancora mantenne gli occhi ostinatamente chiusi pur percependo gli spostamenti dell'amico e intuendo che si stesse sedendo al suo fianco.

"E perché mai dovrei contentarmi del silicone?" rispose l'uomo chinandosi a baciarle la curva di un seno. Azzurra sussultò. "Che fai?" chiese ma già Marco stava arretrando la coppa da un seno e si piegava su quello per baciarlo. Il capezzolo s'inturgidì all'istante e la bocca di Marco se ne appropriò per deliziarsene.

"Mar ... Marco ..." balbettò Azzurra incapace di respingerlo. Che magia stava operando sul suo seno, che le procurava violente ondate di spesso piacere in tutto il corpo?

"Sì?" sussurrò l'uomo roco, mordicchiando, succhiando e strofinando con la lingua l'irto e sensibile capezzolo, mentre spingeva l'altra mano a carezzarle le gambe. La pelle di quella ragazza era talmente liscia, così vellutata che attirava la mano. Azzurra sentì di divampare nel fuoco e si chiese se fossero le manovre di Marco o il sole che picchiava inesorabile su di lei. Poi si udirono allegre risate e schiamazzi oltre la siepe divisoria del giardinetto e Marco s'immobilizzò. Adagio, respirando profondamente, le ricoprì il seno. Doveva aver perso il senno.

Che cazzo aveva creduto di fare? Prenderla sotto il sole e gli occhi di tutti? Come diavolo aveva potuto dimenticare che erano in mezzo alla gente?

Fissò Azzurra negli occhi immensi, dilatati dal desiderio che aveva acceso in lei e dallo stupore.

"Sei una ragazzina davvero in gamba," ammise sfiorandole uno zigomo delicato. "Pur conoscendo il tuo gioco e con la ferma intenzione di sottrarmi, mi ritrovo a essere magnetizzato da te e a strusciarti indosso come una bavosa lumaca," continuò seguendo col dito l'ovale puro e perfetto del viso. Le sottili sopracciglia della ragazza s'incurvarono verso l'interno e la sua espressione fu perplessa e smarrita. "Sii buono e paziente con me. Illustrami ancora una volta il mio gioco," sussurrò ricambiando il suo sguardo insistente, scrutandolo in fondo agli occhi.

"Vuoi divertirti con me," rispose Marco spostando il dito alle labbra. Le carezzò, seguendone il contorno marcato.

"Che cosa ti lascia supporre che non possa essere seriamente interessata a te?" chiese Azzurra sommessa baciandogli il dito, schiudendo le labbra e spingendo la punta della lingua a carezzare dolcemente il polpastrello.

"Non puoi," sussurrò Marco chinandosi e impadronendosi della sua lingua. La succiò dolcemente, poi si ritrasse.

"Perché?" chiese Azzurra riafferrandolo e baciandolo ancora con passione. Cielo, con che languore la baciava Marco.

Di nuovo lui si ritrasse. "Lo sappiamo entrambi," replicò sorridendole sornione.

Azzurra sbuffò e sibilò di sorda rabbia. "Ti diletta costringermi a brancolare nel buio e confondermi, accendermi come un cerino e sputare assurde sentenze?" chiese infiammata perplessa e stanca.

Marco sorrise pigramente alzandosi. "Sei tenace nel fingerti ignara. Vuoi costatare se riesci a spuntarla?" chiese volgendosi e allontanandosi verso la piscina.

Quando tornò al giardinetto era ansante e bagnato. Si stese al sole ignorando la ragazza tuttavia il silenzio durò poco. Qualcuno s'inoltrò nello spiazzo e chiamò Marco. "Ciao amico, Stefy mi ha avvertito che ti avrei trovato qui."

"Ciao Manul, come va?"

"Bene, ehi bellissima, ci conosciamo?" chiese il ragazzo rivolgendosi ad Azzurra e lanciandole occhiate persistenti e interessate.

"No," intervenne Marco. "Lei non è del giro. Volevi informarmi di qualcosa?"

A fatica Manul distolse lo sguardo da Azzurra che non si era mossa, né aveva aperto gli occhi.

"Volevo solo chiederti se c'è lavoro per me," spiegò tornando a volgersi. Azzurra attirava gli sguardi.

"Forse ... tra qualche mese. Ti chiamo io, Manul."

"Sicuro? Ricordi il mio numero?"

"Certo, è annotato nell'agenda di Lorena."

"Bene, che cosa stai progettando?"

"Un servizio sull'antico Egitto."

"Grandioso! Allora aspetto che sia tu a chiamarmi."

"D'accordo Manul, ma non prima di tre mesi però. Devo portare a termine il servizio al quale sto lavorando attualmente e ci sono ancora le riprese da completare."

"Okay, allora aspetterò."

"Sì," acconsentì Marco osservando l'amico che continuava a volgere lo sguardo verso Azzurra.

"Bene ... vado ..." continuò Manul, senza muoversi.

"Sì, è il caso," convenne Marco. "... dorme," aggiunse indicando la ragazza.

"Ah! Allora, ti saluto."

"Sì, ciao."

Manul si allontanò e Azzurra si volse a osservare Marco. "Non dormivo per niente ma giacché non sono stata coinvolta o presentata, mi sono astenuta dal partecipare alla conversazione."

"Brava, continua pure, sei perfetta così," rispose Marco chiudendo gli occhi e volgendosi verso il sole.

5

Erano arrivati a casa. Marco parcheggiò e sospirò.
"Sei decisa ad andare? Non vuoi mangiare qualcosa con me?" chiese spegnendo il motore.

Azzurra agitò le mani nell'aria. "Marco soffro di mal di testa, ho preso troppo sole e francamente non ti sopporto più. Non lo so se il tuo diletto sia tormentare le ragazze e se lo fai sempre e di proposito, tuttavia ti assicuro che non a tutte piace questo tuo modo di porti ed io sono arrivata al limite!" rispose attivando l'apertura della porta ma Marco le afferrò il braccio e la trattenne. "Hai ragione Zu ... Azzurra, sono consapevole di essere stato assolutamente insopportabile, però vorrei capire quale presunzione ti spinge a mollare a casa il tuo ragazzo per venire in piscina con me, consentendoti di baciarti e stuzzicarti come se fossi disponibile a ogni mio desiderio," replicò Marco amaro. Aveva davvero creduto che lei fosse migliore.

"Marco, guardami!" ordinò la ragazza.

Marco la fissò. Cacchio se era bella!

"Io non ce l'ho il ragazzo! Di che diavolo stai parlando?"

"Sei bugiarda Azzurra," costatò l'uomo deluso.

"Diavolo ma sei proprio un testone. Non ho un ragazzo!" insistette Azzurra esasperata.

"Tua sorella, stamattina, quando sono venuto a chiamarti, mi ha informato che stavi parlando al telefono proprio con lui e che non fate che litigare. Chi cazzo è quello? Un fico secco? Un traliccio dell'alta tensione o cosa?"

Azzurra ebbe un gesto di stizza e strinse i pugni serrandoli nell'aria, però poi rilasciò le dita e parlò quietamente, imponendosi la calma.

Non doveva lasciarsi coinvolgere dalle paranoie di quell'uomo.

"Andrea ed io non facciamo che litigare proprio perché lui non è più il mio ragazzo ed io non voglio saperne di ricominciare. L'ho mollato da mesi eppure Andrea non vuole rassegnarsi e mi perseguita." Sospirò afflitta. "E tu mi hai tormentato e bersagliato tutta la mattina credendo questo? Che ti irretissi, che non fossi in buona fede, che volessi raggirarti e giocare divertendomi con te mentre lasciavo a casa il mio ragazzo? Ma sei machiavellico!" sbottò stupefatta.

"E allora perché sei qui?" la incalzò Marco.

"Perché mi interessa riuscire a capire qualcosa di quella tua testa bacata e incomprensibile," rispose irritata, ma la rabbia svanì non appena lo scrutò in viso e la successiva ammissione fu espressa in tono più dolce e sommesso. "E poi, perché ... sì, devo ammetterlo, ma tu baci veramente da sogno."

Marco sospirò, passandosi una mano nei capelli.

"Io ... proprio non posso sopportarlo ... il doppio gioco di una donna. Se una ragazza sta con me ..."

"Sto con te?" lo interruppe Azzurra, incuriosita e interessata.

"Beh ... non proprio ... non è dichiarato, però ognuno dei due è palesemente attratto dall'altro e si potrebbe ... approfondire ... non considerandolo come un impegno serio e inderogabile ... ma agendo con molta cautela e con i dovuti tempi ... si potrebbe verificare se sussistono altre affinità tra di noi oltre che un'indiscussa attrazione fisica."

"E mentre con calma e con i dovuti tempi eseguiamo questa verifica, pur senza sentirci vincolati da un impegno importante, non devo assolutamente frequentare altri uomini altrimenti scateno le tue ire e le tue paranoie. E' così?"

"Insomma ... io ti pongo una condizione. Ora sta a te valutarla e accettarla o abbandonare la partita, o anche pormi a tua volta delle condizioni. Dopotutto siamo persone ragionevoli e stiamo razionalizzando questa situazione che ci ha preso un po' la mano nostro malgrado. E poi, perché mai ritieni di non poter onorare questa mia insignificante condizione?"

"Non ho precisato che non posso onorarla, credo solo che non sia giusta l'imposizione. Se decidiamo di affrontare questa verifica senza intrusi, tu ed io da soli, facciamo che sia anche una cosa un po' seria e non solo una perdita di tempo che non debba necessariamente lasciare traccia."

Marco strinse le labbra e corrugò le sopracciglia. "E ... come ... la si rende ... seria?" chiese perplesso.

Azzurra lo fissò e la tenerezza la sommerse. "Ma tu sei mai stato innamorato?" chiese sommessa.

Sì, di te, alla follia, gli suggerì il pensiero.

"Non lo so."

"Okay, allora innanzi tutto smetti di sostenere che questo sarà un rapporto senza peso perché l'impegno lo stiamo assumendo adesso nei confronti dell'altro. Io non frequenterò altri uomini finché sarò legata a te e lo stesso farai tu."

"Va bene," acconsentì Marco. "Mi sembra ragionevole."

"Per cui ogni accordo già stabilito con la tigna, salterà," aggiunse Azzurra.

"La *tigna*?" ripeté Marco interrogativo.

"La siliconata fungosa."

La risata di Marco sbottò calda e improvvisa, rallegrandole l'animo. "D'accordo, annullerò ... ehm ... l'appuntamento con Stefania," rispose costringendosi a sedare il riso.

"Se è possibile ... vorrei poter evitare i profilattici perché in questo periodo soffro di una fastidiosa allergia al lattice. Io sono a posto ... intendo dire che non ho mai contratto infezioni o malattie. E tu?"

Marco la fissò con la bocca un po' aperta e la mascella cascante, spiazzato da quella candida ammissione di voler evitare il profilattico.

Si riprese costringendosi a un atteggiamento disinvolto. "Sì ... anch'io ... da tutta la vita non mi concedo ai rapporti sessuali privi di garanzia e sfornito di protezione adeguata, tuttavia ..."

"Perfetto, quindi manteniamo rigorosamente lontane le tigne ... e per tua informazione, assumo la pillola anticoncezionale per regolare un ciclo che non vuole proprio saperne di essere regolare. Ora ... se ci donerà piacere, cercheremo di dedicarci a vicenda quanto più tempo sia possibile e se ci gratifica e soddisfa stare insieme con l'altro ... pensiamo anche ... che possa durare ... chissà, magari più di sei mesi e che non sia per niente sottoscritto che debba finire in una bolla di sapone."

Marco storse le labbra in una smorfia contrita dimostrando il suo scetticismo. "Più di sei mesi? E' impossibile," rispose scuotendo il capo.

Azzurra si fece vicina e gli infilò una mano nei capelli. La lasciò scorrere adagio. "Perché? Che idea hai di quello che sono in grado di offrirti e che ti dispenserò in piccoli bocconi e mollichine?" chiese accostandosi ancora un po' e massaggiandogli delicatamente la nuca.

"Con la fame che mi ritrovo sarà difficile per te dispensare solo mollichine. Io pretendo il pasto completo," rispose Marco afferrandole la nuca e attirandola a sé. Ancora la baciò impetuoso, trasmettendole l'ampiezza della sua esuberante passione. E la consapevolezza che lei avesse accennato disinvoltamente alla possibile mancanza di copertura nei loro futuri, eppure a quel punto incontrovertibili rapporti sessuali, lo rese ancora più famelico ed esigente. Gesù! Subito, voleva averla subito!

Azzurra tremò e gemette piano poi gli sfuggì.

"Le mie mollichine non sono composte solo di sesso. Con quelle potrai soddisfarti finché vuoi, io mi riferisco ad altro," assicurò Azzurra, accarezzandolo sul torace ampio e forte.

Marco ansimò. Le mani di Azzurra indosso, a vagare sul suo petto, unite alla sua intrigante rassicurazione, lo accesero maggiormente.

"Potrò soddisfarmene finché voglio?" ripeté stuzzicato, sentendosi già divampare nell'impazienza dell'urgenza. "Allora cominciamo da subito ... andiamocene a casa ..." sussurrò riafferrandole il capo per baciarla con rinnovato ardore, stringendola contro di lui, infilando le mani sotto gli abiti per carezzarla fin dove riusciva, desideroso di scoprire ogni lembo di pelle di quel corpo vibrante e sconosciuto, ogni reazione di Azzurra alle proprie dita invasive e ogni sensazione procurata dalle carezze che lei avrebbe esercitato con uguale curiosità e bramosia. Si ritrovò ansante, eccitato e rigido per tanta accondiscendenza da parte della ragazza, tremante di passione sotto la mano intraprendente di lei e, al successivo tocco voluttuoso delle sue dita sull'inguine infiammato, le bloccò la mano con un gemito di pura sofferenza. Il membro gli doleva compresso nei calzoni per la congestionata, eccessiva tumescenza. Era talmente duro e gonfio che esigeva spazio per ergersi.

Deglutì, allontanandole con gentilezza le dita. "Ci riscaldiamo troppo in fretta noi due ... e sempre nell'auto. Andiamo a casa, Azzurra," propose cercando di trasmetterle la propria urgenza.

Azzurra sbatté le palpebre come se si risvegliasse da un sogno e adagio scosse il capo.

"Non posso seguirti. Mia madre mi sta spettando e si starà chiedendo dove ..."

Non aveva ancora terminato che si udì lo squillo di un telefonino.

"Eccola! Sarà sicuramente lei," annunciò con un sospiro. Si ritrasse e rovistò nella borsa al suo fianco. Attivò il telefono. "Sì ... sì ... sono a casa ... vengo su adesso ... sì, sto arrivando," confermò nell'apparecchio. Chiuse la linea e sorrise a Marco con occhi lucidi e scintillanti.

"Hai appena dichiarato che dobbiamo dedicarci più tempo possibile e te ne vai," esclamò lui deluso e frustrato.

"Quando ho concordato l'impegno con mia madre non avevo idea che ... da ora ... sto con te," rispose derisoria.

"Beh, ora lo sai. Quando ti liberi dal tuo impegno?" domandò speranzoso ma Azzurra scosse la testa con disappunto. "Temo che durerà tutto il giorno."

"Cazzo! Ed io domani partirò," si rammaricò Marco. Vedeva sfumare tutto ciò che aveva creduto di poter sorprendentemente agguantare con facilità dopo più di due anni di sogni.

"Ah! Dove vai?" chiese Azzurra.

"In Boemia. Dobbiamo trasferirci in un castello medioevale per portare a termine le riprese sulla vita quotidiana della popolazione del maniero, in un ipotetico periodo, stabilito verso la fine del millesettecento."

"Dobbiamo?"

"Tutta la troupe, per il servizio sulla ..."

All'improvviso fu illuminato dall'ispirazione. "Perché non vieni con me?" propose entusiasta della sua idea.

"Scusa?" chiese Azzurra titubante.

Lo sguardo di Marco si accese, l'entusiasmo trapelò dalla sua voce. "Sì, potresti farlo se davvero intendessi dedicarmi il tempo cui ti riferivi. Bada bene che non ti sto proponendo una vacanza. Vado laggiù per lavoro e dovrò calarmi nel mio ruolo impersonando il Signore del castello e imitarne il modello di vita relativo a un paio di secoli fa, per cui so già di dover sottostare a notevoli disagi quali la mancanza di acqua corrente o di elettricità, e di conseguenza niente computer o televisore o phon. E niente musica moderna o lettori mp3 iPad e iPhone e no ad automobili e scooter, e ancora niente paninoteche jeans o tacchi a spillo."

Più esponeva la situazione credendo di condurre Azzurra verso un netto rifiuto, pur non potendo impedirsi la massima sincerità, maggiormente calava nella disperazione per cui fu assolutamente sorpreso dalla cauta domanda di lei. "Per quanto tempo?"

La fissò speranzoso. "Almeno una settimana. Te la senti di farlo con me?" chiese eccitato, percependo aumentare la speranza dentro di sé mentre osservava il bel viso di Azzurra e osservando le espressioni che vi si avvicendavano fintanto che ci pensava e sul quale la curiosità e l'interesse stavano manifestandosi con sempre più incisività. Intuì di dover proseguire nel suo intento perché lei si decidesse in fretta. "Il ruolo della Signora del castello è ancora scoperto," continuò contrariato. "Dovrò pur assegnarlo a qualcuna ed ero quasi rassegnato a offrirlo a Stefania benché non gradissi la sua presenza attorno a me. Sarò costretto a frequentarla con assiduità durante questo periodo se sarà lei a ottenere la parte e sarò tormentato dai suoi plateali inviti," terminò con uno sospiro di scoramento.

"Stefania? Perché proprio la tigna siliconata?"

"Perché lavora anche lei nella produzione e non ti nascondo che sta premendo non poco dato che desidera assolutamente che le assegni quel ruolo. Vuoi pensarci? Hai tempo fino a domani alle dieci, poi partirò."

"Okay, ci ho pensato, che devo portare?"

Marco rimase per un attimo senza parole. Aveva sperato intensamente che lei accettasse, eppure aveva creduto di doverla convincere e stava già elaborando altre argomentazioni che potessero indurla al consenso e come sempre lei lo spiazzava.

Forse che proprio Stefania, la tigna siliconata, come la definiva Azzurra, era stata lo stimolo giusto?

Sorrise felice e un po' incredulo e fu incantevole.

"Niente, troveremo sul posto tutto quello che ci servirà," replicò controllandosi, per non mostrare tutta la sua ampia soddisfazione.

"Niente, proprio niente? Non posso portarmi qualche oggettino insignificante per piccoli, innocui bluff?"

"Ad esempio?"

"Un piccolo phon."

"No, tesoruccio. Asciugherai i capelli davanti al fuoco del camino ed io ti aiuterò."

"Fuoco del camino? Con questo caldo?"

"Le mura del castello di Kenz sono molto spesse e non godrai di tanto caldo, là dentro."

"Bene, sarà più piacevole stringersi a te," realizzò Azzurra lanciandogli un'occhiata maliziosa. "A che ora ci vediamo mio Signore?"

"Alle dieci," rispose Marco, lo sguardo rallegrato dall'entusiasmo che lo pervadeva e che faticava a contenere ma non voleva che lei pensasse che aspettava solo quell'occasione per portarla a letto. In ogni modo, l'attesa fino al giorno successivo sarebbe stata la più tormentosa e piacevole della sua vita perché ora era sicuro che la tanto inaccostabile quanto desiderabile incantevole Azzurra, sarebbe stata finalmente sua. Che diavolo di fortuna aveva avuto quel giorno; era da segnare in rosso sul calendario.

"D'accordo allora," acconsentì la ragazza disinvolta, accostandosi a baciarlo lieve sulle labbra.

Marco si ritrasse. "Va' o tua madre dovrà attendere ancora per un bel po'," la redarguì.

Azzurra rise strizzandogli un occhio. "Mi sono sempre chiesta come sarebbe stato vivere in una fiaba," mormorò gioiosa uscendo dall'auto.

6

Marco pose il bagaglio di Azzurra nel vano portapacchi dell'auto poi si portò alla guida mentre Azzurra raggiungeva il sedile del passeggero. Mise in moto e partì.

"Dove andiamo esattamente? Ed io cosa dovrò fare? Sarò ripresa? Quanto tempo staremo via? E saremo sempre immersi nei nostri ruoli? Sono così eccitata Marco, non ho fatto che pensarci per tutta la notte. Vuoi rispondermi per favore e chiarire i miei dubbi?"

Marco sorrise per tanta esuberanza. "Tesoruccio come posso farlo se non interponi pause tra una domanda e l'altra, per lasciarmi inserire con uno straccio di risposta? Che cosa hai riferito ai tuoi?"

"Nulla se non che partivo con alcuni amici per una vacanza-lavoro. Del resto è tutto ciò che so. E se tu ti decidessi infine, a rivelarmi qualcosa di più ..."

"Come sei impaziente! Tranquillizzati e ascoltami; allora, stiamo andando a Ohrada nella Boemia meridionale. La Boemia è una terra verde e fertile che pullula di castelli, soprattutto sulle colline nella parte occidentale ma non ci hanno concesso il permesso per le riprese all'interno di quei manieri la maggior parte dei quali sono monumenti storici, pertanto abbiamo dovuto ripiegare sul piccolo castello di Kenz ove soggiorneremo. E' di epoca medioevale, tuttavia noi ci vivremo per qualche giorno come se fossimo ancora nel diciottesimo secolo, per consentire delle riprese che mostrino quanto più fedelmente possibile la vita in quel particolare luogo e in quel determinato tempo.

Il lungometraggio che realizzeremo e che sarà trasmesso a novembre in televisione, è il primo di una serie di dodici film che dovrò attuare e nei quali considererò a mia discrezione, alcune delle epoche più spettacolari e interessanti per le loro caratteristiche storiche. Dalla buona riuscita di questo primo lavoro dipenderanno quelli successivi, quindi, ci dovremo impegnare per svolgere al meglio i nostri ruoli."

"Ma io non so cosa devo fare. Non ho mai recitato, neanche nelle rappresentazioni scolastiche," obiettò Azzurra preoccupata.

"E non lo farai neanche ora. Dovrai svolgere le mansioni che ti saranno suggerite il più normalmente possibile, come se tutto ciò di cui ti ritroverai circondata sia reale. E sarà reale perché noi vivremo per un breve e intenso periodo in quel contesto. Devi solo immedesimarti nel luogo e nell'epoca presa in considerazione e non pensare al fatto che intorno a te ci sono videocamere in funzione ventiquattro ore su ventiquattro. Ma vedrai che sarà più facile di quello che sembra."

"Un po' come quei film in cui i protagonisti credono di vivere la loro vita ma in realtà fanno solo parte di un copione e recitano a loro insaputa. E se dovessi soffrire di diarrea?"

Marco rise di gusto. "Ci sono limitate zone del castello in cui non sono istallate le telecamere e comunque è sempre segnalato quando si è ripresi e questo per garantire un minimo di privacy. Poi non è d'interesse del pubblico televisivo assistere ad abluzioni giornaliere o a svuotamenti degli intestini qualsiasi epoca si prenda in considerazione," replicò ironico.

"Già," convenne Azzurra sollevata. "Tutto sommato il metodo è sempre lo stesso. Quanto impiegheremo ad arrivare sul posto?"

"Mettiti comoda piccola, che il viaggio è lungo."

"Com'è bello!" proruppe Azzurra fissando incantata il castello che si ergeva possente davanti ai suoi occhi circondato da un cielo venato di sfumature rosa.

"Sì è davvero splendido e così magnificamente conservato. Bene, sei pronta, tesoruccio? Guarda che ti separeranno immediatamente da quel bel borsone rigonfio e capiente che ti sei portata dietro," l'avvertì Marco con un ghigno.

"Non si può mai sapere. Se proprio dovessi dare di matto privata di ogni tecnologia ho la sicurezza di poter rimediare," spiegò Azzurra aprendo le braccia.

"Non accadrà e sono certo che ci adatteremo in fretta e lo sopporteremo di buon grado giacché sappiamo che sarà solo per pochi giorni. In ogni modo rammentati sempre che in tutte le sale comuni del castello saremo ripresi senza preavviso e che solo ..." deglutì tremando inconsapevolmente. "... solo ... nell'intimità delle camere, questo non avverrà," concluse conscio dello stuzzicante formicolio che percepiva alla base della nuca. O era nel basso ventre?

"Bene," sussurrò Azzurra con la voce più roca e gli occhi fondi e lucenti, e ancora Marco fu percorso da un fremito di emozione. Anche lui ci aveva pensato per gran parte della notte nonostante avesse dovuto concentrarsi sul lavoro che lo attendeva. "Non vedo ... non vedo l'ora ... che faccia buio," replicò sommesso, parcheggiando l'auto fuori delle mura del castello tra le altre auto e i furgoni in sosta. "Adesso dobbiamo dimenticarci dell'auto," aggiunse uscendo dal veicolo, imponendosi di non indugiare oltre in quei pensieri conturbanti che gli avevano impedito di dormire per quasi tutta la notte. "Dovrò insegnarti subito a cavalcare," proseguì disinvolto, pilotandola verso il ponte levatoio.

"Il borsone!" esclamò Azzurra.

"E' inutile, non te lo lasceranno tenere."

"Chi?"

"Quelli della produzione, su mio suggerimento. Loro sono qui già da qualche giorno e hanno organizzato ogni cosa perché la nostra vita si avvii come deve, appena avremo oltrepassato questo ponte."

E a conferma delle sue parole un uomo e una donna che parevano usciti direttamente da un libro di storia si fecero loro incontro.

La ragazza indossava uno splendido abito verde con le maniche a sbuffo, la gonna vaporosa e lo scollo guarnito di pizzo. L'uomo invece aveva un abito più elaborato, composto di calzoni al ginocchio, la camicia con i pizzi ai polsi, la casacca stretta in vita e il frac con il colletto diritto. Aveva anche la parrucca ed era assolutamente affascinante.

"Ciao Marco sei in perfetto orario. Suppongo che lei sia Azzurra," esordì l'uomo stringendo la mano di Marco e volgendosi poi verso la ragazza.

"Esatto, lui è John, lei Silvia," chiarì Marco indicando i due.

Si strinsero le mani.

"Vieni Azzurra, devi subito immedesimarti nella parte," la istruì Silvia indicandole un casotto in muratura.

"Anche tu mio Signore, seguimi," fece eco John.

"Ci vediamo, mio Signore," si affrettò a salutarlo Azzurra seguendo Silvia e volgendosi a guardare Marco che si allontanava nella direzione opposta scortato da John. Lui le sorrise e le strizzò un occhio prima di volgersi a rispondere alle domande del suo accompagnatore.

Azzurra ebbe modo, fugacemente, di costatare che la vita attiva nel castello stava avviandosi alla conclusione della giornata. Prima di entrare nella piccola costruzione che fungeva d'avamposto, aveva potuto scorgere grossi tini e diverse donne impegnate a svuotarli, rovesciandone il contenuto in terra.

"Allora Azzurra adesso entri lì e ti spogli di tutto ciò che hai indosso, orologio e orecchini compresi. Poni tutta la tua roba nel sacco rosso e lascialo dov'è. Qualcuno provvederà a recuperarlo e ti sarà restituito a fine lavoro. Se lo desideri, puoi fare la doccia ma sarà l'ultima che vedrai per giorni. Sulla sedia, nello spogliatoio, c'è quello che dovrai indossare. Qual è la taglia dei tuoi abiti?"

"Una quarantadue."

"Marco lo aveva suggerito, però vedendoti, ho creduto che fossi più minuta. Evidentemente lui ha più occhio di me," continuò Silvia con un'occhiata significativa. "Devi partire indossando i mutandoni, poi la camicia di mussola, quindi il busto e le sottogonne e infine il vestito. Chiamami quando sei al busto che magari puoi avere difficoltà a indossarlo, va bene?"

"Okay."

"Io sono qui."

Azzurra fece quello che le era stato suggerito ma quando prese a vestirsi sbuffò contrariata.

No, che c'entravano quegli spessi mutandoni? Non avrebbe dovuto indossare delicate culottes di seta?

Scartò i mutandoni e infilò le sottogonne. Chiamò Silvia mentre indossava il busto. La ragazza entrò nello spogliatoio e sorrise scorgendo i mutandoni in terra, poi si accostò ad Azzurra e cominciò a serrarle il corpetto indosso tirando i lacci, con decisi strattoni.

"Riuscirò a respirare?" chiese Azzurra già senza fiato. Silvia rise e allentò appena un po' i lacci. "Va bene ora?"

"Sì, grazie."

Il corpetto serrava la vita già minuta di Azzurra evidenziandola e le innalzava i seni sostenendoli nella parte inferiore. Silvia l'aiutò a infilare il vestito che risultò scollatissimo sui seni innalzati e gonfiati dal corpetto.

"Cielo! Non mostravano le gambe ma i seni per intero. Ho solo il capezzolo all'interno della scollatura," notò Azzurra sconcertata, cercando di tirare la scollatura più in alto per coprire i seni.

"Puoi mettere questo scialle," suggerì Silvia acconciando alla meglio l'indumento sulle spalle della ragazza.

"Sono tutti così i miei abiti?" s'informò Azzurra contrariata.

"No, e non ho idea di chi ti abbia preparato proprio questo da indossare adesso; è senza dubbio da cortigiana non già da Dama del castello. Poi me ne accerto. Intanto devo acconciarti i capelli e incipriarteli e applicarti anche qualche neo posticcio. Dove li vuoi?"

"Uno solo per favore ... di fianco alle labbra. Come farò a lavarmi questa sera?"

"In camera troverai una bacinella e una brocca per l'emergenza e poi puoi ordinare la tinozza se lo desideri."

"Certo che lo desidero!"

Silvia le sorrise. "Ora è tutto diverso," le ricordò arricciandole i capelli con un ferro arroventato.

"Sì, ma non capisco perché non ci si possa lavare."

"Per rendere il filmato che gireremo il più veritiero possibile. A quei tempi non ci si lavava tutti i giorni, Azzurra, non esistevano certo le docce. In compenso si cospargeva la pelle con oli essenziali e unguenti balsamici. Quelli almeno mitigavano un po' gli odori e rinfrescavano la pelle."

Azzurra storse la bocca disgustata. Avrebbe risolto quella faccenda in ogni caso. Non avrebbe certo rinunciato all'**acqua**.

"Sei splendida Azzurra, ti dona quest'acconciatura a boccoli e quest'abito, e il tuo décolleté non è proprio male," aggiunse Silvia contemplandola pensierosa. "Anche a quei tempi c'erano donne gay, sai?" continuò disinvolta.

"Oh!"

"E ti dirò di più, l'orgasmo era visto come un vero rimedio terapeutico contro stress e depressione. Le Signore da bene si recavano dal medico per farsi curare e molto spesso erano le infermiere a procurare il piacere alle pazienti con prolungati massaggi vaginali e clitoridei."

"No ... non lo sapevo," balbettò Azzurra imbarazzata.

"Be'... se dovesse rendersi necessario ... io sono anche infermiera."

"Oh! Non ... non credo mi servirà ... Marco ed io ... siamo intimi," precisò Azzurra brusca.

Silvia le sorrise con calore. "Allora è sicuro che non ti serviranno i miei servigi. Marco ti spolperà fino all'osso," replicò con disappunto. "Lui non lascia mai niente per nessuno. Andiamo?"

"Sì, dove?"

"Ti mostrerò una parte del castello e ti spiegherò sommariamente quali sono i tuoi compiti. Qui tutti hanno dei compiti ben stabiliti, in base al proprio ruolo."

"Marco dov'è?"

"John lo starà istruendo sulle novità," rispose Silvia tornando all'aperto. "Poi conoscerai i vostri sudditi e tutti coloro che vivono nelle mura godendo della vostra protezione, però ora è opportuno che ti faccia conoscere quelli che vivono intorno a te e dentro il castello," proseguì Silvia avanzando velocemente nella corte ormai quasi deserta. I tini che avevano veduto nel cortile all'arrivo erano stati ritirati.

Azzurra sollevò il capo a scrutare i bastioni nella debole luce del crepuscolo.

"Fai presto Azzurra, siamo quasi al buio," la sollecitò Silvia.

"Arrivo!"

Entrarono in una sala buia e umida e Azzurra rabbrividì. Silvia la guidò attraverso ampi e bui saloni fino a quello che sembrava un salone da pranzo. L'opulenza di quella stanza la lasciò senza fiato. Un grosso lampadario di bronzo cesellato contenente un'ottantina di ceri, rischiarava la sala mostrando i rivestimenti di legno e la curvatura del soffitto scolpita con delicati motivi dorati. Un altro punto di luce era il camino in cui bruciavano grossi cocci rendendo appena tiepido il vasto ambiente. Azzurra costatò, per quello che ne sapeva, un ricco arredamento classico. Il grosso tavolo di legno che occupava il centro della sala presentava dorati intarsi delicati dalle decorazioni in rilievo. Un po' ovunque erano sistemati divani alla turca, poltrone Luigi XV con schienali ricurvi e preziose suppellettili d'argento o in porcellana di *Sevres* che attrassero l'attenzione della ragazza per la delicatezza delle incisioni.

"Da quella parte ci sono le scale per i piani superiori e le stanze da letto, lungo quel corridoio ci si inoltra nelle cucine. Da dove cominciamo?"

"Vada per le cucine," rispose Azzurra frastornata da tanto lusso. Be', non se la passavano poi tanto male i Signori di quel castello!

7

Azzurra sospirò di sollievo sedendo nella grossa sedia regale in fondo alla lunga tavola. La sedia al suo fianco era ancora vuota. Dopo pochi istanti udì delle voci concitate.

"Ecco la nostra amata guida," annunciò Silvia al suo fianco.

Marco avanzò nella sala in testa al gruppo e la cercò immediatamente con lo sguardo.

Il suo abito era ancora più ricco ed elegante di quello di John che lo seguiva da presso parlandogli all'orecchio, ma a differenza dell'amico, lui non indossava la parrucca. I capelli un po' lunghi sul collo erano annodati con un nastro di velluto nero. Le sorrise gioioso strizzandole un occhio.

Si fece avanti seguito dalla sua corte personale di uomini e sedette al fianco di Azzurra prendendole la mano e baciandone il dorso. "Tutto bene?" chiese con occhi vivaci e accesi.

"Benissimo e a te?"

"Sono un po' frastornato. Sei incantevole."

"Anche tu."

"Non è un po' troppo generosa quella scollatura?"

Seduta all'altro lato di Azzurra, Silvia ghignò. "Godiamocela insieme," mormorò sottovoce e Marco le lanciò un'occhiata obliqua mentre Azzurra cercava inutilmente di ricoprirsi con lo scialle che continuava a scivolarle dalle spalle incipriate.

"Che inizino le portate e concedete al quartetto per archi di entrare," enunciò John perfettamente integrato nel suo ruolo.

Cominciò ad avanzare uno stuolo imprecisato di servitori che depositò vassoi d'argento ricolmi di cibi sul lungo tavolo.

"Cielo, come riuscivano a mangiare con questi dannati busti che costringono alla piattezza assoluta?" mormorò Azzurra incredula, sedendo rigida e impettita come una degna regina.

"Se non altro la tua figura è esaltata. Che dovrei farci io invece, con tutti questi pizzi e merletti? Mi sento una checca," rispose Marco ripiegando i pizzi dei polsi con accuratezza.

Azzurra sorrise. "Anche la tua figura è esaltata da questi abiti, nonostante i ricchi merletti," replicò sorridendo ai suonatori che stavano sistemando i loro strumenti. Quelli interpretarono il suo sorriso come un consenso e cominciarono a suonare sommessamente due violini, una viola e un violoncello.

"Conosco questa melodia," disse Azzurra stupita.

"E' un brano tratto *da "Le ultime sette parole di Cristo" di Haydn,*" la informò Marco.

"*Haydn*? Credevo che il maggior compositore di quest'epoca fosse *Mozart*, o anche *Beethoven*."

"Sì, senza dubbio il più grande fu *Mozart*, però purtroppo egli non fu amato e gli fu riconosciuto del talento solo dopo la sua dipartita. Gli esecutori lo ignorarono abbastanza durante la sua breve vita, pertanto oggi ascoltiamo *Haydn*."

"Sei informato," notò Azzurra.

Marco annuì. "Ho dovuto necessariamente documentarmi. Il filmato che realizzeremo sarà poi commentato da una voce fuori campo e dovrò scrivere personalmente quel testo e non intendo certo divulgare delle inesattezze."

"Allora, vuoi conoscere i tuoi programmi per domani?" chiese John al fianco di Marco, richiamandolo ai suoi compiti.

Azzurra dedicò la sua attenzione ai suonatori e applaudì con fervore alla fine dell'esecuzione del brano. I membri del quartetto s'inchinarono a lei poi ricominciarono a suonare accompagnati da un cantante pallido e smunto, forse per la troppa cipria depostagli sul volto, la cui voce però risultò pulita e argentina.

Azzurra tirò il braccio di Marco. "E' un castrato?" chiese in un sussurro.

Marco represse una smorfia. "Spero proprio di no, per lui!"

"Ma andava di moda, vero? Per esaltare le qualità vocali."

"Sì, ma questo ragazzo impersona solo il suo ruolo."

"Però la sua voce è pulita!" insistette Azzurra scrutando incuriosita il cantante. Suo malgrado gli occhi puntarono il davanti dei calzoni aderenti e lo fissarono cercando conferme.

"Azzurra!"

"Che c'è?"

"Smetti di guardare quello che stai fissando!" ordinò Marco con un tono fermo e Azzurra ridacchiò. "C'è qualcosa là davanti," mormorò compiaciuta.

"Napoleone è a Mantova," disse John e Marco si rivolse nuovamente a lui. Azzurra non udì più. L'orchestra stava adesso eseguendo una breve serenata notturna di *Mozart* e i violini stridettero graffiando il suo animo sensibile. All'improvviso si sentì felice e compiaciuta di poter vivere quella meravigliosa esperienza. Si guardò attorno e pensò di essere parte di un sogno. Osservò la gente radunata intorno al tavolo di legno cercando di rammentare i nomi di ognuno ma erano tutte persone fuori del mondo con i loro straordinari ricchi abiti, le parrucche incipriate e i vistosi nei posticci.

Alzò il capo e fissò la volta decorata del soffitto. La luce dei ceri fluttuava magicamente creando ombre scure negli angoli lontani del vasto salone.

Si sentì ricca, calata in quell'imponente sfarzo, ascoltando quella toccante melodia, circondata da oggetti preziosi che nonostante fossero imitazioni degli originali, risplendevano comunque per la loro squisita bellezza. I nomi di *Canova*, *Bernini*, *Puget* si affollarono nella sua mente, mentre faceva scorrere lo sguardo sui busti e le sculture che abbellivano quell'incredibile salone. Poi, all'improvviso, rabbrividì di freddo. Si volse verso una servitrice ferma al lato del camino, in attesa, e quella avanzò con sollecitudine.

"Fai preparare la tinozza, per favore."

"La tinozza?" ripeté la ragazza sorpresa.

"Esatto," rispose aspra.

Non si era calata in quella parte per smettere di lavarsi.

Mangiucchiando principalmente frutta, sfiorò il braccio di Marco. "Posso andare in camera o devo osservare un cerimoniale?" chiese a bassa voce.

"Puoi andare ma congeda prima i suonatori ringraziandoli e invitandoli a sedersi alla nostra tavola."

Azzurra eseguì, poi si congedò e, scortata dalla cameriera personale, raggiunse la sua camera.

Anche quella stanza era arredata riccamente. Azzurra osservò uno splendido scrittoio a cilindro Luigi XII, della cui autenticità fu certa. Di fianco allo scrittoio studiò, incuriosita, un'ateniese a tre piedi di bronzo, col coperchio traforato e solo dopo aver riflettuto a lungo, si rese conto di essere davanti ad un autentico bruciaprofumi.

Alle pareti riconobbe riproduzioni di tele di *Caravaggio*, *Rembrandt* e *Rubens*.

Su di una poltroncina, con lo schienale intagliato a forma di mongolfiera che era stata evidentemente appena inventata in quell'epoca, carezzò con timore un libro apparentemente antico.

"*I dolori del giovane Werther*" di *Goethe*.

Anche quello doveva essere stato scritto e pubblicato da poco.

La cameriera picchiò all'uscio e poco dopo entrò con due servitori che rovesciarono capienti secchi d'acqua fumante nella tinozza precedentemente installata davanti al camino. Quando uscirono Azzurra cominciò a liberarsi dei pesanti abiti e con un sospiro di sollievo infine, s'immerse nell'acqua della tinozza. Cominciò a strofinarsi il corpo con una tavoletta di sapone molto profumata, poi rimase tranquilla, in attesa.

Quando la porta comunicante con la camera di Marco si aprì, il cuore mancò un battito.

"Posso aiutarti?" chiese lui con voce roca e sommessa avanzando lentamente. Il momento tanto agognato era infine giunto, tuttavia Marco non voleva affrettarlo più del dovuto.

"Sì," rispose Azzurra alzandosi. "Mi porgi il telo?" chiese uscendo dalla tinozza.

Marco le pose la spugna sulle spalle e cominciò a strofinarla adagio, stringendola a sé. "Come stai?" le sussurrò nei capelli, la voce talmente roca che stentò a riconoscersi.

"Bene."

"Sei sicura? E' tutto a posto?" chiese ancora liberando delicatamente i capelli dalla rete in cui lei li aveva racchiusi perché non si bagnassero.

"Sì Marco e questa camera ... e quel camino ... e quell'enorme letto a baldacchino ricoperto di pellicce ... emanano un fascino davvero particolare."

"E del mio pigiamone di lana grezza che ne pensi?" chiese Marco con una smorfia.

"E' meglio se te ne liberi. Ci sono tante pellicce con cui ricoprirci," bisbigliò cominciando a slacciargli i lacci che chiudevano i calzoni.

Marco l'aiutò e li sfilò, poi la fissò. Anche Azzurra si era liberata del telo e alla fioca luce del camino e delle candele, gli apparve tremante e stupenda.

La sollevò sulle braccia in un gesto rapido e, respirando profondamente per placarsi, arrivò al letto. La depose con delicatezza sulle soffici pelli e la contemplò, provando per lei un desiderio così intenso da assumere connotati quasi dolorosi, eppure rimandava il momento di unirsi a lei per godere finché possibile, di quell'eccitante aspettativa.

Azzurra ansimò e si tese, bruciando al solo fuoco del suo sguardo intento. "Vieni, mio Signore," lo invitò tendendo le braccia verso di lui.

Marco avanzò e si piegò su di lei. Le baciò un seno, poi l'altro e li carezzò a lungo godendo dei fremiti di piacere che produceva in lei con le sue carezze e i suoi baci. Le labbra scivolarono più in basso, lungo le costole accendendo un percorso di fuoco sulla pelle liscia e calda che puntava dritto al cuore segreto della sua femminilità e Azzurra si sciolse e gemette carezzandogli il capo e le spalle, e poi, quasi affondandogli le unghie nella schiena, lo attirò a sé, rabbrividendo di tensione. Ritornò alle sue labbra turgide e la baciò con dolcezza mentre cominciava a farsi strada in lei, premendo piano per penetrare in lei assai lentamente. Voleva assaporare ogni istante di quella conquista per soddisfarsene appieno. Approdava infine nella terra promessa, espugnava un territorio vergine, invadeva quella donna che aveva creduto irraggiungibile e ora era in lei, finalmente la colmava e la percepiva calda e vibrante tutto attorno a sé. S'immobilizzò rabbrividendo di tensione, conscio di essere già quasi al limite.

"Oh, sì ..." bisbigliò Azzurra aggrappandosi alle sue spalle muscolose, stringendolo e inarcandosi sotto di lui, consentendogli così di affondare ancora un po'.

Marco ansimò, serrandole i fianchi. "Ferma ... ferma Zu-zù!" bisbigliò tremante. Bramava restare impiantato in quel nido rovente per l'eternità, desiderava ritrarsi e affondare con impeto in un susseguirsi rapido e affannoso, voleva spingersi ancora più avanti, più a fondo, penetrare in lei, nelle sue carni, voleva ...

"Mar... Marco!" lo implorò Azzurra.

Arretrò fin quasi a uscire da lei per poi riaffondare trionfante e di nuovo si tirò indietro per riavanzare con impeto, ogni intrusione sempre più lunga e profonda, per raggiungere il centro della sua anima e carpirla. Sentiva un'intera orchestra nelle orecchie che suonava in un tripudio di trionfo e di gioia.

"Oh, mio Dio!" ansimò Azzurra e un attimo dopo si contraeva violentemente contro di lui, aggrappata alle sue spalle.

"Sì tesoro," balbettò Marco spingendosi ancora in lei con decisione e inondandola di pura beatitudine.

"Sì!" ripeté vittorioso pulsando con lei, accecato dalla violenza di un piacere così intenso da sbigottirlo.

Oh sì sì sì! Esultò dentro di sé affondando ancora e ancora fino ad arenarsi privo di fiato e di energie.

Oh sì, era stato meraviglioso. Con quale altra donna era stato così maledettamente perfetto? Non lo ricordava e non capiva che cosa avesse realizzato quello sconcertante miracolo. Forse semplicemente non essere stato distratto da pensieri estranei e pressanti quali l'utilizzo di un profilattico per armarsi del quale, avrebbe dovuto interrompere l'amplesso, e avendo così acuito ogni percezione captando anche la più lieve contrazione di Azzurra di cui la mente era satura, o forse anche, chissà, perché finalmente aveva avuto la sua Zu-zù inafferrabile, prevedendo già solo contemplandola nell'ascensore di casa, che far l'amore con lei sarebbe stato speciale. E ora ne aveva avuto la strabiliante conferma, costatando che Azzurra era calda e appassionata quanto lui, che si donava senza riserve né inibizioni e che avevano vibrato insieme di un piacere violento e così intenso da svuotarlo.

"Che magnificenza," mormorò la ragazza ancora con la meraviglia impressa negli occhi e il fiato corto e scoordinato.

Marco si lasciò scivolare al suo fianco tra le morbidi pelli dal soffice pelo e si sentì avvolto da erotico calore. "Anch'io devo comprarmi una coperta di pelliccia," sussurrò cingendo la vita di Azzurra, beandosi del contatto con la sua pelle liscia e vellutata.

"Sarà stata la pelliccia sotto di me o il luogo e la sua incantata magia ma è stato davvero speciale, Marco. Io non avevo mai vissuto niente di simile," ammise Azzurra cingendogli le spalle e carezzandole lieve. "Lo sai che adoro le tue spalle?" confessò sollevandosi a baciarne una.

"Anch'io penso che sia stato speciale," rispose Marco lasciando scivolare una mano sulla schiena di lei fino alla sommità di una natica. "Ma forse perché il desiderio di te mi stava dilaniando," ammise cercandole la bocca e, carezzandole la natica polposa, la spinse ancora contro di sé. "Ma ora che siamo ambedue appagati e tranquilli, possiamo verificare se davvero tra noi è ancora speciale," bisbigliò lasciando vagare la mano, palpando i glutei, scivolando lieve nel solco. "Ancora svilupperemo scintille?" chiese baciandola sul collo e spostando la mano instancabile tra loro, a carezzarla con dita curiose e invasive e nuovamente bramose del contatto.

"Io penso che succederà," rispose Azzurra già tesa e sensibile, carezzandolo a sua volta con mani persuasive e intraprendenti quanto quelle di lui, riportandolo in un baleno in una condizione di vulnerabilità.

Possibile che fosse già di nuovo pronto a cedere, solo sollecitato da quella piccola mano rovente?

S'irrigidì allontanando la mano e scivolando di nuovo indosso alla ragazza. Se quella era la verifica per costatare se avrebbero ancora sviluppato scintille, non erano necessari ulteriori preliminari, pensò scosso da un ansimo di puro, palpabile piacere, mentre s'insinuava di nuovo in lei. Penetrò fino in fondo e si fermò ansante, già pervaso dall'oblio a conferma che essere in lei era assolutamente sconvolgente e meraviglioso.

8

Azzurra pensò di essere avvolta dal fuoco.
Sentiva caldo e cercò di scoprirsi. Sfiorò il morbido pelo della pelliccia che la ricopriva e sorrise tendendo la mano a cercare Marco ma lui non c'era.

Aprì gli occhi e distinse i contorni della camera che sembrava una vera piazza d'armi.

Le ultime braci nel camino si stavano spegnendo tuttavia il calore trasmesso dalle pellicce che Marco le aveva premurosamente steso indosso era compatto e potente, come quel piacere dolce e magnifico che era derivato dall'agognata fusione con lui.

Ora non posso più lasciarti andare amore mio, pensò risoluta, crogiolandosi nella morbidezza del pelo che le avvolgeva e le sfiorava con una carezza delicata, il corpo nudo. Ancora provò un'esaltante eccitazione e desiderò che Marco fosse lì con lei.

Un picchiare sommesso alla porta la spinse a balzare giù dal letto. Il pensiero corse a Silvia e cercò qualcosa con cui coprirsi. "Sì? Chi è?"

"La cameriera, Signora. E' sveglia? Posso entrare?"

Azzurra ritornò sotto le pellicce agguantando la camicia di mussola sul pavimento e infilandola rapida. "Avanti," urlò.

La ragazza entrò reggendo un vassoio. "Buongiorno, il suo Signore le augura una felicissima giornata e le dona questa rosa," annunciò la ragazza avanzando e mostrandole la bella rosa rossa infilata in un vasetto di porcellana.

"Grazie," rispose Azzurra arrossendo e prendendo il vassoio per deporlo sulle gambe. "Lui dov'è ora?" chiese.

"Ai combattimenti di allenamento. Stamattina si esercita con la spada. Il nostro Signore è molto forte, è un abile spadaccino e saprà tenere a bada i suoi nemici."

"Lo spero bene."

"Posso aprire un po'? La brace è ormai spenta e la camera si sta raffreddando. Forse riusciamo a intiepidirla con un po' di calore esterno. Oggi fa insopportabilmente caldo fuori."

"Sì, grazie Anna. Ti chiami Anna vero?"

"Sì, e le sono stata assegnata quale cameriera personale. E' un ruolo di grande prestigio, vicinissima alla padrona tanto da godere della sua fiducia, della confidenza, della sua benevolenza e spesso, anche dell'amicizia," continuò la ragazza raccogliendo l'abito che Azzurra aveva indossato il giorno precedente e stendendolo con cura su un sedia. "Era bellissima con questo vestito. Ogni Signore del castello l'ha ammirata, ieri. L'aiuto e vestirsi quando avrà terminato la colazione?"

"Sì, grazie. Di quali ingredienti è composta questa focaccina?"

"Farina gialla, riso e miele."

"E' davvero deliziosa."

"Faccio portare via la tinozza?"

"No, vorrei poterla ancora adoperare questa sera."

Anna sorrise. "Sarebbe stato lo scandalo del castello. La gente pensava che la pelle si consumasse e si sciupasse a usare troppa acqua e sapone e preferivano cospargersi di oli essenziali. Vuole provarne qualcuno?"

"E perché no? Però quel vestito puoi anche metterlo via perché non lo indosserò di nuovo."

"Sarebbe stata una padroncina capricciosa. Lo stesso abito era indossato per giorni prima di farlo lavare, per non sciupare i tessuti preziosi. Bisognava pestarli con i piedi come l'uva, danneggiando immancabilmente pizzi e ricami."

"Non mi interessa Anna e lavato oppure no, in ogni caso non indosserò più quel vestito; è troppo scollato."

"Posso prenderlo io?"

Azzurra la fissò stupita mentre versava l'acqua dalla brocca.

"E' uno dei vantaggi di essere una cameriera personale," spiegò Anna spiegando davanti a lei un paravento per offrirle un minimo di privacy.

"Per me va bene, Anna, tuttavia non sono certa che riuscirai a infilarlo senza difficoltà."

Anna era assai formosa e doveva essere almeno una taglia oltre la sua.

"Oh, non si preoccupi, mia madre è sarta e saprà che cosa fare per acconciarlo su di me."

"Bene, quali sono i miei impegni?" chiese asciugandosi il viso e le braccia.

"Dovrà ispezionare la cucina i ripostigli e le dispense e provvedere alle ordinazioni delle provviste invernali e con questo sarà impegnata per tutta la mattina. Dopo pranzo ascolterà le lamentele della lavandaia e deciderà se rimetterla al giudizio del suo Signore. Il Lunedì è giorno di udienze e lui sarà impegnato nella sala degli scribi a colloquio con i suoi fittavoli," rispose Anna aprendo una cassapanca e mostrandole un abito assolutamente incantevole.

"Bellissimo, tuttavia non è un po' troppo elegante con quel collo di pizzo e i ricami delicati?"

"Sarà a colloquio con i vostri servitori, oggi. Deve essere elegante e presentarsi al meglio se vuole che la vostra gente vi ami, vi rispetti e vi serva fedelmente."

Azzurra annuì massaggiandosi le gambe con l'olio della boccetta che Anna le aveva porto premurosamente. L'unguento si era assorbito subito, donandole una pelle lucida, morbida e lievemente profumata di fiori.

Certo che dovevano saperne una più del diavolo le donne di due secoli prima, pensò, cospargendosi anche il petto e il ventre con l'unguento che le permetteva di percepire la pelle fresca come se fosse stata appena detersa.

9

Azzurra attraversò le tetre sale disadorne chiedendosi se avesse imboccato la giusta direzione, quando fu raggiunta dal suono di voci concitate.

"Non mi interessa che dovrei restare così, ma io non vado a sedermi a tavola coperto di polvere e di sudore!" Stava dicendo Marco adirato.

"Ma dove mai si è visto in un castello della fine del settecento, il continuo riempimento delle tinozze?" replicò John con veemenza.

"E questo sarà un castello anomalo per il consumo di acqua ma cazzo! Ho sudato dieci camicie!" rispose Marco avanzando nella stessa sala che stava attraversando Azzurra. Si fermò sorpreso di vederla e poi le sorrise con calore.

Marco era assolutamente affascinante col volto ancora accaldato dalle energie investite nel combattimento, inguainato in un paio di calzoni di pelle che lo fasciavano peccaminosamente esaltando i suoi muscoli sodi e la consistenza del suo sesso. I calzoni finivano in alti stivali al ginocchio e indossava anche un'elegante camicia di morbida seta che gli si era incollata al torace muscoloso intriso di sudore. Alcune ciocche di capelli gli ricadevano scompostamente sulla fronte ma quelli, lunghi sulla nuca, erano ancora trattenuti da un nastro di velluto. Il volto recava l'ombra scura della barba in crescita e gli occhi blu erano maggiormente in evidenza, come le labbra dalla linea decisa.

La corte di uomini che seguiva Marco s'immobilizzò e si zittì osservando Azzurra.

"Buongiorno Signori, come sono andati gli allenamenti?"

Marco storse le labbra. "Tante ore di palestra non mi avevano affatto preparato alla ferocia e alla forza necessari per un vero combattimento," rispose.

"Non era un vero combattimento, ma solo un allenamento," lo corresse John.

"Dove stai andando?" chiese Marco ignorando l'amico.

"Volevo raggiungere le mura del castello sulla porta maestra per scorgere l'interno e l'esterno del castello."

"Da qui si va all'armeria. Dov'è Silvia?"

"Sta prendendo nota delle mie ordinazioni di provviste alimentari per l'inverno. Arriverà tutto dai nostri contadini."

Marco annuì e si volse verso gli uomini alle sue spalle. "Luca accompagna tu Azzurra," ordinò risoluto facendo un cenno con la mano al ragazzo perché avanzasse. "Ci vediamo in sala da pranzo. Se adesso vuoi scusarci ..." proseguì riprendendo a muoversi seguito dal suo sciame personale e la ragazza non poté impedirsi di lanciare ancora un'occhiata al suo attraente didietro. Poi sospirò costernata volgendosi verso la sua scorta. "Sicuramente anche tu desideravi metterti in ordine," considerò con una smorfia.

"Non importa mia Signora, e poi è un grande onore che il Signore mi abbia designato il compito di accompagnarla. Significa che si fida di me più che di chiunque altro."

"Faccio ancora fatica a entrare nel ruolo."

"E' comprensibile. Noi altri siamo qui da molto più tempo per allestire il castello o alcune parti di esso e abbiamo avuto modo di adeguarci."

"E' vero che le Signore erano scortate anche all'interno delle mura?"

"Sì, se si recavano sulle torri o sulle mura bene in vista agli occhi del nemico, ma personalmente ritengo che il Signore non gradisca che lei vada in giro da sola per questi bui corridoi."

"Non sono al sicuro in casa mia?"

Luca fece una smorfia. "Ora la realtà si confonde con la fantasia. Sei troppo bella per passare inosservata. Potresti essere al sicuro come Signora del castello ma non come Azzurra Frizzi, bella e appetibile o viceversa. Siamo quasi arrivati. Per maggior sicurezza ti ho condotto a una bertesca. Ci saremo oltre quella scalinata."

"Che diavolo è una bertesca?"

Luca sorrise. "Una galleria coperta. Puoi guardare senza essere visto attraverso le caditoie che sono delle aperture create per versare la pece."

"Subdolamente ingegnoso," borbottò Azzurra approdando nella bertesca.

L'aria calda e opprimente l'avvolse pesantemente.

"E che bisogno avevano dei condizionatori con queste mura che mantengono fuori il caldo?" esclamò accostandosi all'apertura che dava sull'area interna.

Alcuni bambini con abiti laceri e dimessi giocavano rincorrendosi. Li indicò col dito. "Saranno anche piccoli attori ma almeno quelli, sono lavati e rifocillati come si conviene ai giorni nostri?"

Luca annuì. "I bambini restano qui solo oggi e c'è un dietologo che si occupa comunque della loro alimentazione."

Ancora Azzurra notò i grossi tini colmi d'acqua fumante in cui donne corpulente rimestavano il vestiario o lo pestavano con schiacciate vigorose dei piedi, immerse nell'acqua fino al polpaccio. E altre ragazze stendevano su lunghe corde poco distanti, la biancheria già lavata. Benedisse mentalmente Marco per averle assegnato quel ruolo di tutto riposo. Si ritrasse e cambiò lato, affacciandosi sulla porta maestra e sul fossato circostante. Notò immediatamente un gruppetto di cavalieri che attraversava il primo ponte levatoio.

"Vogliamo andare mia Signora? Il pranzo sarà ormai servito."

Azzurra annuì a malincuore. Ancora non aveva adocchiato le scuderie e si ripromise di ritornare a quel posto di osservazione.

"Per di qua," disse Luca invitandola ad attraversare la bertesca. "Se scendiamo dalla scala su quella torre, ci ritroveremo direttamente sopra la sala da pranzo," spiegò.

"E' possibile avere una pianta del luogo?" chiese Azzurra e Luca annuì. "Sicuro."

In breve raggiunsero la sala da pranzo.

Marco era già presente nel salone, fresco e affascinante nel completo attillato dal quale spuntavano i volant di una ricca camicia immacolata.

Azzurra gli si fece vicino.

"Sei bellissima," mormorò Marco prendendole la mano e sfiorandone delicatamente il dorso.

"Anche tu e lo penso davvero Marco."

L'uomo le sorrise indicando i volant ai polsi. "Continuo a sentirmi una checca. E poi sono fastidiosi. Strusciano ovunque e dopo qualche ora sono lerci. Ma poiché oggi sono a colloquio con la mia gente, devo emanare opulenza, ricchezza e sicurezza, perché possano tutti continuare a servirmi con piacere nonostante si discuta di abolire la schiavitù personale, di concedere la libertà di culto e di garantire giustizia imparziale. Non è una beffa?"

"Già, come spesso il passato ci mostra."

Marco si fece più vicino. "Però, ritornando al mio abbigliamento, la parrucca con i boccoli se la scordano. Si sta cominciando a non usarle più e non sarò certo io a prolungarne l'uso."

Azzurra ridacchiò sedendo a tavola.

"Però i tuoi calzoni attillati sono alquanto indecenti e sexy e magnetizzano lo sguardo là!" precisò lanciando ancora uno sguardo fugace verso i suoi genitali e Marco si accigliò. Avrebbe voluto risponderle che seguiva solo la moda dell'epoca ma non ne ebbe modo. Un servitore avanzò trafelato fino a lui e s'inchinò prostrandosi fin quasi a terra. "Mio Signore, sono arrivati dei visitatori."

"Introducili subito," replicò Marco.

Una delegazione di uomini entrò nella sala da pranzo e Azzurra riconobbe in quelli, i cavalieri che aveva visto dalla bertesca avanzare sul ponte levatoio.

"I nostri rispetti Signora di Kenz, Signore ..." esordì l'ambasciatore del gruppo inchinandosi.

"Dite Signore, che cosa vi ha condotto sulle mie terre?" chiese Marco.

"Veniamo dal castello di Burge con cattive notizie, ahimè. Doge Manin è stato costretto da Napoleone a cedere Venezia all'Austria in cambio del Ducato di Milano. E' in corso una sommossa e abbiamo urgente necessità di aiuti."

"Intanto sedete alla mia tavola e rifocillatevi. Mi racconterete ogni evento, con calma," rispose Marco intento a mantenersi i volant dei polsi perché non gli finissero nel piatto.

"Siamo affamati Signore," ammise uno dei visitatori servendosi abbondantemente.

"Prendete quello che volete," li invitò Marco indicando il lungo tavolo imbandito e carico come al solito di abbondanti libagioni.

"Da giorni digiuniamo e cavalchiamo. All'alba di tre giorni fa siamo stati attaccati. Il nostro castello è allo stremo delle forze," continuò l'altro viaggiatore e suo malgrado, Azzurra tremò di angoscia.

Dovette ricordare a se stessa che quegli uomini fingevano recitando un ruolo, benché lei stesse vivendo realmente quella finzione.

"Vi lascio ai vostri affari Signori, devo prepararmi per le mie udienze," esordì sbrigativa alzandosi. Marco le afferrò la mano e le baciò delicatamente il dorso. "A più tardi, mia Signora. Trascorrete un felice pomeriggio e se doveste avere bisogno di me ... sapete, dove trovarmi."

Azzurra annuì e con un cenno di commiato ai visitatori si allontanò, seguita dalla sua cameriera personale. "Che succede, Signora?"

"Non sopporto più quest'armamentario che sostiene la gonna, né questo busto steccato," esclamò Azzurra stizzita.

"Ma le stecche di balena sono flessibili," obiettò Anna. "E il guardinfante serve a donare una figura elegante e impeccabile all'abito ricco che altrimenti penderebbe ..."

"Non me ne importa niente! Perché sono qui quegli uomini? Aiuto? Che tipo di aiuto richiedono?" chiese stranamente inquieta.

"Tranquillizzatevi Signora. Il nostro Signore è un abile combattente e la sua forza è leggendaria nelle terre circostanti perciò non dovete temere per la sua vita."

Azzurra deglutì ancora più spaventata. "La sua vita?!" chiese smarrita entrando nella sua stanza cominciando a spogliarsi rabbiosa, incapace di controllare la strana inquietudine da cui era stata sopraffatta ma calata in quell'ambiente era difficile discernere la realtà dalla fantasia.

10

L'umile ragazza dal bel viso di porcellana, si asciugò ancora una volta gli occhi umidi di pianto.
"Amo immensamente Giovanni e vorrei poter vivere con lui, condividere le nostre vite ma mia madre non me lo consente. E' inferma e pretende per sé tutto il denaro che guadagno come lavandaia del castello e senza quei soldi non posso racimolare la dote che il padre di Giovanni ha preteso. Che posso fare mia Signora? Potrei svolgere due volte il mio lavoro, prolungarlo anche di notte, purché mi fosse consentito," propose la ragazza avvilita.

Azzurra sorrise intenerita e scosse il capo. Acconciò le maniche a sbuffo del suo abito vaporoso valutando la migliore soluzione per quel problema.

"La tua forza e le tue energie vanno preservate in vista delle tue future gravidanze. Sei giovane e forte ed è auspicabile che dall'unione con Giovanni possano nascere tanti bambini. Ti fornirò personalmente la dote richiesta dal padre del tuo futuro sposo, purché tu non abbandoni tua madre. Ponila come condizione per recare alla famiglia del tuo sposo una dote maggiore di quella richiesta."

Il volto smunto della ragazza s'illuminò. Imprevedibilmente s'inginocchiò con impeto davanti ad Azzurra inducendola a sobbalzare.

"Grazie mia Signora, grazie grazie. La vostra generosità sarà ricompensata dalla mia dedizione e dal mio lavoro," sbottò sopraffatta dal sollievo.

Silvia si fece avanti e con dolce fermezza aiutò la ragazza a sollevarsi. "Vieni via Emma, la nostra Signora è moderna e democratica e non ama che la gente la ringrazi prostrandosi ai suoi piedi," spiegò in tono ironico sospingendo la ragazza verso l'uscio. Poi si volse di nuovo verso Azzurra.

"Mia Signora ci sono ancora due donne che attendono di conferire con te. Sei stanca? Desideri rimandarle ad altra udienza? Mi sembri assente," notò titubante.

Azzurra scosse il capo.

Era fastidiosamente tormentata dal ricordo delle parole udite nella sala da pranzo, pronunciate dai visitatori. La fantasia si fondeva con quella realtà e inspiegabilmente non riusciva a individuare i confini della finzione e a tranquillizzarsi. Continuava a chiedersi fino a che punto la richiesta d'intervento di quei visitatori poteva essere pericolosa per Marco e rammentò con angoscia che gli allenamenti di quel mattino erano stati reali e impegnativi. Aveva udito poi i servi sussurrare di combattimenti cruenti, feroci scontri con spade, baionette e persino corpo a corpo con gli uomini dell'armata di Napoleone. E poi si sussurrava di fuochi appiccati alle mura del castello di Burges da un nemico forte e potente per creare brecce.

Scacciò ancora una volta quei pensieri sgradevoli dalla mente. Senza dubbio aveva finito per immedesimarsi troppo nel suo ruolo tralasciando che si stava solo producendo un filmato d'informazione e che Marco non poteva correre alcun concreto pericolo.

"Fate accomodare chi ancora attende di essere ricevuto," ordinò con voce forte e controllata, decisa a interessarsi alla nuova visitatrice.

11

Anche quella sera le libagioni furono abbondanti e Marco mostrò un notevole appetito. Evidentemente le energie spese nell'allenamento al combattimento con armi pesantissime, doveva essergli costato un bel po' di energie. Bevve e rise, chiacchierando come un vero Signore del castello con i suoi uomini fidati.

"E' necessario promuovere l'istruzione ..." stava sostenendo con convinzione, rimarcando probabilmente quelli che dovevano essere i problemi maggiori dell'epoca presa in considerazione, che lambivano ovviamente la politica e lo sviluppo economico e sociale del Paese.

"La popolazione tende a raddoppiare a ogni generazione però i mezzi di sostentamento aumentano secondo una progressione aritmetica, ragion per cui l'umanità è destinata alla miseria," stava rispondendo John che a differenza di Marco, era un appassionato di parrucche e non scordava mai di indossarne una. "La nostra unica fonte di produzione di ricchezza è la terra e la conseguente agricoltura. E' solo quella che dobbiamo promuovere. A che serve l'istruzione dei contadini, quindi?"

Marco sogghignò, i suoi occhi scintillarono. "I comportamenti umani sono motivati dall'interesse personale. E' innegabile che si punti al conseguimento dell'interesse generale attraverso la ricerca della soddisfazione dell'interesse individuale. Lavorando per se stessi si opera anche per il bene della comunità, perfezionando se stessi si migliora la collettività. Ecco perché è importante l'istruzione nelle classi inferiori ..."

Azzurra annuì poi volse il capo dall'altro lato e s'interessò alla conversazione delle donne che verteva invece sulla letteratura.

Sospirò profondamente infastidita dalla sensazione opprimente al cardias. Ancora l'inquietudine si agitava in lei per quanto tentasse di ignorarla.

"A proposito, Azzurra ..." disse Marco volto verso di lei. "... al nostro arrivo al castello ho chiesto che comunicassero ai tuoi familiari che il viaggio era andato magnificamente e oggi è arrivata una comunicazione di risposta per te," annunciò porgendole un foglietto di sotto del piano di legno del tavolo.

"Oh, grazie," rispose Azzurra stupita, affrettandosi a spiegare il biglietto. Lo scorse velocemente tenendolo nascosto sotto il tavolo.

"Tutto bene?" chiese Marco.

"Sì, mi hanno cercato a casa dall'ufficio ... a mia cugina Paola è finalmente nato un figlio di quattro chili che sembra un dirigibile e anche

Andrea mi ha cercata pretendendo che gli comunicassero dove fossi, ma poiché non lo sanno neanche i miei, non hanno potuto accontentarlo. Tutto qui," replicò Azzurra ripiegando il foglietto e infilandoselo nel polsino. Si volse verso la sua cameriera. "La tinozza," sussurrò ritornando a Marco. Lo scoprì con gli occhi fissi su di lei.

"Vengo con te," esclamò lui con lo sguardo fondo e carezzevole. "Ti aiuterò a lavarti," mormorò e incapace di esercitare il minimo controllo sull'affluenza al volto del suo sangue, Azzurra arrossì fino alla radice dei capelli.

"Stai già scaldandoti, amor mio?" sussurrò Marco stringendole la mano.

"Andiamo subito mio Signore, ci aiuteremo a vicenda," replicò alzandosi e incamminandosi.

Azzurra si rannicchiò contro il corpo muscoloso di Marco. Non sentiva freddo tuttavia era consapevole della sua presenza al fianco e ancora ne cercò il calore inesauribile. Era appagante stringersi a lui. Marco la cinse con un braccio consentendole di aderire completamente al suo corpo e le carezzò adagio la schiena indugiando sulla sommità delle natiche ma dopo un po' il suo braccio si rilassò. Le giornate al castello erano assai impegnative per lui e nonostante il desiderio di indulgere in languide carezze, la stanchezza cedeva il passo al sonno.

Azzurra non aveva la netta percezione del trascorrere del tempo o del sonno che indubbiamente, a tratti, li rapiva sopraffacendoli, era solo conscia delle carezze di Marco e delle sue braccia che tornavano a serrarla dopo ogni poco, come se inconsciamente combattesse il sonno per dedicarsi a lei. La sua mano calda ricominciò a muoversi con nuova energia su di lei, in una calda, insinuante carezza dei glutei.

"Questa notte non vuoi proprio lasciarmi dormire," la rimproverò Marco stringendola ancora a sé e premendole contro il ventre la sua rinnovata erezione. E Azzurra non sapeva più quante volte quella notte, lui si fosse risvegliato così rigido e infiammato.

In ogni modo protestò. "Sei tu che mi hai svegliato ..." precisò infilando la mano tra loro a cercarlo, a carezzarlo sulla dura asta, divertita da tanta esuberanza, lieta di suscitare quell'ingestibile brama che lo induceva a svegliarsi suo malgrado.

"Quando provo a volgermi ti tocco e sei così liscia e calda ..." bisbigliò Marco scivolando con le dita su di lei, seguendo i dolci pendii, stuzzicando le intriganti fessure, lisciando le pieghe nodose e accostandola maggiormente a sé.

"Merito degli oli essenziali," rispose Azzurra baciandolo con passione, schiudendosi maggiormente per lui, per le sue infiammanti intrusioni.

Marco le scivolò indosso ed entrò in lei. Si strinsero provando a unirsi più saldamente e profondamente. Le mani di Azzurra si artigliarono alle sue natiche nel vano tentativo di spingerlo ancora più a fondo. Poi lui ritrasse i fianchi e cominciò a muoversi adagio, senza fretta, imitando le onde chete di una bassa marea tanto implacabile quanto efficace e l'onda del piacere crebbe pian piano, gonfiandosi e dilatando fino a diventare una forza irrefrenabile che dilagò con insospettata violenza inducendoli a fremere e vibrare stretti l'uno all'altra di un piacere potente e prolungato.

"Dimmi che stiamo vivendo un bellissimo sogno, assicurami che non ci sarà una battaglia e che non corri alcun pericolo reale," ansimò Azzurra senza fiato, dando finalmente libero sfogo alla sua angoscia.

Marco le scivolò al lato. "Alle quattro di mattina ne dobbiamo parlare?" chiese sbigottito.

"Questo pensiero mi sta angosciando e forse è la sola ragione per cui non ho fatto altro che venirti addosso e cercarti durante il sonno," si giustificò serrandolo.

Marco le carezzò il viso con tenerezza. "Dormi Zu-zù, ne riparleremo domani ..." assicurò con il respiro già pesante e fondo, la mente lontana, ignaro dell'inquietudine che non aveva dissipato.

12

"Ma certo che il combattimento sarà solo simulato," rispose Marco infilandosi la camicia.
"Sì, ma gli allenamenti in cui ti stai esercitando sono veri," obiettò Azzurra.
"Certo, devo conoscere le tecniche corrette e compiere movimenti che siano convincenti per rendere l'idea di un combattimento reale, tuttavia non corro alcun pericolo Azzurra, convincitene!" replicò Marco infilando una tunica di cotta di maglia.
Azzurra deglutì. "E se una baionetta sfuggisse dalla mano di qualcuno? Ci saranno baraonda e confusione per rendere l'idea di un combattimento cruento. E se un soldato troppo immedesimato volesse sopraffarti?"
"Lo lascerò predominare. E' solo per la realizzazione di un filmato e poi credo che nessuno del gruppo sia dotato della crudeltà e della ferocia necessari per quel tipo di combattimento. Siamo uomini d'altri tempi e non abbiamo bisogno di essere crudeli e aggressivi."
"Lo credi davvero? La violenza è insita in noi. Anche l'uomo del duemila è crudele e feroce, ma semplicemente applica in modo diverso questi sentimenti che da sempre animano la nostra coscienza."
Un picchiare sommesso alla porta interruppe le parole veementi di Azzurra.
"Copriti, svelta!" ordinò Marco avviandosi all'uscio. "Sì?" esclamò schiudendo la pesante porta di legno intarsiato.
"Allora mio Signore sei in ritardo. E' forse l'incantevole Signora che ti sta distraendo dai tuoi doveri?" chiese John derisorio lanciando un'occhiata distratta all'interno della camera e indosso ad Azzurra e lo sguardo rimase avvinto da lei, come calamitato. Ammirazione e compiacimento balenarono nelle fonde pupille.
"Arrivo!" rispose Marco brusco richiudendo l'uscio. Si volse e incrociando l'immagine di Azzurra comprese quello che aveva colto il suo amico per restarne incantato.
La ragazza era la rappresentazione della bellezza e della lussuriosa sensualità distesa tra le pelli e avvolta da quelle. Il biancore e la levigatezza della sua pelle erano visibili in una spalla nuda scoperta e in una lunga gamba affusolata che spuntava attraverso il morbido pelo che la carezzava eroticamente. I capelli in disordine, le lisce gote arrossate, le labbra tumide e arrossate dai suoi ardenti baci rivelavano agli occhi attenti di un uomo

quanto fosse calda e appassionata e Marco avvertì ancora, con prepotenza inaudita, il desiderio di prenderla e di sconfinare dentro di lei.

"Vestiti, rapida," le suggerì infilando uno stivale. In quel momento non poteva proprio fare altro.

Azzurra scostò a malincuore le pellicce. "Silvia mi insegnerà a cavalcare. Iniziamo stamattina," annunciò sollevandosi pigramente.

"Bene. Ti ha informata che è gay?"

"Sì."

"Non permetterle di porti le mani indosso," si raccomandò Marco accostandosi a baciarla. Le carezzò un nudo seno invitante. L'irto capezzolo esigeva di essere stuzzicato. "A più tardi Azzurra ... vorrei che John non fosse fuori di quella porta ..." sussurrò attardandosi a strofinare delicatamente il roseo capezzolo, a stringerlo piano tra pollice e indice, il desiderio di spingerla giù scivolandole sopra sempre più impellente e difficile da controllare.

Azzurra si ritrasse e sorrise. "Ciao mio Signore. Vai, prima che ti salti nuovamente indosso e usi te per la mia lezione di equitazione."

Era come se non avesse mai fatto altro in tutta la sua vita. Azzurra percepiva i fianchi possenti dell'animale fremere contro le sue gambe e sembrava intuire le reazioni del cavallo attraverso quei fremiti. Si chinò in avanti e gli carezzò il muso per trasmettergli affetto e sicurezza.

"Sei bravissima," notò Silvia seguendola sul suo cavallo. "Cavalcare ti è congeniale, benché in questo frangente dovresti cimentarti con una sella da donna."

Affiancò Azzurra esercitando lievi pressioni sulle redini. "Dimmi ... anche con Marco ... vai così alla grande?"

Azzurra rise compiaciuta. "Direi proprio di sì," ammise.

"Peccato. Marco mi piace e lo ammiro, tuttavia lui ed io ... abbiamo gusti simili e spesso ... beh, finiamo per essere rivali e cerchiamo di contenderci le attenzioni della stessa donna."

"Io ... non so che dire Silvia."

"Ti imbarazzano questi discorsi?"

"No, però devo confessare di non essere un'esperta in materia."

Silvia ridacchiò. "Non sussiste alcun bisogno dell'esperienza. E' sufficiente lasciarsi andare con naturalezza, senza considerare da quale sesso siamo contraddistinti e le condizioni e le imposizioni che ne derivano dettate dalla nostra società perbenista. E poiché l'ambivalenza dei sessi è insita in ognuno di noi, se si segue semplicemente l'istinto, si riesce a consumare nient'altro che l'amore puro, quello dettato da nostro Signore e che accomuna due creature affini, siano esse due donne due uomini o un uomo e una donna. Un amore che li accomuna nell'anima e nella mente e in ultima analisi nel corpo. Se poi il corpo è perfetto come il tuo, allora forse quel tipo di comunione è la prima a essere presa in considerazione perché siamo pur sempre esseri mortali che inseguono il piacere degli occhi e della carne," concluse con un sorriso malizioso e Azzurra non poté fare a meno di contraccambiare il sorriso.

"Sono lusingata per la tua ammirazione. Senti ... posso rivolgerti una domanda?"

"Spara!"

"Sei attratta anche dagli uomini e non hai mai provato a ..."

Silvia scosse il capo interrompendola. "No i bestioni non mi attraggono e non ho mai praticato sesso con un uomo. La sola idea mi ripugna. Imbocca il sentiero di destra Azzurra."

La ragazza obbedì. "Invece personalmente vivo con molta partecipazione il rapporto con un ... "bestione" e non potrei proprio ... sentirmi attratta da qualcuno simile a me. Vorrei ... che fosse chiaro ... questo concetto," precisò costringendo il cavallo a rallentare l'andatura.

"Certo, però sappi che le stesse fondamentali differenze che ti rendono diversa da un uomo, faranno sì che lui non possa mai capirti appieno, come invece riesce a farlo solo chi è uguale a te."

"Forse hai ragione tuttavia, magari, un po' di mistero non è deleterio. Essere a conoscenza di ogni pensiero e di ogni sensazione che vive la tua compagna può anche rendere un rapporto scontato e noioso."

"Magari anche tu hai ragione, però dipende molto da quello che cerchi e che speri di ottenere dalla vita," rispose Silvia volgendo il capo alla ricerca del cavaliere che avanzava al galoppo alle loro spalle. Il rumore prodotto dagli zoccoli del cavallo si fece sempre più forte e vicino.

Anche Azzurra si fermò e si volse e il fiato le si mozzò in gola.

Marco era l'uomo più bello che avesse mai veduto e ne era già stata consapevole, tuttavia, scorgerlo in sella al suo destriero possente cavalcare come un fiero cavaliere di altri tempi, le paralizzò il cuore e le troncò il fiato per l'emozione.

"Ecco che arriva al galoppo il rompiscatole. Teme forse che ti salti addosso?" chiese Silvia divertita.

"Cielo Silvia ... come puoi ... non essere attratta da tanta mascolina bellezza e potenza?" ansimò Azzurra incredula.

Silvia la fissò. "Diavolo, ne sei proprio disgustosamente innamorata," costatò ma Azzurra non si preoccupò di risponderle. Fissava incantata il suo impavido cavaliere che era ormai vicinissimo. Lui cominciò a rallentare ergendosi fiero sul suo destriero, esibendo un sorriso affascinante e magnetico che gli illuminava in viso.

Si fermò a pochi passi da loro serrando le redini e le cosce contro i possenti fianchi del cavallo che manifestò il suo disappunto emettendo rumorosamente aria dalle frementi narici. "Buono Diablo, buono," lo rabbonì Marco accarezzandolo sul dorso per placarlo. "Che cosa fate così lontane dal castello?" chiese lanciando alle due donne sguardi di rimprovero.

"Ispezioniamo la proprietà cercando un angolino in cui appartarci," replicò Silvia provocatoria e l'espressione di Marco mutò rapidamente. Il suo sguardo corse ad Azzurra interrogativo, ma il suo caldo sorriso e lo sguardo tenero e amorevole che lei gli rivolse, gli inondarono il cuore di dolcezza e dimenticò ogni provocazione. "Come va?" chiese dolcemente.

"Magnificamente, Stella ed io c'intendiamo abbastanza," replicò Azzurra carezzando il muso vellutato della sua cavalla e deponendovi lievi pacche affettuose.

"Anche Diablo ed io, vero Diablo?" chiese Marco e il cavallo volse il lungo muso verso di lui ed emise uno sbuffo sonoro. Marco rise. "Lo so, lo so che ami galoppare e non ti piace stare fermo," parlottò dolcemente continuando a carezzarlo. "Facciamo dietrofront leggiadre fanciulle?"

Silvia sbuffò costringendo il suo cavallo a volgersi.

"Gradirei inoltre che non vi allontanaste più in questo modo," aggiunse Marco affiancando Azzurra.

"Nella fantasia o nella realtà?" chiese Silvia.

"Nella realtà. I contadini della zona che non sono informati su quello che stiamo combinando e mossi dalla curiosità si aggirano intorno al castello e se per caso intercettassero in aperta campagna due giovani donne sole, dall'aria estremamente vulnerabile peraltro, non so che cosa ..."

"Parla per Azzurra!" lo interruppe Silvia secca. "Io non ho per nulla l'aria vulnerabile e se un uomo mi si dovesse accostare con intenzioni minacciose saprei come tenerlo a bada, con una ferma strizzata di palle!"

La bocca di Marco si piegò in una smorfia di sofferenza, poi rivolse la sua attenzione ad Azzurra. "Anche tu gli strizzeresti le palle?" chiese e lei scosse il capo.

"Allora giacché non sei in grado di attuare una simile reazione, vorrei che non ti allontanassi più così tanto fuori dalle mura."

"Va bene."

"Specialmente quando non ci sarò."

Suo malgrado Azzurra tremò. "Quando partirai?"

"Domattina all'alba."

"Voglio venire con te."

"Assolutamente no! Le donne non seguivano gli uomini in battaglia."

"Non ti sei allenato abbastanza."

"Sì, giacché dovremo solo simulare una battaglia. Simularla!" ripeté con fermezza. "E' chiaro?"

"Quando tornerai?"

"Il giorno successivo. Il castello di Burge è poco distante."

"E il nostro castello rimarrà sguarnito? E se noi subissimo un attacco?" ipotizzò Azzurra.

Marco rise allegramente. "E da parte di chi scusa? Ci siamo solo noi e l'altro gruppo a lavorare qui."

Azzurra scosse il capo. "Ci sto credendo troppo," ammise con un certo stupore.

"E' ciò che speravamo accadesse," replicò Marco dolcemente.

Diablo nitrì scrollando la lunga criniera.

"Pazienta ancora un po'," sussurrò Marco all'orecchio del cavallo e quando furono alle porte del castello lasciò che lo stallone s'impennasse dimostrando la sua impazienza. Rise, serrando le briglie. "Lo faccio sgranchire un po'," esclamò pungolando l'animale nei fianchi e quello partì al galoppo, unico corpo col suo impavido cavaliere il cui incitamento gioioso giunse fino alle orecchie di Azzurra: "Va' Diablo! Mostrami con quale energia e velocità insegui il vento."

13

Azzurra puntò lo sguardo verso nord e finalmente avvistò il gruppo indistinto di cavalieri, seguito dall'instancabile troupe. "Eccoli Anna!" urlò eccitata. "Ordina che sia servito vino e cibo e fai anche preparare la tinozza. Non ho idea di quello che ci voglia ora."

"Sì, mia Signora," esclamò Anna scomparendo velocemente nella bertesca.

Azzurra tornò a cercare i cavalieri. Qualche membro del gruppo le parve lacero e contuso ma Marco avanzava in testa, cavalcando fiero ed eretto, il suo nero stallone e Azzurra seppe che recava notizie di vittoria. Attese che i cavalieri attraversassero il ponte levatoio, poi si precipitò giù dalla scala di pietra che conduceva alla sala da pranzo e da lì corse fino al cortile e incontro ai cavalieri, sollevando le sottane per correre più agilmente.

La rete che le serrava i capelli scivolò via e quelli svolazzarono liberi e lucenti sotto il sole.

Marco impose al destriero di arrestarsi quando scorse Azzurra correre da lui e all'improvviso fu consapevole di provare una corposa felicità. Quella ragazza che correva mostrando incurante a tutti le sue splendide gambe, era la sua donna e indipendentemente dalla commedia che stavano vivendo, lei gli correva incontro perché era felice che fosse tornato a casa e lo dimostrava il suo sguardo acceso e il suo sorriso gioioso.

Smontò rapidamente dal cavallo e aprì le braccia mentre Azzurra approdava sul suo petto. L'applauso dei componenti la popolazione del castello nacque istintivo e immediato.

"Che vergogna," sussurrò Azzurra arrossendo, stretta al petto di Marco.

Lui sorrise e si ritrasse volgendosi verso i suoi uomini. "Grazie miei fidati Cavalieri, il vostro Signore proclama oggi giorno di ampi festeggiamenti e garantisce vino e cibo a sazietà per tutti, amici e servitori!"

Le comparse esultarono, inneggiando al loro generoso Signore. John smontò da cavallo e dopo aver affidato la sua cavalcatura a uno stalliere, affiancò Marco. "Se tu fossi un vero Signore, non so quanto potrebbe durare il tuo regno," dichiarò perplesso.

"E perché? Abbiamo vinto la nostra battaglia e siamo stati ricompensati con cassette di monete d'oro e di gioielli per il nostro aiuto. E' giusto che ne beneficino anche coloro che mi circondano, mi amano, e chiedono la mia protezione."

"Ma lavorano anche per te. Sono già ampiamente retribuiti," precisò John accigliato.

"Con poche briciole rispetto alle ricchezze di cui godo e poi maggiormente mi mostrerò generoso, più questa gente mi ammirerà e mi riserverà fedeltà."

"Questo è da vedersi," replicò John scettico.

Marco si volse verso Azzurra. "Andiamo mia Signora, sono stanco affamato e impolverato e ho necessità delle tue amorevoli cure."

Azzurra annuì. "Sì, mio Signore, è già pronta una tinozza fumante, la tavola è imbandita ed io sono qui, pronta a massaggiarti i muscoli dolenti e tutto, nell'ordine che preferisci," rispose rivolgendogli un sorriso smagliante e John fischiò di rimando. "Cazzo! Dovevo impersonarlo io il Signore del castello," esclamò con rammarico.

Marco strizzò l'occhio ad Azzurra mentre rispondeva.

"Certo, però non avresti in ogni caso goduto delle attenzioni della *mia* donna, perché quelle sono rivolte unicamente a Marco Ghini," precisò tronfio e fieramente soddisfatto.

"E' vero," confermò Azzurra poco dopo massaggiandogli adagio i capelli e la cute della testa.

"Che cosa?" chiese Marco a occhi chiusi, steso nella tinozza.

"Le mie attenzioni sono solo rivolte a te. Farei lo stesso se tu fossi tornato a casa dopo un'intensa giornata di lavoro."

Marco sorrise con indolenza. "Avremo modo di costatarlo Zu-zu, tra qualche giorno torneremo alla nostra vita," rispose sospirando beato. Probabilmente in un'altra vita doveva essere stato un gatto.

"Mi mancherà un po' tutto questo. A conti fatti è abbastanza piacevole come vita, almeno nel mio ruolo privilegiato," aggiunse la ragazza raccattando la morbida pezzuola sul fondo della tinozza e cominciando a tamponargli il petto. "Stai diventando ancora più muscoloso e asciutto. Credo che comincerò a essere gelosa di te."

Marco aprì un occhio e la guardò con espressione assonnata.

"Sei bellissimo Marco ed io ... io ... ti voglio solo per me," dichiarò Azzurra concentrandosi sul massaggio del suo torace con la pezzuola imbevuta.

Marco richiuse gli occhi e si lasciò carezzare sospirando di beatitudine ma dopo un po', quando la pezzuola fu abbandonata e sostituita dall'abile mano, il suo respiro si fece più corto e i muscoli si tesero, stimolati dalle languide, pressanti carezze. Le bloccò la mano e la trattenne sul suo inguine poi, incapace di perseguire l'immobilità, si sollevò grondando acqua e, convulso, cominciò a spogliarla.

Azzurra rise aiutandolo. "Non scappo, Marco ... sono qui ... piano ... che si lacera la stoffa," lo ammonì indietreggiando verso il letto ma le sottogonne erano tante e vaporose e Marco sembrava indiavolato. Cadde sul letto e lui le finì indosso. La baciò impaziente, penetrandola impetuoso e inarrestabile, con un'impellenza che lo costringeva a fremere e ansimare.

"Pensa ... immagina che sia ... Diablo ... guidami e mostrami la tua potenza," sussurrò Azzurra roca, assecondando ogni affondo, gemendo ogni volta che lui si piantava in profondità e vibrava di energia in lei, sospingendola vorticosamente verso la luce che fu sempre più vicina. Marco affondò ancora e ancora e alla fine non riuscì a trattenere il grido che gli rantolò nella gola, mentre immerso in lei, fu accecato dalla stessa abbagliante luce che stava abbacinando anche la sua donna inducendola a pulsare di beatitudine, e ancora una volta percepì che qualcosa di raro e speciale lo univa con un filo invisibile ad Azzurra.

Sei la mia donna ... sei la mia donna calda ardente e appassionata ... e voglio solo te ... sempre! Pensò stringendola ancora, spingendosi avanti con tenacia per prolungare quella possente fiammata che era divampata e si era esaurita troppo in fretta.

"Tanta fatica per così pochi secondi," sussurrò ritrovando l'aria con cui ossigenare i polmoni e lasciandosi scivolare sul fianco.

"Pochi secondi, ma talmente concentrati e incandescenti. E' come ... è come ... una nana bianca."

Marco rise. "Che cosa c'entrano le stelle?"

"E' ciò che avviene in me. Mi fai esplodere Marco e il piacere è talmente concentrato e compresso e violento e lucente, che mi sento come una nana bianca."

Ancora Marco rise sollevandosi a esaminarla. "Bella affinità. Mi piace Zu-zù."

"E a me piace quando mi chiami così. Mi hai rivolto questo nomignolo la prima volta che hai goduto nelle mie braccia."

Marco scosse il capo tendendo il dito per allontanare una ciocca di capelli dal bel volto di Azzurra arrossato dal piacere. "No tesoro mio, in verità ti chiamo così da anni. Ti ho chiamato Zu-zù dentro di me ogni volta che ti ho incrociato per caso sulle scale e la testa mi vorticava."

La ragazza sorrise alquanto compiaciuta sebbene l'incredulità ombrasse il suo sguardo. "Io? Ti facevo girare la testa? Ma se neanche mi guardavi," obiettò storcendo le labbra.

"Se ti avessi osservato non ti avrei mai lasciato andare e ti sarei saltato addosso. Esattamente come adesso," replicò ritornandole indosso. "Che cosa mi stai facendo Zu-zù? Perché non riesco a pensare ad altro che a pulsare nella luce dentro di te avvolto dal tuo fuoco accecante?" chiese fissandola e chinandosi a baciarle le labbra gonfie e arrossate dai suoi baci.

"Pulsare dentro di me ... anche questo modo di descriverlo è molto bello ... ti rende parte di me ..." bisbigliò la ragazza imprimendo una spinta alle anche perché lui rotolasse sul letto. Gli fu indosso e si erse su di lui.

"Sarai tu il mio destriero questa volta e ti guiderò tanto lontano ... ben oltre le stelle," promise impennandosi e spingendosi contro di lui per incontrarlo di nuovo nella gioia e nell'oblio.

14

I giocolieri erano davvero bravi e Azzurra pensò che dovevano essere stati prelevati da un circo.
La gente era allegra. Ancora mangiava le abbondanti libagioni e beveva il vino che scorreva a fiumi. I cavalieri narravano le fasi della battaglia, gli altri ascoltavano a bocca aperta.

"E tu come hai respinto l'invasore?" domandò una ragazza vestita in maniera provocante, sedendo disinvoltamente sulle gambe di Marco quando smise di danzare per lui. L'ampia scollatura mostrava per intero i seni procaci e la giovane li spinse contro il viso di Marco che rise ritraendosi.

"Sono di proprietà del mio Signore. Puoi approfittarne," lo invitò la ragazza spingendo ancora il busto contro il viso dell'uomo che quella volta non si ritrase. Il suo naso affondò nel solco tra i seni.

Azzurra si sentì invadere da una rabbia furibonda. Si alzò risoluta e agguantò la mano della ragazza. "Vieni un attimo con me, bella!" ordinò risoluta.

La comparsa la seguì stupita fino a un angolo lontano del salone ben oltre le cineprese, gli attrezzi e i faretti per le riprese.

"Sei nuova? Non mi ricordo di te," l'apostrofò ingannevolmente gentile.

"Sì, sono stata appena ingaggiata," rispose la comparsa compiaciuta di poter mostrare il suo talento nell'esibire il seno siliconato.

"Bene, non mi importa un accidente di quello che ti è stato chiesto di fare, ma tu Marco neanche lo sfiori!" precisò Azzurra con fermezza.

Gli occhi della sua interlocutrice si adombrarono nella perplessità.

"Ma ... nel filmato si intende illustrare che dopo una battaglia ... gli uomini si divertivano e si concedevano ai vizi ... in maniera dissoluta, godendo di quello che avevano a disposizione," rispose confusa.

"Me ne infischio altamente! Marco è il mio ragazzo ed io sono gelosa come una iena e se ti avvicini ancora a lui, ti faccio sbattere fuori dalla produzione senza indugio," la minacciò Azzurra con decisione, così furiosa da sentirsi come un drago capace di produrre e lanciare fiamme dalle fauci.

"Che c'è Azzurra?" chiese Silvia accostandosi.

"Oh nulla, lei è nuova e le stavo illustrando un aspetto reale e fondamentale di quest'affascinante vicenda. Silvia ti presento ..." esitò non conoscendo il nome della comparsa.

"Luana," disse quella scambiando una rapida occhiata con Silvia.

"Vieni, mia cara ... ora ti spiego tutto quello che c'è da sapere," esclamò Silvia con voce suadente, circondandole amorevolmente le spalle con un braccio.

Azzurra sorrise soddisfatta e ritornò al suo posto. Marco le lanciò un'occhiata interrogativa cercando Luana con lo sguardo nel vasto salone ma Azzurra gli sorrise rassicurante. "Non temere, non l'ho lanciata nel fossato," bisbigliò sedendosi e strappando all'uomo un divertito sorriso.

"Era una magnifica catena di montaggio," spiegò John alle persone radunate intorno a lui. "Mentre si combatteva sui lati nord ovest ed est, a sud le donne lavoravano con le catapulte. Le grida dei poveretti che tentavano di sfondare da sud coprivano il clangore delle armi ogni volta che erano raggiunti da una colata di olio bollente. Sì, oserei ammettere che è mille volte meglio morire per opera di una stoccata inferta da una spada, piuttosto che ustionato nel corpo, dilaniato dal bruciore prodotto da un olio ustionante che si appiccica addosso, schiacciato e sopraffatto da metodi di difesa antichi e crudeli," concluse pensieroso.

"E guarda caso ad agire più crudelmente sono state proprio le donne," notò un uomo seduto al fianco di John.

"E' sempre stato così. Le donne sono più subdole e feroci degli uomini," convenne un altro giovanotto. "Anche la storia lo insegna. Gli uomini combattevano facendosi il culo, le donne pensando a scagliare olio bollente sul nemico, quasi senza sporcarsi le mani e infliggendo sofferenze atroci."

"Dovevano pur vendicare gli affronti subiti," replicò un'altra ragazza del gruppo. "Dimentichi Pietro, quanti uomini prepotenti hanno avuto la possibilità in passato e ancora oggi, di sopraffarci con la violenza, del tutto indisturbati?"

"Lo volete voi," rispose Pietro con sufficienza. "E' solo la conseguenza del vostro comportamento se poi subite delle violenze, cara Pamela."

"Pertanto non esistono uomini prepotenti ma solo uomini provocati. E' così? E' questo che stai affermando?" intervenne Azzurra indignata. "E dimmi anche i bambini provocano?"

Pietro cambiò espressione, i suoi occhi sfuggirono. "No, che c'entra? Questo è un altro discorso," obiettò.

"No, affatto!" insorse Pamela. "Qualcuna di noi potrà anche provocare stuzzicando i vostri istinti, tuttavia che voi siate animali e che lo dimostriate anche senza provocazione alcuna, è un dato di fatto e noi avevamo ogni ragione di scagliarvi indosso l'olio bollente la pece e le pietre, e spero che la maggior parte di voi sia stata beccato sull'uccello!" terminò con un ghigno.

Le altre donne risero, gli uomini inorridirono.

"E noi abbiamo fatto bene a violentarvi sottomettervi, privarvi di un'identità, imporvi il nostro pensiero e usarvi come cameriere e schiave. Non avremmo dovuto neanche consentirvi il voto perché il vostro cervello è talmente piccolo che non capite un cazzo, specie di politica," replicò Pietro infuocato dalla visione del suo pene coperto di vesciche dolorose e sanguinolente.

Le donne inveirono tutte urlando contro di lui, ognuna rivolgendogli il proprio pungente insulto ma Pamela invece, gli sorrise graziosamente. "Come puoi costatare bello mio la pacchia è finita. Ci abbiamo impiegato milioni di anni, però io oggi indosso i pantaloni esattamente come te, percepisco lo stesso tuo ingaggio o anche uno maggiore se sono impegnata più ore, voto come voti tu scegliendo tra i vari candidati con la mia testa e se pretendi che ti sposi devi accettare le mie condizioni. Dovrai collaborare in egual misura alla pulizia della casa, cucineremo a giorni alterni e non mi interessa se non sei in grado di stirare. Imparerai come ho fatto io. Cazzo, vuoi la mia gnocchetta? Te la devi guadagnare!"

"E tu lo vuoi il mio piffero? Cazzo se lo vuoi, e anche tu te lo devi meritare!"

"Appunto," rispose Pamela tranquilla. "Non sto pretendendo che tu debba svolgere da solo tutto il lavoro ma solo che sia diviso equamente a metà."

"E ci mancherebbe!" intervenne un altro ragazzo.

"Eppure io di gnocchette come la tua ne trovo quante ne voglio e a un prezzo migliore!" replicò Pietro furibondo.

Pamela rise sicura di sé. "Caro mio i tempi sono davvero cambiati e oggi anch'io trovo tutti i pifferi che desidero e me li prendo senza sentirmi in colpa vivendo la mia sessualità in tutta la sua pienezza, non subendola.

E' prerogativa degli individui più deboli affermarsi con la forza e la violenza ed è ciò che da sempre avete mostrato voi, proprio per nascondere le vostre debolezze," replicò Pamela convinta.

Marco cercò la mano di Azzurra e la strinse nella sua. "Anche tu la pensi allo stesso modo?" chiese sottovoce.

"Sì, a grandi linee."

"E anche tu ... ti sei soddisfatta di tutti gli uomini che hai voluto per vivere appieno la tua brillante sessualità?"

Azzurra rise divertita, le guance deliziosamente imporporate.

"Forse sarà una delusione per te o magari un sollievo, non lo so però prima di te ignoravo di possedere una brillante sessualità. Il sesso era proprio l'ultimo dei miei pensieri e quelle poche esperienze che ho avuto, sono state dolorose e deludenti sotto tutti i punti di vista."

"Poche ... quante?" s'informò Marco serrandole le dita.

Azzurra sollevò la mano libera. "Le contiamo sulle dita di una mano," rispose. "E forse un dito resta anche vacante."

Marco sorrise incapace di contenere il sollievo e la soddisfazione. "Ti parrà strano, tuttavia la cosa mi riempie di gioia," ammise. "Forse io sono proprio come tanti altri seduti a questa tavola. La verità è che non mi sono ancora adeguato all'avanzata dei tempi e tutto sommato, apprezzo poco la donna emancipata che pretende di essere in tutto e per tutto uguale a un uomo. Una donna come Pamela io non la sposerei, non perché intenda negare la mia collaborazione nei lavori domestici ma solo perché lei crede di essere uguale a me e non lo è, ritiene di poter eseguire ciò che realizzo io e non può, per una differenza puramente fisica, e confida di poter agire come me, prendendosi tutti gli uomini che le capitano a tiro con lo stesso mio diritto, dimenticando che io ho seimila anni di storia alle spalle e lei un trentennio e che per me è e resta una puttana!"

"Come gli uomini," aggiunse Azzurra.

"Sì, come gli uomini, benché noi riteniamo sia un nostro diritto esserlo. Amoreggiare con tutte e non negarsi mai è ciò che ci rende uomini."

"E non sei ugualmente uomo dedicandoti a una sola donna, accrescendo quello che ti lega a lei, rendendolo qualitativamente prezioso e sempre più completo e inimitabile?"

"Sì, sicuro ... tuttavia devi essere certo che ne valga la pena. Ci chiedete un notevole impegno di continuità e dobbiamo essere sicuri che siate pronte a ricambiare, a investire, a donarvi, anche a sacrificarvi se necessario, perché l'amore rimanga vivo e palpitante nel tempo e che siate in grado di operare in modo che non subentri la noia e il disinteresse in un rapporto esclusivo a due."

Azzurra lo fissò. Avrebbe ricordato quelle parole considerandole come il proprio obiettivo.

"Hai le idee molto chiare," costatò sommessa.

"Non sono arrivato a trent'anni senza un legame significativo perché ignoro cosa voglio, ma perché lo so fin troppo bene e non l'ho trovato ... almeno finora," concluse ricambiando il suo sguardo.

"Sarebbe più semplice se vivessimo davvero in quest'epoca?" chiese Azzurra volgendo intorno lo sguardo.

"Sarebbe la medesima cosa. La vita non è mai stata semplice, in qualsiasi epoca sia stata vissuta."

"Che frase saggia," intervenne John che aveva udito l'ultima battuta di Marco. "Potrebbe essere lo slogan per un programma a puntate dedicato non solo al periodo che abbiamo preso in considerazione per questo film, ma anche ad altre epoche."

Marco annuì. "Avevo già avuto questa idea e sto discutendone i termini con il produttore," rispose. "Volevo comunicartelo ad autorizzazione ottenuta."

"Magnifico!" ribatté John esultante, levando il calice verso Marco e bevendo alla sua salute.

15

"Che caldo!" costatò Azzurra tirando leggermente le redini. "Già ormai siamo in luglio e la temperatura è davvero elevata, eppure nelle sale del castello pare invece che ci sia l'aria condizionata. E' quasi incredibile pensare che dormiamo con le braci che ardono nel camino e con le pellicce indosso," rispose Marco al suo fianco, un sorriso malizioso a incrinargli le labbra.

"E' un torrente quello laggiù?" chiese Azzurra a un tratto ergendosi sulla sella.

"Sì."

"Ci fermiamo a fare il bagno?"

Marco tentennò guardandosi attorno. L'aria era calda e immobile, priva di qualsiasi alito di vento. Lo stormire delle cicale era assordante.

"Non c'è nessuno in giro e fa un caldo atroce. Dai Marco!" lo tentò Azzurra.

Avanzarono ancora un po' verso la riva del fiumiciattolo e di nuovo Marco si guardò attorno circospetto. "Ma non ti spogli!" l'avvertì con fermezza e Azzurra rise. "No? E vuoi che vada a fondo quando tutte queste vesti si saranno inzuppate?"

"Intendevo non del tutto. Mantieni indosso i mutandoni e la camicia."

"Non li ho i mutandoni, non li ho mai adoperati."

"No?" replicò Marco stupefatto.

"No e nessuno se n'è accorto. E' difficile che qualcuno venga a controllare sotto le mie gonne," rispose Azzurra derisoria.

"E se fossi caduta a gambe all'aria o se ti si fosse strappato il vestito?"

"Vuoi vedere quante sottogonne ho?" replicò Azzurra smontando da cavallo.

"D'accordo Zu-zu, adesso bagnati in fretta. Io resto qui di vedetta."

"Dai Marco, non c'è anima viva in giro," insistette Azzurra.

"Non lo so per certo, perciò resto qua mentre tu ti bagni indossando la camicia e una sottogonna," rispose l'uomo smontando da cavallo.

"Uffa, come sei noioso! E poi la camicia è lunga. Basta solo quella," rispose la ragazza cominciando a svestirsi rapidamente. Poco dopo correva verso la riva del torrente saltellando a piedi nudi sui ciottoli.

Rise felice quando raggiunse l'acqua.

"Ah, che meraviglia!" urlò rotolandosi nel letto basso del canale. "E com'è fredda! Sembra ghiaccio sciolto. Sarà buona da bere?"

"Non ti azzardare!" le intimò Marco appoggiato a un tronco, poco distante da lei.

Azzurra giunse le mani a coppa e le colmò d'acqua che si rovesciò indosso a più riprese, poi si alzò e respirò profondamente, ritemprata e rinvigorita dal gelido bagno, e la camicia di lino che la ricopriva aderì seducentemente al suo corpo sinuoso e fu più provocante che se fosse stata nuda. Marco deglutì e si guardò nervosamente attorno.

"Che c'è? Stai tranquillo, non c'è nessuno," lo rassicurò Azzurra avanzando verso di lui. Consapevolmente cominciò ad ancheggiare.

"Hai finito? Bene, rivestiti alla svelta," la sollecitò l'uomo sulle spine ma Azzurra ignorò il suggerimento e gli si accostò. Appoggiò le mani fredde e bagnate sul suo viso tirato. "Vieni anche tu ... ti sentirai meglio dopo," lo invitò accarezzandolo.

"Ferma per l'amor di Dio! Non toccarmi," la bloccò Marco consapevole della propria vulnerabilità, eppure osservare quel corpo armonioso evidenziato dal lino bagnato che l'avvolgeva segnando seducentemente ogni curva, aveva risvegliato in lui il desiderio.

"Non c'è assolutamente nessuno. Ci siamo solo noi e le cicale," ripeté Azzurra facendosi ancora più vicina, aderendo infine contro di lui. Marco ansimò e annaspò per avvolgerla e nasconderla come poteva, cercandole avido la bocca. La baciò affamato, stringendola a sé e le baciò i seni di sopra della camicia bagnata, stordito dal piacere che ne riceveva.

Azzurra si lasciò andare nell'erba, tirandolo su di lei. "Anche se un esercito di soldati ci spiasse non importerebbe. Ti voglio Marco," ansimò allentando i lacci delle sue brache e guidandolo fino a lei. "Voglio sentirti vibrare di passione dentro di me ... voglio essere colmata da te ..." lo incitò spingendo in avanti i fianchi.

"Sei pazza ... dannatamente pazza ..." bisbigliò Marco invadendola, incapace di ignorare quel plateale invito. Si mosse rapido e brusco e Azzurra percepì la marea montarle dentro rapidamente e quando superò la soglia del cielo non distinse più l'intenso colore blu degli occhi di Marco intento a fissarla. Lui gemette di roco piacere affondando ancora una volta, poi grugnì tirandosi via da lei e sollevando il capo per volgere intorno lo sguardo.

"Ora rivestiti e non azzardarti mai più a coinvolgermi in un amplesso così dannatamente balordo," ansimò furente ancora senza fiato, riannodandosi velocemente le stringhe dei calzoni. Chiunque fosse sopraggiunto in quel momento non lo avrebbe scorto con le brache calate.

Azzurra rise alzandosi e ritornando verso la sponda del ruscello. "Vuoi sapere una cosa, Marco?" gridò immergendosi nell'acqua.

"Che cosa?" chiese Marco infilandosi la camicia nei calzoni.

"Ti amo."

Marco si immobilizzò e cercò la ragazza. La osservò rotolarsi nell'acqua bassa per qualche istante.

"Non ... non è un po' azzardata come affermazione?" chiese infine.

"Forse, ma tutto in me vibra per te."

Marco annuì, volgendosi di nuovo per guardarsi alle spalle. "Certo, l'attrazione sessuale è molto violenta fra noi," convenne.

Azzurra stava riguadagnando la sponda. "Perché non vuoi crederci?" chiese sfilandosi la camicia e ancora Marco volse il capo a guardarsi attorno con circospezione. "Fai presto, dannazione!" la esortò passandole l'abito e le gonne.

Azzurra si asciugò con una sottogonna e cominciò a rivestirsi. "Allora?" chiese sollecitando una risposta.

"Sono solo un po' scettico perché l'ho sentito molte volte."

"E chi lo ha affermato mentiva?" chiese Azzurra infilandosi gli stivaletti.

"No, ma credeva in qualcosa che si è rivelato, con il tempo, molto effimero ed evanescente."

"Magari anche il mio amore per te svanirà in fretta ma adesso è indubbio che ci sia, concreto e possente."

Marco sorrise. "Non posso che esserne lieto," replicò guardandosi attorno ancora una volta. "E gradirò qualsiasi espediente adotterai per dimostrarmelo, tranne che affermare fermamente di volermi anche con un esercito intento a osservarci."

Azzurra rise ancora raggiungendo il proprio cavallo. "Beh ... ritengo senza paura di essere smentita che potremmo offrire un bel vedere. Siamo entrambi dotati di corpi ben proporzionati ed è lampante che vibri tanta passione tra noi, per cui ritengo che i nostri amplessi possano essere senz'altro gradevoli per un pubblico critico e disinteressato," rispose montando in sella.

"Sicuro, corriamo solo un piccolo, insignificante rischio," rispose Marco imitandola.

"Quale?"

"Che la tua spiccata sensualità, la bellezza seducente e la passione che manifesti, possano essere deterrenti per chi ci stesse osservando e che poi tutto il dannato esercito potesse essere invogliato a imitarmi. Ed io non potrei tenerli tutti lontani da te nonostante i lunghi allenamenti," replicò Marco pungolando nei fianchi il suo cavallo come se avesse avuto il diavolo alle calcagna o proprio quell'esercito di famelici violentatori desiderosi di sostituirlo fra le lisce e affusolate gambe di Azzurra.

16

Azzurra depose il ricamo e sbuffò. Quello non era lavoro per lei e i punti che aveva composto nel tessuto sembravano formiche ubriache.

Si alzò e uscì dalla stanza. Marco doveva essere nella sala delle udienze a quell'ora.

Raggiunse velocemente lo stanzone ove avevano luogo gli incontri con il popolo e si acquattò nell'ombra per non disturbarlo o distoglierlo con la sua presenza.

"Decidi tu, mio Signore," stava dicendo un uomo che Azzurra non aveva mai visto al castello. "Però sappi che non sono stato io a invitare questa donna nella mia carrozza. Lei mi ha chiesto se potevo accompagnarla per viaggiare comodamente e al riparo dalla pioggia battente."

"E' vero," insorse una donna. "Tuttavia come potevo prevedere che la sua carrozza non fosse in grado di percorrere qualche chilometro? Sembrava sicura ed ero anche disposta a compensare quest'uomo per la sua cortesia, ma non volevo di certo ferirmi o porre a repentaglio la mia vita in un incidente. Però la ruota si è staccata e la carrozza si è assestata su un lato, ed io sono rotolata nel suo interno picchiando la fronte. Mi guardi, Signore," esclamò tirandosi via i capelli dalla fronte e mostrando un vistoso ematoma.

"Purtroppo mia Signora ..." replicò Marco gentilmente, "... gli incidenti di questo tipo sono facilmente prevedibili e l'unico sistema che io conosca per non restarne coinvolti è evitare di viaggiare. E' pur vero Signore, che anche non avendo personalmente invitato la Signora nel suo mezzo ha acconsentito ad accompagnarla e in quello stesso istante si è assunto l'obbligo indiretto di vegliare su di lei. Ritengo perciò che debba pagare i danni subiti dalla Signora nella misura di tre impacchi giornalieri di acqua fredda sulla fronte, per cinque giorni consecutivi."

"Ma ... mio Signore ... io pretendevo un rimborso in denaro per ..." iniziò la donna ma Marco la zittì con un gesto perentorio della mano. "Quantificati i danni subiti, tale è il rimborso. E' tutto. Andate."

Azzurra uscì dall'ombra e si mostrò, mentre i due contendenti scortati dal valletto abbandonavano la sala. Applaudì con forza e Marco le sorrise.

"Saresti stato un Signore del castello molto saggio e giusto," costatò.

"Forse quella donna che peraltro si è appena laureata in giurisprudenza non è d'accordo con te," replicò Marco raggruppando un fascio di carte.

"Glielo chiederò. Hai terminato le udienze? Si va in sala da pranzo? Sto morendo di fame."

Marco le rivolse uno sguardo incuriosito. "Come mai stai mangiando più del solito ultimamente?"

"Perché ho eliminato anche la costrizione del busto. Non ho bisogno che quell'arnese di tortura mi modelli la figura o che mi innalzi i seni che ringraziando il cielo, al momento, non pendono!"

Marco annuì. "Lo so bene ed essere informato del fatto che non indossi i mutandoni ..." replicò ma si interruppe con una smorfia.

Quella informazione era superflua, considerò lanciando un'occhiata alla telecamera installata in un angolo buio e che probabilmente era ancora accesa.

"Questa è da tagliare," borbottò afferrando un braccio della ragazza e avviandosi risoluto fuori della sala.

17

"È confermato, domani si tornerà a casa," annunciò Marco e John sospirò di sollievo.
"Finalmente, era ora," esclamò con evidente sollievo.
"Il filmato è completo?" chiese Azzurra che non si preoccupò di nascondere un certo rammarico.
"Sì, c'è materiale a bizzeffe," rispose Marco.
"Urrà! E' finita la segregazione," esclamò Luca poco più in là.
"Torniamo a casa?" chiese Anna.
"Sì, resterà solo chi deve sbaraccare," spiegò Marco.
Esclamazioni gioiose animarono la sala. Azzurra osservò le persone attorno al tavolo e rise per partecipare al loro evidente sollievo. Ognuno doveva aver vissuto quei giorni in costrizione, eppure quello non era accaduto a lei. Aveva apprezzato tutto quanto le era stato porto e lo aveva goduto. E sentiva che il ritorno alla realtà l'avrebbe inevitabilmente allontanata da Marco e provò a rammentare ciò che lui aveva affermato qualche sera prima. Marco desiderava un amore sereno, sempre vivo, brillante, e una donna che fosse in grado di donarsi e sacrificarsi e che non finisse col rendersi noiosa e scontata.
"Sei triste? Ti spiace tornare a casa?" s'informò Marco studiandola.
"Un po', in definitiva questa esperienza si è rivelata molto interessante e costruttiva."
"Ne sono lieto," rispose Marco con voce un po' roca, volgendosi verso Anna ferma alle loro spalle. "La tinozza, per favore," ordinò stringendo la mano di Azzurra e alzandosi con lei.

"Questa me la porto a casa," dichiarò Marco tirandosi sulla spalla una delle pellicce che fungevano da coperta.
Azzurra rise stretta a lui. "Io mi porto via un paio di vestiti che potrebbero tornarmi utili a qualche festa di Carnevale. E' consentito?"
"E perché no? Dopotutto hai collaborato alla realizzazione del filmato e non è neanche stato stabilito il tuo compenso."
"Una paga? Per me? Ma se mi sono divertita un mondo."
"Tanto meglio, tuttavia otterrò comunque una retribuzione per la tua gradita collaborazione," rispose Marco baciandola teneramente.
"E ... e se non ... ci fossi stata io ... Stefania sarebbe qui ora," mormorò Azzurra improvvisamente sgomenta.
Marco ridacchiò stringendola maggiormente a sé.

"Non ci sono telecamere in questa stanza. Non sarebbe stato proprio necessario alla realizzazione del film ... salvo che ... stanco di dormire da solo o di lavarmi senza aiuto ... non avessi poi approfittato ... di una gentile ... partecipativa, collaborazione ..."

Il morso di Azzurra sul petto interruppe l'esposizione di quella probabile eventualità.

"Ahi! Ma che sono quelli denti o zanne?" brontolò massaggiandosi la parte contusa.

"Io ti scortico a sangue questo tuo torace da pupazzotto rigonfio!" sibilò Azzurra furiosa allontanandolo ma Marco non si spostò di un millimetro. "Pupazzotto rigonfio?!" ripeté incredulo e divertito. "Non mi avevi definito un *"figo"* appetibile per la mia muscolatura soda e sviluppata?"

"Ho cambiato idea. Ora sei un pupazzotto rigonfio che non merita la mia ammirazione. Ancora un po' e potrai dedicarti al wrestling!"

"Ah! Allora mi ammiri," sussurrò Marco tirandosela vicina.

"No."

"Però mi ami," insistette Marco carezzandole lentamente un seno.

Azzurra tacque.

"Mi ami Zu-zù?" chiese baciandole dolcemente un lobo e il collo, la mano intenta ad avvolgere e plasmare il seno morbido e pieno il cui capezzolo irto svettava invitante.

"Un po'," ammise Azzurra a quel punto, sollevando il viso per offrirgli più spazio. Quei baci erano lievi e dolci come sussurri d'amore.

"Solo un po'?" chiese ancora Marco baciandole il mento e una guancia, spostando la mano che scivolò fino al pube e oltre a quello.

"Ieri ... hai ammesso qualcosa di diverso ..." bisbigliò ghermendole la lingua e danzando ardentemente con quella per poi tornare a dedicarsi ai seni. Ne baciò uno arroventandolo con le evoluzioni della lingua, eseguendo cerchi estenuanti tracciati sul contorno dell'areola. "Mi ami Zu-zù?" chiese di nuovo, insistendo nell'eccitante tortura del seno, carezzandola tra le gambe, spingendo le dita sempre più avanti.

Azzurra tremò arcuandosi e spingendosi contro di lui. Diavolo, se era abile a infiammarla!

"Tanto," bisbigliò.

"E mi vuoi?" domandò Marco spostando le labbra roventi a sfiorarle le costole e il ventre.

Azzurra ansimò e si tese maggiormente. "Sì ..." ammise tremando quando ancora la bocca dell'uomo la sfiorò.

"Ora siamo soli, tesoro ... e posso darti ciò che pretendi da me ... chiedi Zu-zù ..." la invitò tornando a cercarla, a baciarla, a sfiorarla con la lingua, a lambirla come un dardo infuocato puntando al suo fulcro vitale, per vederla vibrare ancora una volta per lui. Azzurra sussultò ritraendosi. "Con te," ansimò attirandolo su di lei. Lo circondò con le lunghe gambe grata di sentirsi colmata e di percepirlo muoversi in lei con tanto impeto ardente e non poté impedirsi di dimenarsi per afferrare infine, la luce.

Si risvegliarono dopo qualche ora e ancora si cercarono, ambedue consapevoli che dall'indomani tutto sarebbe cambiato. Nessun sogno durava in eterno.

Infine Azzurra si risvegliò insolitamente all'alba provando una strana inquietudine e rimase per un tempo lunghissimo a fissare il bel volto sereno di Marco ignaro e rilassato nel sonno, contemplando ogni tratto, ogni ruga o imperfezione, ogni pelo della barba già molto evidente sul mento e si sentì lentamente sopraffare dal desiderio, o meglio, dal bisogno, di continuare a restargli vicino per potergli dimostrare il suo amore.

Anche tu finirai con il rivelarlo a me, promise a se stessa. *Anche tu amore mio, ammetterai un giorno che mi ami. E' troppo speciale quello che ci unisce perché io possa essere solo una delle tante che ha riscaldato il tuo letto e movimentato le tue notti per un breve periodo.*

Marco stese il braccio a cercarla e trovandola, le sue adorabili labbra si distesero in un magico, affascinante sorriso. Azzurra lo cinse. "Sono qui amore mio," bisbigliò e il sorriso di Marco si estese maggiormente.

"Buongiorno tesorino, sei già sveglia?" chiese Marco a occhi chiusi.

"Sì," rispose la ragazza sollevandosi a baciargli le palpebre abbassate. "Il pensiero che oggi si torna a casa mi ha pungolato nel sonno e alla fine mi sono svegliata."

Marco sospirò mettendosi supino. "Credo che mi mancherà dormire con te tra le braccia ma dopotutto abitiamo nello stesso palazzo, al medesimo piano e si potrebbe anche ..."

"Non sperarci," lo interruppe Azzurra con una smorfia.

"Perché no?"

"Perché i miei pianterebbero una grana di proporzioni abissali e credo che alla fine mio padre riuscirebbe anche a costringerti a traslocare."

"Addirittura?" chiese Marco divertito.

"Tu non conosci mio padre."

"Già, lo conosco solo di vista naturalmente. Che tipo è?"

"Geloso e possessivo con ogni *sua* donna. Io poi sono la sua bambina prediletta. Lo so che è ridicolo ma nonostante abbia ventiquattro anni mi chiama bambina e mi ammonisce perché non accordi nessun permesso ai ragazzi che frequento. E in passato costringeva a scappare, terrorizzandoli, tutti gli incauti amici che osavano accompagnarmi fino alla porta di casa." Azzurra storse le labbra tacendo che quell'ultima situazione si era di nuovo verificata solo qualche mese addietro.

Riprese spedita.

"Non ho mai dormito fuori di casa con un uomo e per la verità non sono stata molto specifica alla partenza. Ho spiegato che era per lavoro, però ho taciuto che fossi presente anche tu ed è opportuno che i miei non siano informati che il rapporto di cordiale amicizia tra vicini di casa ha subito un significativo sviluppo, altrimenti non ti daranno più tregua e ti tormenteranno. E inoltre conviene che non lo sappia neanche Alice, la quale è una furbona e ha già mangiato la foglia. Purtroppo è un'ingenua chiacchierona e suo malgrado, potrebbe sfuggirle qualcosa che ci renderebbe la vita molto dura."

Marco scosse il capo, la fronte corrucciata. "Non mi piace molto," ammise contrariato. "Dopotutto siamo due persone adulte in grado di scegliere per se stessi e anche sbagliare, il che a volte può essere costruttivo, e inoltre non facciamo nulla di male a ..."

Azzurra sollevò la mano a interromperlo. "Fidati Marco! E' meglio che i miei non sappiano che stiamo insieme. Spiegherò loro che ho un ragazzo, tuttavia non specificherò che sei tu. Credo che mio padre ti consideri un manigoldo e uno scopatore da strapazzo."

"Magnifico! E a che cosa devo questo lusinghiero giudizio se è lecito?" domandò Marco imbronciato.

"Dimentichi dove abitiamo? Spesso rincasate insieme tu e mio padre e nella maggioranza delle occasioni sei accompagnato da una ragazza diversa che si chiude in casa con te."

"Non le porto tutte a letto! Alcune di quelle donne sono anche colleghe e spesso lavoro in casa," replicò Marco punto.

"Tuttavia adesso le cose cambieranno ed io farò notare ai miei genitori che sei diventato giudizioso e maturo," rispose Azzurra accarezzandogli il petto. "E li costringerò a costatare anche che sei un ragazzo affascinante dolce e con tanti altri meriti e a quel punto capiranno quanto sia difficile per me non innamorarmi di te, e forse lo accetteranno senza evirarti."

Marco tremò portandosi la mano all'inguine. "Ti diverti a spaventarmi?" chiese abbracciandola e tirandola a sé. "Cerca di preservarmi intatto, Zu-zù, perché ho ancora un mondo di meraviglie da mostrarti e l'arnese serve proprio a questo scopo," le sussurrò sulle labbra.

Azzurra ridacchiò. "E perché? Sai realizzare meraviglie anche con la bocca," rispose derisoria, baciandolo poi teneramente. Marco la rovesciò sul letto e le fu indosso. "Sì? E che cosa mi racconti ora?" domandò cominciando a spingersi in lei.

Lo sguardo di Azzurra vacillò, il volto si cosparse di un piacevole rossore. "Be'... anche l'arnese ha la sua innegabile importanza," convenne e quando fu attraversata da una scarica elettrica, Marco sorrise di trionfante soddisfazione.

"Adoro vederti vibrare così intensamente. Che senti Zu-zù?" chiese avanzando lentamente in lei, bloccandole il viso con le mani per poterla scrutare in fondo agli occhi ma Azzurra li chiuse già cullata dall'oblio.

"Guardami tesoro e spiegami quello che provi," insistette Marco spingendosi più a fondo e ritraendosi lentamente.

Attese paziente una risposta, senza interrompere quel ritmo lento e costante, ogni spinta sempre più lunga e incisiva mentre Azzurra sembrava sciogliersi per lui. "Dimmelo," insistette.

"Una ... una tensione di fuoco mi attanaglia e sento che sta per spezzarsi ... deve spezzarsi ... o impazzirò ... è troppo estenuante, perché continui così ..." ansimò aggrappandosi alle sue spalle, andandogli incontro con una decisa spinta di anche. "Oh Marco ... si spezza," mugolò fissandolo senza però vederlo. E Marco la strinse a sé e si spinse avanti ancora e ancora, finché la sfavillante esplosione dentro di lei non fu spenta e ogni bagliore di luce dileguato, quindi si ritrasse e le scivolò al lato.

"Non dovrebbe venirci a noia dopo una notte ... così intensa?" chiese Azzurra incredula dopo un po' e Marco rise. "A noia? Vuoi scherzare? Qualcosa di così assolutamente stupefacente come potrebbe mai annoiare? E poi abbiamo accantonato un po' di scorta per i giorni a venire," replicò con ironia, tirandosi fuori dal letto.

"Mi sento come una gelatina adesso," mormorò Azzurra sollevando una mano e lasciandola ricadere di peso.

"Dopo un'abbondante colazione ti sentirai di nuovo in forma," rispose Marco raggiungendo l'uscio e socchiudendolo. Sbirciò nell'anticamera.

"Dove vai tutto nudo?" protestò Azzurra.

"Qui," rispose Marco uscendo e rientrando subito dopo, reggendo una grossa scatola di cartone nelle braccia. "Le nostre cose," enunciò posando la scatola sulla cassapanca e aprendola. Tirò fuori un paio di jeans che mostrò ad Azzurra.

"Oh, i miei jeans! Sembra così lontano il giorno in cui li ho tolti. Abbiamo vissuto una vita in questo castello, Marco."

L'uomo annuì. "Breve ma intensa e talmente ricca che credo siamo entrambi cresciuti con questa singolare esperienza."

"Senza dubbio," rispose Azzurra alzandosi. "Bene ... vediamo se mi entrano ancora," aggiunse sospirando.

18

Marco parcheggiò davanti al portone e si morse nervosamente l'interno di una guancia. "C'è il tuo borsone nel baule," le rammentò sommesso.

"Già ... lo avevo proprio dimenticato. Tu non vai a casa?"
"No, devo passare dall'ufficio," rispose Marco.
"Okay ... allora ci salutiamo qui."
"Sì, ti chiamerò quando torno a casa ... così, se magari vorrai passare a bere un caffè ..."
Azzurra scosse il capo desolata. "Oggi cade il compleanno di mia madre e mi aspetto grandi festeggiamenti per lei e per il mio inatteso rientro."
"Oh! Va bene ... allora ti chiamerò domani," replicò Marco.
Azzurra annuì. "Ciao, passione unica della mia vita."
"Ciao, tesoruccio."
Azzurra uscì dall'auto e andò al vano bagagli. Lo aprì, prese il borsone da viaggio e tornò al finestrino di Marco. "Grazie per la singolare vacanza," bisbigliò baciandolo, poi si ritrasse e rapida si allontanò.

19

"Intendi dire che in dodici giorni non hai mai guardato la tivù?" chiese Alice stupefatta.

"No, e non mi è mancata per niente," rispose Azzurra infilandosi la camicia da notte.

"E come occupavi le ore della sera?"

Azzurra sospirò di stanchezza. "Le cene erano sempre molto lunghe e allietate dagli artisti o dai cantori, in compagnia peraltro, di mezzo castello."

"E poi?" chiese Alice insaziabile.

"E poi c'era il rituale della tinozza," aggiunse Azzurra stendendosi sul letto e rivedendosi con gli occhi della mente immersa nell'acqua calda e l'immagine di Marco a ondeggiare nel vapore. Inconsapevolmente tremò.

"Che accadeva con la tinozza?" insistette Alice curiosa.

"Vuoi sapere quello che ho fatto in dodici giorni, tutto in una sola sera? E' da quando ho messo piede in casa che racconto della mia esperienza e ora sono davvero ..."

Il trillo del cellulare la interruppe. Alice fu lesta a prenderlo dal comodino e ad attivare la linea. "Sì?"

"Azzurra per favore."

"Chi sei?"

"Marco."

"Un attimo ... è Marco ..." specificò porgendo il telefono alla sorella.

Il cuore di Azzurra sobbalzò. "Marco?" lo chiamò nel microfono.

"Ciao Zu-zù ... dormivi?"

"No, c'è qui mia sorella che non la smette di porre domande. Credo che non mi sia rimasto più nulla da raccontare. E' da quando sono arrivata che parlo. Dove sei?"

"A casa. Sono a letto Zu-zù e non riesco ad addormentarmi. Da che dipende secondo te?"

Azzurra sorrise. "Non lo so," rispose sommessa evitando di guardare la sorella che sapeva, stava ascoltando ogni parola.

Marco sospirò. "Forse non riesco a digerire l'idea che pur essendo a meno di trecento metri da me non sei nelle mie braccia. Perché non vieni a dormire da me? Inventa una storia qualsiasi," suggerì.

"No ... non posso Marco."

"Dai tesoro, se vieni qua da me ti prometto che ..."

"No Marco!" lo interruppe Azzurra stizzita. "Non posso!" ripeté con fermezza.

Marco tacque ma dopo qualche secondo la sua voce riprese gelida: "Dormi bene." Poi la linea fu interrotta.

Azzurra sospirò disattivando l'apparecchio.

"Era Marco Ghini?" chiese Alice disinvolta.

"Sì ... no ... cioè ... ora taci e dormi! E se pronunci ancora una parola, ti tappo la bocca col nastro adesivo," la minacciò Azzurra spegnendo il lume sul comodino e sbuffando di scontento.

20

Marco tese il braccio e sfiorò il fianco di Azzurra. Lei c'era ... era là! Infine era andata da lui.

Gioì e se la strinse contro, avvertendo subito divampare dentro di sé il desiderio di lei. "Tesoro ... tesoro mio ..." sussurrò baciandole il viso e il collo e Azzurra lo abbracciò e gli scivolò indosso. "Ti amo Marco ... ho tanto bisogno di te ..." ansimò piantandosi su di lui.

"Anch'io Zu-zù ... anch'io ... non lasciarmi più da solo ..." replicò baciandola con passione, guidandola e assestandola su di lui per penetrare in profondità e sentirsi parte di lei, ma poi inspiegabilmente Azzurra si tirò via lasciandolo rigido e infiammato.

"No ... non lasciarmi adesso ... che cosa c'è ... Zu-zù ..." ansimò cercando di afferrarla, ma lei stava svanendo come una voluta di fumo impalpabile. Imprecò e si rigirò nel letto percependo le pulsioni spasmodiche contrarre dolorosamente il membro tumescente.

Aveva solo sognato ... eppure era stato tutto talmente reale... Azzurra così viva calda e appassionata nelle sue braccia.

Sbuffò contrariato, scagliando via il cuscino con tanta forza da farlo volare fino all'altro angolo della stanza.

Marco si vestì in fretta tendendo le orecchie.

Andrà al lavoro oggi, Azzurra? Si chiese con i sensi tesi a percepire lo scatto della serratura della porta di casa della ragazza.

Si tirò indietro i capelli dalla fronte e si volse alla ricerca delle chiavi e del portafoglio, poi si avviò alla porta. Sbirciò attraverso l'occhio magico e sobbalzò sorpreso quando le orecchie percepirono lo scatto della serratura. Si affrettò ad aprire la sua porta.

"Buongiorno," lo salutò Azzurra gioiosa catapultandosi su di lui. "Siamo sincroni in tutto noi due," esclamò stringendosi a lui. Era talmente bella profumata e desiderabile che Marco si sentì travolto e soggiogato.

Mi sto perdendo, pensò smarrito ritraendosi, ma Azzurra lo tenne stretto.

"Non tenermi il broncio amore. Mi sei mancato da morire," sussurrò sul suo petto.

"E allora perché non sei venuta da me?" Non poté impedirsi di chiederle.

"Non potevo Marco. Sii ragionevole, per favore," rispose Azzurra arretrando ed esaminandolo in viso con spropositata attenzione. "Sei diventato ancora più bello da ieri, com'è possibile?" chiese sbigottita, fissandolo con occhi amorevoli e tendendo la mano a carezzarlo sul viso appena sbarbato.

Ora torno dentro e me la mangio! Pensò Marco suscettibile a tanta aperta ammirazione.

"Andiamo amore," lo sollecitò Azzurra aprendo la porta dell'ascensore e riscuotendolo.

Sospirò contrito seguendola.

"Stasera sei impegnato?" chiese Azzurra disinvolta.

"No."

"Ci vediamo?"

"Se vuoi."

"Certo che lo voglio, ti invito a cena. Conosci l'osteria del Gatto Nero?"

"Sì."

"Ci troviamo là intorno alle venti?"

"Va bene," rispose Marco aprendo le porte della cabina. Uscirono e si avviarono fuori. "Ti offro un passaggio," disse Marco.

"No grazie amore ma non vado in ufficio. Sono in ferie fino a Lunedì."

"Ah! E dove vai così di buon'ora?" chiese Marco esaminandola. Azzurra era elegantissima, impeccabile e appetibile, stretta nella sua gonna corta attillata e fasciante.

"A svolgere delle commissioni."

"Posso comunque darti uno strappo fino alla tua prima destinazione."

"Non è il caso ... ti mando fuori strada," rispose Azzurra dubbiosa.

"Ti ripeto che non importa! Lo vuoi oppure no questo passaggio?" replicò Marco conscio dell'irritazione che stava lievitando in lui. Se ne avvide anche Azzurra.

"D'accordo, come sei irritabile questa mattina," costatò.

"Forse lo sono unicamente perché ho dormito molto male la scorsa notte," replicò Marco in tono di rimprovero, aprendo la clere del box.

Azzurra gli rivolse un sorriso tenero. "E ora fai il bimbo capriccioso che pesta i piedi in terra perché non ha ottenuto quello che voleva?" chiese derisoria.

"No, però lasciami precisare che non comprendo minimamente il tuo assurdo atteggiamento di chiusura. E non posso impedirmi di chiedermi se il tuo ardente amore si è esaurito tra le mura del castello," replicò Marco immusonito e Azzurra lo esaminò ancora amorevolmente.

"Certo che no Marco, anzi ti dimostrerò che il mio amore non è composto solo di sesso, ma anche di tanto altro."

"E perché vuoi concedermi questa dimostrazione? Io non disdegno la parte concernente il sesso."

"Ah, lo so bene e neanche io disdegno quella parte, tuttavia poiché non desidero che il nostro rapporto si esaurisca con una potente fiammata, sarà opportuno ridimensionare il tutto e ..."

"Ma che stronzata colossale! Dovremmo forse trasformarci in un prete e una suora missionaria e per che cosa?" chiese Marco infiammato.

Azzurra deglutì. "Per ... mostrarti che puoi stare con me senza annoiarti, anche non praticando sesso."

"Okay, dimostrazione centrata. Non mi sto annoiando, anzi mi sto adirando, eppure in ogni caso sto bene con te. Sei soddisfatta adesso?" chiese in tono vibrante.

Azzurra avanzò di un passo e tese la mano per carezzarlo in viso ma Marco le allontanò le dita prima che lo sfiorassero, il volto così tirato da sembrare ben più che incazzato.

"Insomma Marco, cos'è che vuoi? Mi sembri una viscida anguilla che sfugge via da qualsiasi lato io l'afferri. Vuoi consumare sesso? E' questo che ti preme? Andiamo! Andiamo pure in casa e al diavolo Andrea, fa niente se aspetta."

"Andrea? E' da lui che devi andare?"

"Esatto. Allora? Torniamo su?"

"Smettila Azzurra!"

"Devo smetterla? Non è quello che ti preme, consumare immediatamente sesso con me? Forse è l'unico motivo per il quale mi hai invitato al castello."

"Vuoi piantarla?"

"Sto sbagliando? Allora ti chiedo scusa perché ho sbagliato valutazione tuttavia avevo proprio creduto che tu pensassi unicamente a usarmi per consumare sesso a volontà e che fossi adirato con me per la pausa forzata."

"No affatto, sono solo in ritardo e non intendo più ascoltare le tue cazzate e dal momento che non devi andare in ufficio, dal tuo Andrea puoi anche andarci da sola e già che ci sei, porgigli i miei saluti!"

"Sarà fatto mio Signore!" rispose Azzurra ma Marco era già montato in auto e stava mettendo in moto. Azzurra sbuffò sentendosi percorrere da un brivido di sgomento.

E' solo questo che c'è fra noi? E quando te ne sarai soddisfatto appieno che succederà? Sarò da buttare via a quel punto, come tutte quelle che mi hanno preceduto?

21

Azzurra compose il numero del cellulare di Marco e attese.
"Sì?" disse la sua voce dopo qualche squillo.
"Ciao amore, dove sei?"
"Ciao Azzurra, sto uscendo adesso dall'ufficio."
"Ti sei calmato?"
"Non sono mai stato agitato. E tu hai visto Andrea?" chiese Marco di rimando.
"Sì."
"Bene!"
"Devi fare qualcosa?" chiese Azzurra cauta.
"Perché?"
"Potresti venirmi incontro."
"Dove sei?" s'informò Marco.
"A casa ma adesso esco."
"Stai lì, sto arrivando."
"Okay," rispose Azzurra respirando di sollievo. Si spazzolò i lunghi capelli, poi prese la borsa e si avviò all'uscio. Poco dopo fu in strada e attese fissando il fondo della via e quando vide avanzare l'auto di Marco il cuore le galoppò veloce nel petto.

La macchina frenò davanti a lei e Azzurra vi entrò sorridendo. "Oh Marco, che hai fatto?" chiese senza fiato e lui la fissò interrogativo. "Che ho fatto?" ripeté senza capire.

"Forse è opera del barbiere ma ti assicuro che sei diventato ancora più affascinante da questa mattina," spiegò la ragazza accostandosi e lasciandogli scivolare un dito sulle labbra.

Un blando sorriso curvò le labbra di Marco che subito dopo si tesero per baciare il dito che lo stava carezzando.

"Perché mi aduli Azzurra? Devi forse annunciarmi qualcosa?"
"Sì ... ti amo," rispose Azzurra appropriandosi della sua bocca.

Marco resistette solo un attimo, poi la bevve con il solito ardore e la strinse contro di sé. No, non era ancora stanco di lei.

"Tu finirai col farmi ammattire," mormorò Marco ritraendosi. La studiò e le carezzò il viso e le labbra.

"Non intendo farti ammattire. Voglio ..." esitò mordendosi un labbro.
"Che cosa?" la sollecitò Marco fissandola negli occhi.
"Essere ... ecco, essere solo un po' importante per te."

Lo sguardo di Marco s'intenerì. "In tutta sincerità Zu-zu non lo so quanto tu sia importante ... però posso confessare che oggi ad esempio, non ho fatto che pensare a te come un vero cretino."

Azzurra sorrise. "Perché pensare a una donna ti rende automaticamente un cretino?" chiese.

"Perché ti vedevo nonostante avessi gli occhi aperti e tu non fossi davanti a me e immaginavo che mi dicessi o eseguissi, tutto quello che volevo mi dicessi e facessi per me."

"Ad esempio cosa vorresti ti dicessi?"

Marco non esitò. "Che Andrea è un capitolo chiuso e che lo hai incontrato solo perché non potevi farne a meno per questioni pertinenti il lavoro e che io sono il solo uomo della tua vita," enunciò senza pause.

"E' così Marco, è vero, ho incontrato Andrea per restituirgli la tesi e alcuni suoi testi universitari però davvero lui è un capitolo chiuso per me. Andrea non è mai veramente contato. Ora sono consapevole di appartenere a qualcuno, ho capito cosa significhi dipendere da un uomo e non ti nascondo che tutto questo mi angoscia, perché mi rendo conto di dipendere da te, da un tuo sorriso, dal tuo umore, e di volere il tuo cuore Marco. E' per questo motivo che ora non posso più contentarmi solo del tuo letto. Lo comprendi?"

Marco annuì liberandole il viso dai capelli. "Io ... non lo so se possiedi il mio cuore ... tuttavia, è garantito che non abbia mai vibrato così intensamente davanti a qualcuna, e il Signore mi è testimone che mai l'abbia desiderata con tanta brama, la stessa con la quale desidero te. Questa è la verità e posso confessarla in piena coscienza," terminò sincero chinandosi a baciarle teneramente una guancia.

"Okay Marco vediamo dove ci condurrà tutto questo," replicò Azzurra carezzandogli il capo.

"Penso ... nel mio letto."

"Ci verrò Marco. Se il letto è il tramite per raggiungere il tuo cuore, ci verrò ancora e con immenso piacere tuttavia, per ogni volta che dormiremo insieme mi dedicherai uguale tempo per ... banalità."

"Cioè?" chiese l'uomo corrugando la fronte.

"Mi accompagnerai nello shopping o passeggeremo e correremo insieme nel parco, oppure mi accompagnerai nel gruppo dei miei amici o anche potremmo andare a cavalcare insieme," propose Azzurra alla ricerca di altre modi apprezzabili di condivisione di tempo.

Marco annuì. "Okay tesoro, intanto che ne diresti se andassimo a mangiare?"

"Sì, e gradirei conoscere l'evolversi della tua giornata per filo e per segno per capire dov'eri e che stavi facendo in ogni attimo in cui *io* ho pensato a te." *Come una cretina malata d'amore,* avrebbe voluto aggiungere ma se ne astenne.

22

Marco le porse l'assegno. "Questo è il tuo compenso per aver collaborato alla realizzazione del filmato storico," spiegò esibendo un sorriso soddisfatto. Sapeva di avere estorto una cifra notevole e aspettava sornione la reazione di Azzurra.

"Wow, grazie!" esclamò lei contando gli zeri.

"Di nulla, lo hai meritato. Potrò in futuro chiedere ancora la tua collaborazione?"

"Certamente. Sai che mi compro versando questo denaro come acconto?" chiese la ragazza con occhi scintillanti.

"Non saprei ... una pelliccia?"

"No, ritenta."

"Un biglietto aereo con relativo soggiorno in una località esotica?"

"Ancora non mi conosci bene amore mio. La maggioranza delle donne avrebbe optato per il viaggio, certo, però io sono Azzurra e il nome che mi distingue è stato per me un marchio fin dalla nascita. Amo l'azzurro del cielo e il suo spazio infinito, adoro volare e mi compro un brevetto di volo," terminò con un sorriso gioioso.

Marco la fissò ammirato e ammaliato. "Che fossi speciale l'ho intuito nel momento stesso in cui ti ho visto la prima volta."

Il sorriso di Azzurra si estese maggiormente, se possibile. "Sì? Ricordi quando è avvenuto?" chiese curiosa.

"Certo, lo rammento perfettamente. Avevo appena traslocato, due anni fa. Uscimmo dalle rispettive case contemporaneamente, come il solito e tu mi studiasti sorpresa e assai contrariata. 'Hai comprato l'appartamento?' mi chiedesti diretta, senza preamboli. 'Sì, perché? ' risposi perplesso e incuriosito," raccontò Marco.

Azzurra annuì. "Sì mi ricordo ... risposi che avevo meditato di prenderlo per me quell'appartamento e ti chiesi se eri ancora in tempo ad andartene altrove. Mi offrii anche di pagarti le spese per il trasloco."

"Infatti, al momento mi indispettisti, però poi ripensandoci convenni che sarebbe stato conveniente per te abitare per conto tuo ma vicino ai tuoi, e alla fine apprezzai la tua schiettezza e la decisione dimostrata nell'affrontarmi. Mi dissi che eri dotata di carattere e mi piacesti al volo."

"Ora svengo. Questa è una rivelazione a dir poco sconvolgente perché io ho sempre creduto che mi detestassi e non potevo darti torto, dopo quel benvenuto così poco caloroso e la richiesta arrogante di andartene altrove," replicò Azzurra con una smorfia.

"Capii perfettamente le tue motivazioni e ti assicuro che se non avessi dovuto rimettermi in cerca di un appartamento che mi soddisfacesse e rifare daccapo i contratti, te lo avrei ceduto senza problemi."

"Oh no! Ora non saremmo qui a parlarne!"

"Forse o forse no, chissà? Vuoi mangiare ancora qualcosa?"

"No, grazie caro."

"Ce ne andiamo?" domandò Marco sommesso.

"Sì," rispose Azzurra in attesa di quel momento, contemplandolo con occhi carezzevoli e il cuore di Marco palpitò.

"Ero certa che mi detestassi. Non mi hai mai guardato come mi stai osservando adesso," notò Azzurra sommessa, la voce un po' roca.

"Neanche tu."

"Credevo ... di non avere speranze. Eri sempre accompagnato da donne bellissime."

"Davvero? Evidentemente adoperiamo diversi parametri per misurare e definire la bellezza," rispose Marco alzandosi. Fece strada fin fuori del ristorante, poi scortò la ragazza all'auto. "Vuoi andare ... in qualche luogo?" chiese fissando un punto indefinito della strada.

"No."

Marco deglutì. "Andiamo ... a casa?"

"Sì," rispose Azzurra montando rapida nell'auto. "Che intendevi dire prima, a proposito della bellezza?" chiese allacciando la cintura.

"Non rammento tutte le ragazze che ho condotto a casa mia, ciò nondimeno sono certo che non una fosse bella quanto te."

Azzurra avvampò. "Lo pensi davvero? E da quando?"

"Da sempre ... ma tu eri talmente glaciale e mi squadravi sempre con un'aria molto critica."

Azzurra rise divertita. "Ti squadravo con curiosità domandandomi che tipo di uomo fossi, che lavoro svolgessi e apprezzando sempre la tua eleganza. A volte notavo accostamenti di tessuti e colori davvero inusuali ma sempre di gran classe e mi chiedevo se ci fosse una donna a consigliarti nelle tue scelte."

"Nessuna donna," rispose Marco.

"Già, e poi ho sguinzagliato Alice."

Marco la fissò. "Ho sempre pensato che Alice fosse una ragazzina molto curiosa."

"E lo è infatti, ed io pretendevo delle risposte precise."

"Ah!"

Erano arrivati. Marco infilò l'ingresso del box e parcheggiò. Uscirono dall'auto e si fermarono davanti all'ascensore. "Vuoi ... venire un po'... a casa mia?" chiese Marco esitante.

Azzurra si accostò e si adagiò su di lui. Sollevò il viso e si tese a cercargli la bocca. Lo baciò con tutta la dolcezza di cui era capace, poi dovette ritrarsi quando le porte della cabina si aprirono. E non appena si richiusero alle loro spalle, Azzurra si strinse di nuovo a lui desiderosa del contatto, però dopo pochi secondi l'ascensore si fermò al piano terra e le porte scivolarono di nuovo nei binari per aprirsi.

Azzurra si ritrasse squadrando chi stava entrando nella cabina e il suo sbalordimento fu totale e disarmante. "Ciao papà ... Alice ..." borbottò fissando repentina Marco.

"Buonasera," rispose il padre lanciando anche lui un'occhiata a Marco che si lasciò andare afflitto contro la parete della cabina. "Buonasera a lei!" rispose secco.

"Ciao Marco, come va?" chiese Alice allegra, squadrando sia lui sia Azzurra.

"Bene grazie e a te?"

"E' stata una vera noia la vita senza mia sorella. Azzurra è stata via un bel po'. Anche tu sei andato in viaggio? Per un pezzo non mi è capitato d'incontrarti."

"Già," rispose Marco studiando sconsolato le porte della cabina che si riaprivano al piano. Uscirono e si mossero verso le rispettive porte.

"Buonasera signor Ghini," salutò il padre di Azzurra entrando in casa sua.

"Buonasera," replicò Marco non riuscendo a impedire alla delusione di trapelare dalla voce sommessa e dallo sguardo afflitto.

"Ciao Marco, vieni Azzurra? Che aspetti?" esclamò Alice strattonando il braccio della sorella.

"Marco ... ciao ... aspetta Alice! Maledizione non tirarmi ..." sbottò Azzurra volgendosi a scrutare Marco che stava entrando in casa. "Non essere adirato," lo pregò.

"Non lo sono!" rispose Marco secco chiudendo la porta con più forza di quanta fosse necessaria.

Sì che lo sei amore mio, pensò Azzurra affranta entrando in casa sua e richiudendo l'uscio.

"Stai con lui?" chiese Alice fermandosi nell'ingresso.

"Sì."

"Ottima scelta, Marco è un vero figo," replicò la sorella soddisfatta.

"Lo so, ma aiutami a spiegare a mamma e papà che è anche un bravo ragazzo."

Alce rise. "Sarà anche un bravo ragazzo ma cacchio deve scopare come un diavolo sempre infiammato e questo non sarà facile da digerire per papà. Sicuramente non vorrà vederti andare ad aggiungere alla lunga lista delle donne, che si alternano nel letto di quell'uomo."

Azzurra sospirò. "Lo so," rispose avanzando nel corridoio e sentendosi ancora più demoralizzata.

23

"Sì?" chiese sbrigativa la voce di Marco.
"Dammi solo un po' di tempo," pregò Azzurra sommessa nel microfono.
Marco tacque.
"Glielo dirò. Ti prometto che lo spiegherò a mio padre."
"Sì, ed è giusto che tu lo faccia. Mi ami appunto, no? E sei o non sei responsabile delle tue scelte?"
"Certo che ti amo e che sono una persona responsabile e mio padre non ne dubita, tuttavia desidero solo poterti proteggere dalla sua ira."
Marco rise. "E cosa credi possa farmi? In ogni caso non lo temo e ti avverto Azzurra, se mi accadrà ancora d'incrociarlo gli spiegherò personalmente quello che c'è tra noi."
"Lo farò prima io."
"Bene," replicò Marco secco.
Tacquero per un po', sopraffatti da una coltre pesante di freddezza.
"Che ... che stai facendo?" chiese Azzurra cercando di ristabilire un contatto.
"Sto lavorando," replicò Marco asciutto e non aggiunse altro. Azzurra sospirò. "Allora ti lascio lavorare tranquillo. Ci vedremo domani?"
"Per fare che cosa?"
"Una cavalcata nel parco del Country Club?" propose Azzurra speranzosa.
Marco tacque per un po' ma alla fine acconsentì. "Va bene," replicò con voce appena un po' più morbida.
"Okay, alle dieci?"
"Sì."
"Ciao Marco, dormi bene."
"Sarà molto improbabile che ci riesca," replicò l'uomo interrompendo la linea.

24

Marco uscì dalla cabina doccia e s'infilò l'accappatoio. Il trillo del campanello della porta lo sorprese. Chi poteva essere? Andò all'uscio e sbirciò dall'occhiolino. Azzurra fuori della porta gli sorrise mostrando una bocca a dentiera per l'effetto panoramico dell'immagine deformata dalla lente. Aprì immediatamente.

"Ciao, sei pronto?"

"No ... è presto ... avevi detto alle dieci," le rammentò confuso.

Azzurra annuì, lo sguardo scintillante. "Mi sono svegliata presto ... ma tu fa pure con comodo. Ti aspetto. Posso entrare?"

"Certo," rispose Marco scostandosi e liberando l'uscio e tutto in lui si tese e pulsò nell'aspettativa. Azzurra entrò rapida diffondendo una nuvola di profumo seducente e non appena Marco ebbe richiuso l'uscio, gli fu addosso e si strinse a lui intrufolando le mani sotto l'accappatoio. "Buongiorno amore mio," sussurrò accarezzandolo, strusciando contro la sua vigorosa erezione e agguantandogli la bocca per un bacio ardente e appassionato.

Marco ansimò addossandola alla porta, ricambiando il bacio infuocato e armeggiando frenetico per liberarla dell'abito e della biancheria. La voleva nuda contro di sé.

"Non ho fatto che sognarti ... che percepirti rigido e pulsante di energia dentro di me ..." ansimò la ragazza roca stringendolo a sé, carezzandolo con mani avide, baciandolo bramosa e Marco si sentì travolto e perso. La sollevò con agilità ancorandosi le sue gambe intorno ai fianchi e si spinse avanti smanioso, penetrando nel cuore di lei tanto agognato.

"Voglio perdermi in te," ansimò con voce arrochita dalla passione, spingendo in lei con decisione divorandole le labbra di cui non riusciva a saziarsi. "Annullarmi in te ... dio ... sei il mio paradiso Zu-zù ..." balbettò serrandola, impennandosi per incontrarla nel fuoco pulsante che li consumava entrambi. Arsero insieme scossi da lunghi, ripetuti spasmi liberatori, annientandosi a vicenda, galleggiando nella pura beatitudine e nella gioia per essersi fusi ancora una volta, nell'assoluta perfezione.

"Marco ... amore mio ... è talmente bello ... che provo il desiderio di piangere ..." ansimò Azzurra avvinghiata a lui.

Marco la riadagiò al suolo e le carezzò il viso e le labbra gonfie e arrossate dai suoi baci ardenti. "Stai bene?" chiese respirando ampiamente.

Azzurra annuì. "E tu?" domandò riassettandogli i capelli umidi, scrutando nelle profondità blu dei suoi occhi sognanti.

Marco la strinse nuovamente fra le braccia. "Il mio piccolo tornado," sussurrò baciandole la testa. "Il mio uragano che non mi consente di capire più un cazzo," aggiunse allontanandola per scrutarla in viso. "Ma che cos'hai, Azzurra? Cosa diavolo c'è in te che mi spinge il cuore a galoppare proprio come fa Diablo quando allento le redini?"

"Il mio amore per te."

Marco sorrise di compiacimento e la sollevò sulle braccia. "Ho bisogno di nutrirmene Zu-zu ... devo assorbirlo tutto, ora che me ne è concessa la possibilità," bisbigliò baciandola teneramente e avviandosi alla stanza da letto.

25

"Questo parco è stupendo," disse Azzurra procedendo lungo il sentiero tracciato, in groppa al suo cavallo. "Se qualcuno mi avesse predetto un anno fa che avrei cavalcato, non gli avrei creduto. Non era nei miei programmi," ammise ondeggiando al passo cadenzato del suo cavallo.

"Come non è nei miei volare o pilotare un aliante ma ho promesso di accompagnarti a quella scuola di volo e ora non escludo un mio coinvolgimento più espressivo."

"E' giusto condividere le passioni dell'altro," rispose Azzurra convinta.

"E se dovessi soffrire per i vuoti d'aria?" ipotizzò Marco e la ragazza rise. "Starà a indicare che insieme dobbiamo solo cavalcare e ci troveremo qualche altro sport da condividere," rispose pungolando lievemente i fianchi del cavallo. Il sentiero si era aperto in una distesa radura erbosa e solitaria e da un pezzo non avevano più scorto persone. Il destriero obbediente partì al galoppo e Marco sorrise osservando la sua abile compagna, poi spronò il proprio cavallo a seguirla. Cavalcarono a lungo e solo quando furono in vista di un laghetto, Azzurra tirò a sé le redini. Smontò abilmente e corse eccitata fino alla riva del lago. Marco la imitò prontamente.

"Non pensarci!" l'ammonì seguendola e rivedendola bagnata e coperta solo da una camicia di lino trasparente. "Qui non siamo in una solitaria campagna boema ed è pieno di gente!"

Azzurra rise ancora. "Volevo solo costatare se sono visibili pesci. Sai pescare Marco?"

"No, non mi piace."

"Hai ragione, bisogna stare fermi troppo a lungo e aspettare. L'attesa è snervante vero?"

Marco le afferrò il braccio. "A volte è necessaria la pazienza," rispose.

Azzurra sorrise. "Intendi precisare che tu ... sei paziente con me?" chiese.

Gli occhi blu di Marco lampeggiarono. "E non lo pensi anche tu? Ho atteso un'infinità di tempo per poterti di nuovo stringere tra le braccia e spero ardentemente che non debba aspettare altrettanto per poterlo rifare."

"E se accadesse? Ti stancheresti di aspettare e correresti ai ripari?" lo pungolò Azzurra irritata.

"Non ho detto questo."

"Ah meno male, perché allora sarebbe davvero la fine," replicò Azzurra con durezza volgendosi per afferrare le redini del suo cavallo.

26

Azzurra sbuffò entrando in casa. Era stanca, accaldata, adirata e non aveva sentito Marco per tutto il giorno. Ma le persone non erano già tutte in ferie in quel periodo dell'anno? E allora perché il suo lavoro era così frenetico? Perché tutti desideravano la consegna dei macchinari ordinati, prima che partissero per le vacanze? Per quale utilizzo, se il loro esercizio stava per chiudere? E se poi nascevano contestazioni, via a interpellare i legali che dovevano essere inseguiti e braccati. E Giorgi era un emerito cretino. Addossava a lei le sue responsabilità. Be' lei non era una dirigente dell'azienda e certe faccende non erano proprio di sua competenza. Quando le avessero assegnato quel ruolo e un adeguato stipendio, allora avrebbe anche potuto risolvere le grane che nascevano per l'inettitudine e l'incompetenza di Giorgi. Poteva solo metterlo in guardia in merito agli sviluppi, ma non intervenire rischiando in prima persona. E dove diavolo era Marco? Perché non l'aveva ancora chiamata? Pensò stizzita entrando nella sua camera. Si spogliò e s'infilò nella cabina doccia, poi rientrò nella camera e si accostò al telefono. Compose il numero del cellulare di Marco ma quello risultò ancora una volta disattivato. Si rivestì sbuffando di frustrazione, poi andò in cucina. Stava versando l'acqua in un bicchiere quando sentì scattare la serratura della porta d'ingresso. Poco dopo Alice fu in cucina. "Ciao Azzurra, come stai?" chiese fissandola interessata.

"Bene, perché?"

"Non sei preda della gelosia?"

Azzurra la guardò senza capire. "Perché dovrei?"

"Perché il tuo ragazzo è chiuso in casa da questo pomeriggio con una sventola mozzafiato tutta pompata. Come puoi restare qui tranquilla e serena e non essere almeno assalita dalla curiosità?" chiese Alice incredula.

Azzurra sorrise nervosamente. "Perché sono certa che Marco stia lavorando," rispose sentendo la sua stessa voce esitare. A passo spedito si avviò fuori di casa e risoluta andò a premere il campanello della porta di Marco. Lui aprì subito. "Ciao sei già tornata? Ma che ore sono?"

"Le diciannove. Ho provato a chiamarti ma il telefonino è isolato."

"Sì ... stiamo lavorando e non volevo distrazioni."

"Stiamo?"

"C'è Stefania di là. Ti rammenti di Stefania?"

"Sì, me la ricordo molto bene," rispose Azzurra scrutandolo. A parte i capelli un po' in disordine Marco sembrava a posto.

"Che ... che genere ... di lavoro svolgete?" chiese circospetta e Marco le sorrise assumendo un'espressione svagata. "Ehm ... studiamo ... l'anatomia del corpo umano ..." iniziò e gli occhi di Azzurra s'incupirono all'istante. L'uomo sbottò in una calda risata attirandola sul suo petto.

"Sto scherzando naturalmente, vieni dentro gioia che puoi darci una mano," esclamò richiudendo l'uscio. Raggiunsero il soggiorno e là Azzurra si sentì capovolgere lo stomaco e strizzare gli intestini in una morsa. Stefania era una visione provocante e seducente negli abiti aderenti e microscopici che le coprivano solo lo stretto necessario. Le sue labbra piene e scarlatte sorrisero udendo i passi avanzare. "Chi era?" chiese sollevando il capo.

"La mia ragazza, ti ricordi di Azzurra?" rispose Marco disinvolto e il sorriso sparì dalle labbra salsicciose di Stefania. "Ah ... sì ... ciao," salutò freddamente.

"Ciao," rispose Azzurra intuendo la contrarietà della ragazza. Scrutò Marco che stava tornando al divano. Possibile che non avesse intuito le mire di Stefania? No, era impossibile ciò nonostante lui sembrava ignorare il messaggio di seduzione trasmesso da quel corpo sodo e provocante esposto davanti ai suoi occhi. Che se ne fosse già soddisfatto? E se non lo aveva fatto, Stefania doveva essere stata poco convincente. E com'era possibile? Bastava guardarla per provare desiderio per lei. I seni sembravano voler esplodere e traboccare dallo stretto top che li fasciava nella parte bassa, lasciando però bene in vista il solco e le due polpose rotondità e le gambe accavallate erano completamente nude, giacché la gonna era microscopica.

"Azzurra!" la chiamò Marco.

Azzurra sobbalzò, volgendosi. "Sì?"

"Anche tu sei rimasta incantata dall'abbigliamento succinto di Stefania?"

"Già, credo proprio che sia venuta fin qui con l'intenzione di provocarti e sedurti," rispose Azzurra guardando da lui a Stefania.

Marco sorrise. "Già, avere tanto ben di dio davanti agli occhi ti riporta il pensiero sempre a un punto fisso," ammise ammiccando.

Stefania fece una smorfia contrita. "Non è certo colpa mia se tu sei un porcellone con la mente sintonizzata solo su quel punto fisso ed io una ragazza ben dotata," rispose con sussiego, poi si rivolse ad Azzurra. "E tu cerca di soddisfare maggiormente il tuo ragazzo, così quel pensiero non sarà più l'unico nella sua mente bacata," rispose con sdegno.

"Grazie per il suggerimento ma è superfluo perché è proprio ciò che *io* farò non appena te ne sarai andata," rispose pronta e amabile Azzurra. "Io ne ho ogni diritto!"

Stefania rise scrollando la capigliatura leonina che le forniva un'aria aggressiva da vera pantera. "Bella mia sai dove puoi ficcartelo il tuo diritto del cazzo? La verità è che a me Marco non interessa granché, altrimenti ..."

"Okay, basta così! Che facciamo?" intervenne Marco sollecito e intuitivo. "Continuiamo o ..."

Stefania si alzò. "Ora devo andare," annunciò volgendosi e chinandosi a prendere la borsa sul divano. Le natiche nude sode e rotonde, furono bene in vista. Marco chinò lo sguardo sul tavolino e prese a ordinare i fascicoli sparsi su quello.

"Vi saluto ragazzi, buon proseguimento," esclamò Stefania avviandosi alla porta in un seducente ancheggiare di fianchi. Quando l'ebbe richiusa Azzurra si lasciò cadere in una poltrona. Inspirò aria nei polmoni per farsi coraggio. "Ci sei andato a letto?" chiese sommessa.

"No," replicò Marco continuando a ordinare i fascicoli.

"Però stavi per farlo."

"No."

"Sì che stavi per farlo. Se non fossi arrivata io, ci saresti stato."

Marco si raddrizzò e la fissò con uno sguardo malevolo e fiammeggiante. "Per oltre quattro ore quella donna mi ha elargito la gradita visione dei suoi bei glutei o delle gambe sapientemente allargate e poi mi ha ripetutamente accostato il suo seno giunonico e straripante al volto e inoltre, mi è anche caduta in braccio inciampando nel tappeto. Cazzo sono un uomo dotato di sensi che reagiscono agli stimoli!" sbottò infuriato.

"E che vuol dire? Stai ammettendo che ci saresti stato?" insistette Azzurra furiosa.

"Non lo so!" ammise Marco adirato. "L'ho ignorata perché Stefania non mi interessa come donna, tuttavia se avesse continuato a esibirmi davanti agli occhi le chiappe e a sedermi in grembo, non ho idea di come avrei reagito. Non sono di marmo accidenti a tutte voi!" sbottò quasi urlando.

Azzurra schizzò in piedi tremante d'ira, il viso in fiamme, la gelosia e il furore a dilaniarle le viscere. "Sei uno stronzo e me, non mi vedi più!" annunciò volgendo le spalle e avviandosi spedita alla porta. Marco la raggiunse sull'uscio e l'agguantò per un braccio.

"Non dire stronzate, vieni qua," esclamò più calmo, cercando di abbracciarla ma Azzurra lo spinse via rabbiosa. "Ti riempi gli occhi e la mente contemplando compiaciuto per ore le chiappe e il seno di Stefania sottostando alle sue manovre seduttive e vorresti soddisfarti con me? Te lo scordi! Fatti una bella sega se ora sei su di giri o richiama quella grassa mucca siliconata! Sarà ancora più speciale con lei, costatata l'abbondanza di plastica. Attento però a non soffocare in quelle mammellone da vacca da latte pronte alla mungitura," esclamò furente, poi aprì la porta e uscì.

27

Alice entrò in punta di piedi nella camera e scrutò Azzurra stesa sul letto. "Dormi Azzurra?"
"No."
"C'è Marco al telefono di casa."
"Sì ho sentito gli squilli, rispondo da qua, grazie," rispose attivando il cordless sul comodino. "Pronto?"
"Hai voglia di parlare?" chiese Marco.
"Di che cosa?"
"Di come è fatto un uomo."
"Lo so come sei fatto e non mi piace per niente."
"Perché sei una sognatrice e non analizzi i fatti accettandone l'ambipolarità."
Azzurra si tirò a sedere. "Che cosa dovrei accettare?" chiese amara, incapace di arginare la delusione. "Che basta una mucca qualsiasi con due grosse mammelle siliconate per indurti a dimenticare quello che c'è tra noi, se poi davvero esiste?"
Marco sospirò. "Innanzitutto non ho mai dimenticato quello che mi lega a te ed è per questo motivo che non è successo niente con Stefania. L'ho ammirata come si contempla qualcosa di bello che attira lo sguardo ed ho fatto delle considerazioni su di lei puramente legate alla carne. Stefania ha stimolato i miei sensi con le sue abbondanti curve sbandierate sotto il mio naso, ma non il mio istintivo desiderio. Non ho desiderato fare l'amore con lei anche se non posso prevedere quello che sarebbe successo in seguito. Sai bene fino a dove possiate spingervi per sedurre un uomo e Stefania ce la stava mettendo davvero tutta."
"Perché non l'hai sbattuta fuori di casa?"
"Dovevamo lavorare."
"Balle!"
"Non ci ho pensato."
"Okay Marco, se non ci hai pensato, se non hai voluto prendere in considerazione questa idea per liberarti della tentazione significa che non è abbastanza importante quello che ci lega, non fino al punto da cautelarlo da attacchi esterni. Sei ancora un uomo disponibile e aperto alle avventure benché, al momento non te le vai a cercare. Va bene così. Nulla è compromesso, niente è definito e tu puoi ritenenti libero da questo istante dall'impegno che ci ha uniti finora."
"Ma che cazzo stai blaterando?"

"Sto dicendo che non posso rodermi il fegato ogni volta che ti so in compagnia di una donna che ti vuole. Se non riesco a essere sicura di te, è consigliabile che ti cancelli dalla mia mente e dalla mia vita. Non sono votata al tormento e alla sofferenza, lo comprendi questo?"

"Ma ... ma sei incoerente! Avrei potuto mentirti e raccontarti che Stefania è pressoché trasparente e farti contenta, senza danno."

"Certo che avresti potuto, però non credi che i miei occhi vedano anche senza guardare? E pensi che non me ne accorga se decidi coscientemente di volere solo me, ignorando l'esistenza di tutte le altre per quanto dotate e provocanti possano essere?"

"Ma io l'ho ignorata! Avrei potuto saltarle addosso nell'attimo stesso in cui è entrata in casa strusciando su di me, se lo avessi voluto."

"In quello stesso attimo avresti anche dovuto bloccarla definitivamente però non lo hai fatto. Ti sei compiaciuto dell'accerchiamento sempre più serrato di quella donna, te ne sei lusingato, ti sei divertito, e nel tuo subconscio aspettavi gli sviluppi. Ti sei lasciato una porta aperta e se io non fossi arrivata, ora staresti ancora rotolandoti nel letto con lei. Stefania era troppo determinata ad averti e tu troppo poco convinto a resisterle. E torniamo a monte. Se non hai desiderato resisterle è perché in definitiva ancora non valgo quanto tutte le altre. Non te ne sto facendo una colpa, Marco, ne sono solo addolorata. Avevo creduto di riuscire a soddisfarti abbastanza da sopperire alla mancanza di varietà e vastità cui sei dedito, eppure non è così. Sapevo dal principio che mi avresti indotto a soffrire, perché conosco bene me stessa e dopo una giornata nera come quella di oggi, la prospettiva di un seguito con questa premessa mi annienta, per cui mi ritraggo con eleganza, spero, e poi sarà solo un mio problema se dovrò strapparmi il cuore dal petto per levarti via di là," terminò Azzurra reprimendo le sue amare lacrime.

"Porca miseria, Azzurra! E' dunque tutto qui l'amore che nutri per me? Io non vivo né su un'isola deserta né con i paraocchi e il mondo è pieno di belle donne, e se tu non puoi tollerare che mi volti a guardarle, allora sei tu che vivi su un altro pianeta e pretendi l'impossibile. E non mi ami affatto come sostieni se già mi scarichi."

Azzurra tacque, lottando per non scoppiare in lacrime nel microfono.

"E' così, dunque?" proseguì Marco non avendo ottenuto risposta. "Mio dio, che grosso bluff sei stato, eri quasi riuscita a convincermi," terminò traboccante di amarezza interrompendo la linea.

Lo scatto sommesso innescò il pianto irrefrenabile di Azzurra che si lasciò andare sul letto, incredula e smarrita. Che diavolo aveva combinato?

Marco si rigirò nel letto per l'ennesima volta. Era talmente furioso che se avesse avuto Azzurra davanti a lui materialmente, l'avrebbe insultata, offesa, malmenata ... no ... non proprio ... però possibile che davvero non ci fosse niente tra loro? Era concepibile che quel sesso infuocato e speciale che li aveva fusi in perfetta comunione così ripetutamente, non avesse segnato nessun cammino espressivo? Era bastata una stupida discussione perché lei si tirasse indietro senza ripensamenti, eppure aveva ripetutamente dichiarato di amarlo, di volergli dedicare tempo ed energie. Cacchio non avrebbe mai capito le donne.

Nondimeno a quanto pareva, tutte indistintamente, si divertivano solo a giocare, Azzurra come Stefania. Accidenti a tutti gli accidenti, lui non l'aveva desiderata quella tettona siliconata! Si scorgeva lontano un chilometro che era gonfia di silicone e la sola idea lo aveva raffreddato, però Azzurra non poteva pretendere che rimanesse insensibile alle manovre di seduzione di quella donna che la sapeva lunga quanto un'autostrada. Aveva strusciato su di lui, lo aveva sfiorato ad arte, gratificato di svariate aperture di gambe mostrandogli ampiamente l'inesistente tanga e alitato roca sul collo indicendogli brividi incontrollati nella schiena e lui aveva eluso quegli aperti inviti. Che cazzo pretendeva di più Azzurra, da lui?

Che si fosse sottratto a quell'accerchiamento.

Perché non vi aveva posto subito il punto? Sì, in tutta onestà si era divertito a essere il bersaglio delle avances di Stefania, tuttavia Azzurra rappresentava ben altro, lei era il paradiso terrestre, il desiderio martellante, l'amore, il nido caldo e avvolgente in cui desiderare di annullarsi ma Stefania lo aveva lusingato con le sue manovre eccitanti e seducenti e se non fosse arrivata Azzurra avrebbe potuto porvi fine così come avrebbe potuto sottostarvi ancora, fino all'inevitabile conclusione. Non riusciva a prevedere come sarebbe potuto finire. Era stato un gioco imprevedibile ed entusiasmante, nondimeno appunto, solo un gioco la cui conclusione ben diversa da tutto quello che aveva vissuto fino ad allora solo con Azzurra. Doveva sentirsi in colpa? Si sentiva in colpa?

No, santo cielo! In fin dei conti non era successo niente e Azzurra aveva processato severamente le sue intenzioni. Perché quindi doveva sentirsi in colpa? Per qualcosa che sarebbe anche potuta concretarsi ma che non avrebbe significato nulla? Dannazione, Azzurra avrebbe dovuto temere e contestarlo solo se avesse desiderato Stefania con la stessa intensità con cui desiderava la sua Zu-zù. Se solo avesse bramato Stefania allo stesso modo, l'avrebbe presa subito, al primo fuggevole contatto con le sue natiche sode, infischiandosene della sua ragazza ufficiale. Il desiderio che provava per Azzurra non era controllabile, non era comprensibile, non era nemmeno possibile da soddisfare! Per quante volte fosse sconfinato in lei, il desiderio si riproponeva vivo e impellente non appena l'aveva vicina, forse solo perché lei riusciva a essere dolcissima, sapeva mostrarsi disponibilissima e capiva istintivamente come offrirgli piacere e dimenticava se stessa pur di consentirgli d'innalzarsi a vette altissime e inviolate.

Tremò di desiderio al pensiero dell'abile, calda bocca di lei sul suo inguine infiammato e l'erezione subentrò incontrollabile.

Eppure anche lui sapeva per istinto come costringerla a vibrare con una sola possente spinta innalzante e quando la percepiva cedere e gemere senza fiato, ne riceveva una tale gioia che si sentiva l'uomo più felice, potente e ricco del mondo. Tuttavia, davvero era finita la sua storia con Azzurra? Terminato tutto ciò che di meraviglioso e potente avevano condiviso?

No, non poteva essersi concluso. Non era stanco di lei, anzi la bramava come non mai. D'accordo, a voler essere onesti con se stessi, aveva iniziato quel rapporto certo che si trattasse di un altro entusiasmante gioco e che sarebbe andato avanti fino a che non se ne fosse stancato, tuttavia ora non era più tanto certo che sarebbe arrivato presto quel momento. Con Azzurra era davvero tutto diverso e imprevedibile e che lo sarebbe stato, anche se lo aveva vigliaccamente nascosto a se stesso, ne aveva avuta la cognizione già da un anno e più.

Sbuffò spogliandosi e infilandosi nella cabina doccia anche se dubitava che l'acqua avrebbe lavato via il suo malumore.

28

Marco infilò la giacca e si accostò alla porta per sbirciare nell'occhiolino magico. Vi rimase con l'occhio pressato a fissare la porta di fronte alla sua per parecchi secondi, poi rivolse lo sguardo all'orologio.

Dai Azzurra che tardiamo, la sollecitò mentalmente tornando a scrutare nello spioncino. Poi udì lo scatto della serratura e si affrettò anch'egli ad aprire la porta. Si finse sorpreso scorgendo Azzurra che usciva dal suo appartamento.

"Continuiamo a incontrarci," esclamò contrariato tirandosi dietro la porta con forza, e il tonfo che produsse fece vibrare i muri. "Be'... vado giù a piedi," aggiunse torvo e lo sguardo che Azzurra gli rivolse fu totalmente smarrito e addolorato. Avrebbe voluto volgersi e stringerla tra le braccia e baciarla con tutta la tenerezza di cui era capace per cancellarle dagli occhi quell'espressione ferita e malinconica, invece, si avviò risoluto giù dalla scala. Corse per essere al pari con la discesa della cabina e giunse al piano terra mentre le porte si aprivano.

"Tuo malgrado sono ancora davanti a te," esclamò Azzurra dolente.

"Già, a irritarmi ricordandomi che sei solo uno squallido deludente bluff," rispose fissandola e ancora lo sguardo di Azzurra vacillò nel dolore.

"Non sono un bluff ma noi due ... non siamo compatibili," gemette con gli occhi lucidi.

Marco rise spavaldo. "E quando lo hai scoperto? Perché fino all'altro ieri, non solo eravamo compatibili ma vibravamo all'unisono e con violenza devastante e *tu* affermavi di amarmi con assoluta convinzione."

"E ti amo ancora," ammise Azzurra sommessa, fissandosi le mani.

"Quale amore? Io non lo scorgo da nessuna parte. Se in te ce ne fosse anche solo una briciola, lo difenderesti," reagì Marco fissandole il labbro inferiore che fu percorso da un tremito e quando poi si avvide che i suoi occhi si colmavano di lacrime pronte a traboccare, il cuore parve strizzarsi dolorosamente. Indietreggiò maledicendosi.

No cazzo, non desiderava che piangesse, non voleva spingerla a tanto.

Scese precipitosamente la scala e raggiunse il box imprecando dentro di sé. Dannazione, era un vero coglione, però aveva solo voluto pungolarla. Soltanto quello e il cielo gliene era testimone.

Già, e c'era riuscito. Fin troppo!

29

Che giornata infernale!
Marco attivò l'apertura automatica dell'accesso alla rampa che conduceva ai box e ripartì adagio sentendosi oltremodo depresso. Parcheggiò guardando l'orologio.

Sarebbe stato davvero fortunoso incontrare Azzurra anche al suo rientro a casa, si disse scuotendo la testa.

Salì dalla scala pedonale e si fermò davanti all'ascensore. Sostò immobile per alcuni minuti e il cuore gli sobbalzò nel petto quando udì alle sue spalle il portone che si apriva.

"Ciao Marco."

Si volse trattenendo il fiato. "Ciao Alice," rispose alla vista della ragazza, respirando profondamente per controllare il battito scoordinato del cuore. Alice aveva modulato la voce proprio come la sorella.

"Tutto bene?" chiese Alice affiancandolo.

"Nella norma."

"Invece in casa mia imperversa aria da funerale e sussistono musi lunghi fino a terra. Azzurra è talmente giù di corda che proprio non capisco che cos'abbia," spiegò Alice disinvolta, aprendo le porte dell'ascensore. "Forse ha litigato con il suo ragazzo. Lei è così testarda e pignola e spesso afferma anche cose che non pensa. Poi se ne pente e vorrebbe rimangiarsele tutte, però non sempre chi si trova davanti glielo consente," proseguì Alice disinvolta e spigliata.

"Tu potresti aiutarla," suggerì Marco d'impulso.

"Io? E come?"

"Proponendole uno svago."

"Di che genere?"

"Dopodomani sera ci sarà una festa al Quark Hotel, l'ultima *convention* prima delle vacanze estive e sono state invitate tutte le persone che hanno composto il cast per quel lavoro televisivo cui ha partecipato anche tua sorella," rispose Marco uscendo dalla cabina.

"Tu vuoi che lei intervenga?" chiese Alice diretta fissandolo negli occhi e per un attimo a Marco parve di parlare con Azzurra, lo stesso sguardo intenso, lo stesso ovale delicato del volto roseo.

"Sì, mi farebbe molto piacere," ammise chinando lo sguardo ed evitando così quegli occhi tanto simili a quelli di Azzurra.

"Okay, vedrò di convincerla, tu però tendile la mano," rispose Alice.

Marco annuì poi abbozzò un sorriso.

"Mi sei simpatico perciò buon per te. Beh, ci si vede," terminò Alice aprendo la porta della sua casa.

"Certo, ci si vede ... grazie ..." farfugliò Marco mentre Alice spariva oltre l'uscio. Entrò nel suo appartamento sospirando. Aveva buttato l'amo, doveva solo aspettare per vedere se Azzurra avesse abboccato.

Che cosa aveva dichiarato tempo addietro? Che l'attesa nella pesca era snervante.

Sorrise allentandosi la cravatta.

Lei valeva l'attesa. Lei valeva qualsiasi sacrificio. Dio che cosa avrebbe potuto farle se l'avesse avuta tra le braccia e sotto di sé.

30

Come ogni mattino Marco si accostò alla porta infilandosi la giacca. La stilettata nella caviglia lo indusse a gemere suo malgrado. Udì lo scatto della serratura dell'altra porta e aprì lesto l'uscio. Il sorriso che Azzurra gli rivolse scorgendolo gli scaldò il cuore. "Anche oggi vai giù dalle scale?" chiese lei chiudendo la porta.

"No, mi duole il piede stamattina," rispose Marco scuro in volto.

"Oh ... mi spiace, come mai?"

"Ieri mi si è storta la caviglia posando malamente il piede su un sasso. Credevo di non aver riportato danni però stamattina, nonostante il riposo, mi duole incessantemente."

"Accidenti! E ti fa molto male?" chiese Azzurra entrando nell'ascensore.

"Sì, e la parte è anche tutta gonfia."

"Hai provato a metterci del ghiaccio?"

"No, non ci ho pensato," rispose Marco con un'alzata di spalle.

"Fallo appena ne hai la possibilità."

Marco sbuffò.

"Mi spiace Marco," disse Azzurra sommessa e sincera e un sorriso amaro curvò le labbra dell'uomo. "Già, per quello che t'importa di me," replicò mentre le porte della cabina si riaprivano.

"Sei in errore, Marco," insistette la ragazza uscendo dall'ascensore.

"Sì, certo, certo ..." ribatté Marco poco convinto superandola zoppicando e allontanandosi velocemente verso la rampa dei box.

31

Il salone scintillava di luci ed era affollato di gente eccezionalmente elegante o eccezionalmente stramba. Le voci che coprivano le altre erano confuse e assordanti. John quasi gli urlava nell'orecchio per farsi udire.

"E' risultato ottimo come lavoro. L'ho visionato dopo il montaggio," stava spiegando ma si accorse che Marco era distratto.

"Perché diavolo continui a tenere d'occhio l'ingresso?" sbottò infastidito dalla poca attenzione che l'amico gli riservava.

"Scusa?" chiese Marco fissandolo, pungolato dal tono indispettito più che dalle parole.

"Non hai ascoltato nulla di quello che ti ho riferito con tanta dovizia e se desideri che sparisca, non hai che da dirlo," lo accusò John contrariato.

"No ma che pensi? E' solo che ..." s'interruppe tornando a volgere lo sguardo verso l'ingresso del salone. Azzurra era là, era andata da lui e sembrava appena uscita da un libro di fiabe nel suo magnifico ed elegantissimo abito di tulle azzurro. "Scusami," disse Marco muovendosi zoppicando per andarle incontro. "La signorina Frizzi è con me," esclamò accostandosi all'hostess ferma sulla soglia del salone che stava sussurrando qualcosa ad Azzurra, probabilmente chiedendole l'invito.

"Ah! Sì Dottore ... prego Signorina, si accomodi e buon divertimento."

"Grazie ... ciao," lo salutò Azzurra scrutandolo.

Che cosa c'era nei suoi occhi? Ammirazione?

Raddrizzò le spalle e le afferrò la mano. Niente e nessuno contavano se non lei, là, in quel momento e in quel luogo. Si mosse risoluto schivando i gruppetti di gente e Azzurra lo seguì docile e muta fino al salone da ballo e là, si strinse a lui.

Finalmente! Finalmente la serrava di nuovo contro il proprio corpo bramoso di lei, infine poteva cullarla e carezzarla. Non erano compatibili ... che madornale cazzata!

Era percepibile perfettamente anche in quel momento quanto fossero sincroni e complementari l'uno all'altra nonostante non si muovesse armoniosamente per quella dannata caviglia dolente. E sicuramente doveva percepirlo anche lei. Non c'era bisogno di parole, bastavano i gesti e Azzurra ne era consapevole e lo assecondava senza sforzo ondeggiando con lui, carezzandogli lieve le spalle e la nuca, aderendo a lui in maniera naturale e meravigliosa.

Oh, lei non aveva alcun bisogno di sedurlo con arti magiche, o meglio, lo stregava senza operare in alcun modo, emanando qualcosa d'incomprensibile che lo avvolgeva e lo stordiva privandolo della capacità di restare con i piedi in terra. Lo cullava su una nuvola, di sopra di tutto. Erano assolutamente soli lassù, non c'erano volti, non c'era musica né rumori né voci. Si ritrasse per guardarla.

"Non fermarti, non smettere di cullarmi Marco," sussurrò Azzurra serrandolo con maggiore forza.

E ancora ballarono cullandosi a vicenda, carezzandosi dolcemente l'un l'altra, fino a quando qualcuno non li distolse da quel magico e benefico dondolio che infuse pace ai loro animi tormentati dalle incomprensioni e dalla forzata lontananza.

"Ciao Azzurra, come stai?"

Con un singulto di disappunto Azzurra si ritrasse e si volse. "Bene Silvia e tu come te la passi?" rispose sinceramente lieta di rivedere l'amica.

"Benissimo, vieni che ti faccio salutare la mia compagna. Si tratta di una persona che già conosci."

"Davvero? Scusami Marco," disse seguendo l'amica e subito qualcun altro si fece vicino a Marco per comunicargli qualcosa e, sebbene lontani e assorbiti da altri, Marco e Azzurra continuarono a volgersi verso l'altro e a cercarlo con lo sguardo attraverso la bolgia, a tornare ad affiancarsi non appena era possibile per sfiorarsi e stringersi le mani desiderosi di un contatto fisico.

Durante uno di quegli accostamenti, Azzurra intrecciò le dita a quelle di Marco e lo scrutò come a volergli leggere nell'animo.

"Che c'è?" chiese un po' turbato da quello sguardo intenso.

"Sei incantevole Marco, davvero affascinante, dio, se ti incontrassi adesso per la prima volta, mi innamorerei all'istante e perdutamente di te," ammise rafforzando la stretta delle dita.

Ed io di te, pensò Marco senza fiato.

"Grazie Zu-zù," mormorò cercando d'incamerare aria, tuttavia la consapevolezza che lo aveva appena illuminato gli rendeva difficile la respirazione.

Gesù ... lui era innamorato di quella donna. Era cotto e non vedeva nessuna oltre a lei. Scintillava persino! Le scintillava l'abito e la pelle stessa, e persino i capelli. Si era ricoperta di polvere di stelle per abbagliarlo.

"Hai fatto il bagno nel firmamento?" chiese fissandola incantato.

Azzurra sorrise scuotendo i capelli che brillarono di luccichii argentati. "E' solo polverina argentata ma la chiamano 'Polvere di Stelle,'" rispose con occhi ammiccanti pullulanti di sfavillii. "Alice ne sa una più del diavolo, sostiene che sia seducente stesa sulla pelle."

"Marco dimmi, che cosa ci riservi per il futuro?" chiese qualcun altro lì di presso, attirando l'attenzione dell'uomo afferrandogli un braccio per costringerlo a volgersi.

Marco udì la propria voce rispondere garbatamente e allo stesso tempo si chiese com'era possibile che lui fosse altrove. Guardò Azzurra. *Ce ne andiamo piccola mia?* Chiese silenziosamente.

Sì, voglio che tu mi stringa ancora tra le braccia.

"Gli Egizi rappresentano un punto fermo invalicabile la cui storia è una grossa attrattiva per molti e sono talmente importanti e ricchi nel loro glorioso e stupefacente passato che non possono essere ignorati," continuò rivolto al suo interlocutore. "Vuoi scusarmi Alex?"

"Prego."

"Vieni Azzurra."

Guidò la ragazza tra la folla di persone pilotandola verso l'uscita. Ancora qualcuno gli si fece incontro, bloccandolo.

"Ciao Marco, ho sentito che hai realizzato qualcosa di veramente buono," esclamò il ragazzo che incredibilmente assomigliava a Marco.

"Ciao Christian, sì l'ultimo lavoro sta riportando notevoli consensi. Azzurra, ti presento mio cugino Christian."

Azzurra e Christian si strinsero la mano.

"Tu stai bene?" domandò Marco volgendo il capo verso l'uscita più vicina. Avrebbero dovuto percorrere ancora almeno una trentina di metri per raggiungerla.

"Sì magnificamente, ho notato che zoppichi."

"Già, mi si è storta la caviglia."

"Allora niente calcetto domani sera?"

"Infatti, ci puoi scusare?" domandò puntando con decisione alle porte d'uscita, trascinandosi dietro la sua compagna. Avevano percorso solo pochi passi che Stefania si parò loro davanti.

"Ciao Marco ... Azzurra ..." miagolò con un mellifluo sorriso, inguainata in un abito rosa confetto che la faceva sembrare una bomboniera ad anfora.

"Sì ciao, dobbiamo andare," bofonchiò Marco risoluto passando oltre. Con un paio di abili slalom e ignorando alcuni richiami, infine furono fuori del salone e subito dopo sulla strada, davanti all'hotel che aveva ospitato l'evento.

"Zoppichi vistosamente," puntualizzò Azzurra.

"Già, è da tanto che sono in piedi e ora mi duole di nuovo la caviglia," rispose Marco accostandosi all'auto. Vi entrarono e tacquero entrambi per un po'. Marco guidò nelle strade buie spingendo l'auto a un'andatura sostenuta. "Sono veramente molto stanco e sto andando a casa," annunciò a un tratto.

Azzurra non commentò.

"Se ... desideri trattenerti per bere qualcosa con me, sarà solo un piacere," aggiunse sommesso.

"Sì, lo sarà anche per me."

Tacquero ancora e dopo poco furono a casa. Marco uscì dall'auto e riprese a zoppicare dirigendosi verso l'ascensore.

"Appoggiati a me," lo esortò Azzurra cingendogli un fianco. L'uomo le circondò le spalle con un braccio e inalò l'odore dei suoi capelli che sapevano di miele.

"Devo essere dunque molto malridotto per impietosirti e godere delle tue premure?" chiese fissandola in fondo agli occhi e ancora lo sguardo di Azzurra vacillò. "Tu non vuoi capire," rispose lei spingendolo avanti nella cabina.

"Che cosa, Azzurra?"

"Il mio punto di vista che non ha niente a che vedere con quello che provo per te. E mi induce nel malessere costatare che tu hai un problema e soffri."

Uscirono dall'ascensore ed entrarono nell'appartamento di Marco. Camminarono fino al divano e l'uomo vi si lasciò andare spossato. "Perdonami se non ti servo da bere, puoi provvedere da sola?"

"Certamente, tu che cosa vuoi?"

"Un dito di grappa, grazie."

Azzurra tornò poco dopo e posò i bicchieri sul tavolino, sedendo sul divano al fianco dell'uomo.

"Potresti abbracciarmi ancora? Non sono venuta qua per consumare sesso ma per starti vicino e, possibilmente, per essere ancora cullata da te," esordì a occhi chini.

"Vieni qua, Zu-zù," la invitò Marco aprendo le braccia e attirandola sul suo petto. La strinse a sé lieto di percepirla cedevole e calda e le baciò la fronte e i capelli. "Mi sei mancata tanto," sussurrò sulla sua tempia.

"Anche tu Marco, anche tu, credimi, io sto male lontana da te," rispose Azzurra sollevando un po' il viso. Si fissarono a lungo. "Ti amo Marco," bisbigliò la ragazza accostandosi a lambirgli le labbra ma Marco arretrò. "Quanto?" chiese scrutandola.

"Tanto," rispose Azzurra riaccostandosi per carezzargli dolcemente le labbra con le proprie.

"Tanto da accettarmi così come sono? Con tutti i miei innumerevoli difetti e le mie insicurezze?" sussurrò assecondando le labbra laboriose di lei, ricambiando i suoi teneri baci.

"Anch'io ho tanti difetti e sono tremendamente insicura," replicò Azzurra ritraendosi ma Marco la seguì incapace di staccarsi da lei e le penetrò la bocca con impetuosa dolcezza. Voleva berla, mangiarla, saziarsi di lei, indurla a fremere, costringerla a ingaggiare con la sua lingua una furiosa battaglia. Azzurra scivolò lentamente sul divano tirandoselo dietro e carezzandolo con mani sempre più esigenti. I suoi baci divennero ardenti, impetuosi, ansimanti.

"Mi vuoi?" bisbigliò Marco roco sollevandole la gonna, carezzandole la pelle liscia e inoltrandosi tra le sue gambe. Azzurra gemette assecondando le carezze, andandogli incontro, spingendo avanti i fianchi e invitandolo a scivolare maggiormente su di lei.

"Dimmi che mi vuoi ..." sussurrò Marco premendole contro il ventre i propri fianchi ma resistendo all'impulso d'inoltrarsi in quel rovente tunnel che sapeva essere conformato per lui, per accoglierlo e avvolgerlo saldamente inebriandolo di calore. "Dillo, Zu-zù," la pregò senza fiato, tremante di tensione per il desiderio quasi intollerabile di spingersi a fondo là dove sognava di essere, da giorni.

"Sì Marco ti voglio e ti amo da impazzire ... dio, sei la mia vita, ho bisogno di te ... vieni in me ... vieni in me ti prego, amore mio," pregò Azzurra rabbrividendo di passione, spingendosi contro di lui per invitarlo a penetrarla.

Marco affondò con impeto, trionfante, poi si ritrasse. E di nuovo affondò e ancora arretrò restando immobile, quasi completamente fuori di lei. "Se mi prendi adesso ... non si torna più indietro," sussurrò tremante, serrando i denti per non cedere e piantarsi in lei per morire.

"Sì," ansimò Azzurra dibattendosi per costringerlo a muoversi. "... andiamo avanti insieme ... tu ed io ... vieni Marco ... ti prego amor mio ..." lo pregò dimenandosi per incontrarlo ancora e di nuovo Marco affondò e si ritirò, ancora e ancora, imitando la marea e onde sempre più impetuose e possenti si infransero nel centro dei loro esseri, squassandoli nell'intimità. Azzurra ansimò e poi urlò aggrappandosi a lui, impennandosi per alzarsi in volo e librò nel nulla per diversi infuocati secondi, poi una benefica, corposa pace subentrò in lei mentre Marco si arenava e allentava la stretta attorno a lei.

"Ti amo Marco."

"Anch'io, Zu-zù."

Era stato appena un bisbiglio eppure Azzurra lo aveva udito. Non si mosse, non osò neanche respirare, pur di non cancellare l'eco di quel bisbiglio così ricco di promesse.

Dopo qualche secondo Marco si sollevò e le afferrò le mani per tirarla a sedere. "Andiamocene a letto piccola mia," mormorò dolcemente. "Sono un po' fuori fase questa sera."

"An... andiamo a letto? Il tuo?" chiese Azzurra incerta.

"Sì, abbiamo stabilito che andremo avanti insieme ed è questa la direzione. Telefona a casa e riferisci ai tuoi che dormi fuori."

"Non l'ho mai fatto," replicò Azzurra titubante.

"E' giunta l'ora di cominciare. Dai Splendore, deciditi che voglio proprio andarmene a letto."

Azzurra sorrise. E perché no?

Si alzò risoluta e si accostò al telefono. Compose il numero di casa e attese.

"Pronto?" disse la voce di Alice.

"Ciao Ali, senti ... io sono qui ... cioè da Marco ... riferisci alla mamma che resto a dormire fuori. In caso di necessità, tu sai dove trovarmi."

"Okay, avete fatto la pace?"

Azzurra esaminò Marco con tenerezza. "Abbiano deciso di andare avanti e provare a superare insieme gli ostacoli che incontreremo sul nostro cammino," rispose con voce ferma e Marco le strizzò un occhio sorridendole in maniera abbacinante.

"Va bene ... Marco mi piace proprio," replicò Alice offrendole il sostegno della propria approvazione.

Azzurra rise. "Anche a me e veramente tanto," replicò chiudendo la linea.

"Perfetto! Facile come bere un bicchiere d'acqua. Andiamo Zu-zù," esclamò Marco ghermendole la mano e tirandosela dietro.

Sì, era fuori fase, tuttavia in quel momento si sentiva davvero come un fiero leone!

Marco tese il braccio e toccò il corpo morbido e caldo di Azzurra. Lei gli si fece vicina e la cinse strettamente. Come poteva trarre tanta gioia da quel semplice gesto? Eppure era meraviglioso avere Azzurra nelle sue braccia, avere la certezza che anche quando scivolava nel sonno lei sarebbe stata lì, al suo fianco. Le baciò i capelli e le carezzò un seno.

Dormi mio dolcissimo amore, pensò baciandole ancora la testa e la tempia.

32

Azzurra lo stava abbracciando e gli baciava la schiena. Marco rimase immobile, consapevole che quei baci dolci e teneri lo avessero beatamente svegliato, però dopo un po' Azzurra smise. "No, continua," la esortò con disappunto.
"Oh ... non volevo svegliarti ... scusa," bisbigliò Azzurra carezzandogli la schiena e le spalle.
Marco si volse e la strinse contro di lui. "Non so più quante volte mi sono svegliato per toccarti, per accertarmi che ci fossi davvero ..." esclamò baciandole il viso. "Da quando siamo rientrati dalla Boemia le mie notti non sono più le stesse di prima. Ora so perché," aggiunse carezzandole i seni, chinando il capo per baciarli.
Azzurra ridacchiò. "Perché sei insaziabile," rispose carezzandogli il capo.
Marco si distese e se la tirò indosso. "Sei tu che mi rendi insaziabile," replicò serrandola e posizionandola su di lui.

"Fra quanto esci per andare al lavoro?" chiese Marco osservando Azzurra infilarsi la gonna di tulle.
"Credo tra un'oretta, e tu?"
"Tra un'ora. Ti accompagno al lavoro."
"Okay, allora vado di là," rispose Azzurra tornando al letto e chinandosi a baciarlo, poi si ritrasse e lo fissò. "Quanto mi piaci con l'ombra scura della barba sul viso. Le labbra sono maggiormente evidenziate ed io le adoro," dichiarò chinandosi ancora per mordergli dolcemente le labbra. Mugolò succhiando e mordicchiando.
"Non insistere Zu-zù, lo sai che mi basta poco per andare a fuoco," l'avvertì Marco circondandola con le braccia ma prima che potesse chiuderle su di lei, Azzurra sgusciò via ridendo sfacciata. "Lo so bene però ora devo andare. Ciao amore."
"Ciao splendore."

Il telefono squillò e Marco corse a rispondere. "Sì?"
"Sei pronto?" chiese Azzurra.
"Sì e tu?"
"Sto uscendo."
"Bene." Marco chiuse la comunicazione e si avviò alla porta fischiettando. Uscirono contemporaneamente dalle rispettive case.

"Ciao piccola tutto bene a casa?" chiese Marco chiudendo la porta e solo quando tornò a volgersi si avvide che alle spalle di Azzurra c'era la madre, uscita di casa con lei.

"Buongiorno Signora," salutò scrutando guardingo da Azzurra alla madre.

"Sì, a me va tutto bene e a te?" rispose Azzurra accostandosi per baciarlo su una guancia.

Marco sorrise felice, stupito, e inconsapevolmente respirò di sollievo. "Non potrebbe andare meglio di così, inizio la giornata con un buongiorno davvero speciale," rispose.

"Mamma tu conosci Marco vero? Lo sai che abbiamo scoperto di essere molto affini noi due?" chiese Azzurra disinvolta entrando nell'ascensore.

"No, non lo sapevo," rispose la donna squadrando Marco con curiosità, ma lui aveva occhi solo per Azzurra. Le era grato che stesse parlando alla madre illustrando abbastanza chiaramente quello che li univa. Avrebbe voluto abbracciarla ma si trattenne.

Uscirono dalla cabina e la madre di Azzurra si congedò velocemente.

"Brava!" esultò Marco cingendole la vita. "La chiarezza è l'arma più efficace da usare con chi non vuole capire."

Azzurra storse le labbra. "Con la mamma è abbastanza semplice," rispose e Marco le sorrise. "Lo spiegheremo anche a tuo padre," replicò fiducioso pilotandola verso il box ma Azzurra si bloccò. "No io mi fermo qui. Viene a prendermi Andrea stamattina."

"Andrea? E perché mai?" chiese Marco sorpreso.

Azzurra rise. "Perché abbiamo un impegno di lavoro," spiegò con un tono ironico, come se la cosa fosse ovvia e Marco uno sprovveduto.

"Hai un impegno di lavoro con Andrea?" ripeté spiazzato.

"Esatto."

"Che genere di lavoro?"

"Lavoro. Il mio Studio esegue delle azioni di recupero crediti per conto della ditta di Andrea. Ne dobbiamo discutere," spiegò Azzurra.

"E non può occuparsene Amanda, per esempio?"

"No, queste pratiche le esplico personalmente. Ma che problema c'è?"

"Nessuno," ribatté Marco tuttavia gli angoli della sua adorabile bocca curvati verso il basso, lasciavano chiaramente intendere quanto lui fosse contrariato. Azzurra lo ignorò. "Allora ti auguro una buona giornata," continuò stringendosi a lui.

"Grazie anche a te, ci vediamo stasera."

"No ... stasera tarderò e non ho idea dell'ora in cui potrò liberarmi."

"Non importa. Vieni quando vuoi, anche se sarà tardissimo."

Azzurra lo esaminò teneramente. "Sarà sicuramente tardi perciò andrò direttamente a casa mia," replicò.

"Perché?"

"Perché è giusto che sia così."

"Chi lo dice?" chiese Marco corrugando le sopracciglia.

"Il senso comune."

"E chi diavolo se ne frega del senso comune! Perché diavolo non vuoi venire da me quando rincasi?"

"A fare che cosa, Marco?"

"Come a fare che? A dormire, cazzo!"

"Io ho una casa, tesoro."

"E allora? Perché non vuoi dormire con me?"

"Non ho detto che non voglio dormire con te, solo che non posso," precisò Azzurra tranquilla.

Marco sbuffò irritato. "Stai menando il can per l'aia Azzurra. Non vuoi venire? Okay, buona serata! Scommetto le palle che cenerai con Andrea e ti attarderai con lui," rispose volgendo le spalle. "E' vero?" chiese accostandosi all'auto.

"Non significa proprio nulla," rispose Azzurra sulla difensiva e Marco non replicò. Entrò nell'auto e si affrettò a partire velocemente ignorandola.

33

Il cellulare squillò a lungo prima che Marco rispondesse. "Sì?" disse infine aprendo la linea.
"Ti disturbo?" chiese Azzurra.
"No."
"Ciao," esclamò la ragazza dolcemente.
Invece Marco fu gelido. "Ciao," rispose cercando il taglierino tra le parrucche sparse sul pavimento, per aprire un altro scatolone.
"Com'è andata la tua giornata?"
"Bene e la tua?" replicò Marco.
"Così. Che stavi facendo?"
"Sto buttando via quello che non mi serve più."
"A quest'ora?" chiese Azzurra divertita.
"Un momento vale un altro e poi che ore sono?"
"Mezzanotte e quaranta."
"Ah! Sei a casa?" chiese Marco.
"Sì."
"Ti sei divertita?"
"No e non era in programma il divertimento. Ho partecipato a una cena di lavoro non a una serata mondana."
"Sì certo, d'accordo. Volevi riferirmi qualcosa?"
"Desideravo salutarti ... sentirti ... parlarti ... ma se non ne hai voglia ..."
"Voglio completare questo lavoro," tagliò corto Marco.
"Certo, come vuoi, buonanotte Marco."
"Grazie," rispose l'uomo interrompendo la linea.
Azzurra sbuffò riponendo il telefono.
Marco sapeva essere dolcissimo, nondimeno riusciva anche a mostrarsi maledettamente gelido e irraggiungibile. Ma che pretendeva da lei?

34

Azzurra stava ricoprendo il letto con un lenzuolo pulito quando Alice entrò nella camera.
"Azzurra, c'è Marco alla porta," l'avvertì.
"Marco?!" ripeté Azzurra stupita, infilandosi velocemente la vestaglia. Corse fuori della sua stanza e raggiunse velocemente l'ingresso.
"Che devo farne di questi? Li vuoi o li consegno alla costumeria?" l'apostrofò Marco vedendola avanzare e mostrandole uno degli abiti che lei aveva indossato al castello.
Azzurra si raccomandò mentalmente la calma, appoggiò la schiena alla parete e incrociò le braccia sul petto. "Buongiorno Marco, hai dormito bene?" chiese dolcemente.
"No affatto! Allora?"
"Te li hanno portati?"
"Se sono qui con questo vestito in mano, ovviamente è così! Che devo farne di questa roba?"
"La terrei volentieri," rispose Azzurra.
"Bene. E ti è di troppo fastidio mettere piede in casa mia per venirtela a prendere?" chiese Marco tagliente e ironico e Azzurra lo fissò rattristata. "Non è per nulla un disturbo per me entrare in casa tua ma come hai precisato, quella è casa tua e questa è la mia."
"Bene, ora che hai ribadito la distinzione, vuoi spiegarmi perché è così importante continuare a farlo? A rammentarmi che questa è la tua casa? Vuoi suggerirmi che non intendi dividere più nulla con me?" chiese Marco adirato.
"No Marco, voglio solo dire che non posso venire ogni sera a dormire nel tuo letto."
"Perché, santo cielo?"
"Perché non siamo sposati né conviviamo e finché abiterò in questa casa con i miei genitori, dovrò rendere conto a loro delle mie azioni e comportarmi come richiedono e desiderano."
Marco scosse il capo e si passò le dita tra i capelli sospirando esasperato. "Siete talmente abili a complicare la vita voi donne. Allora conviviamo! Come si fa? Vuoi portare le tue cose di là? Di quanto spazio hai bisogno? Possiedi tanta roba? Devi fare un trasloco?"
Azzurra lo fissò sconcertata. "Ti rendi conto di quello che mi stai proponendo?"
"Evidentemente no tuttavia so che quando eravamo al castello tutto filava liscio e non una sola notte abbiamo dormito lontani l'uno dall'altra.

Perché ora è così difficile ricreare quella condizione? Che cosa è cambiato? La presenza di Andrea tra di noi forse?" ipotizzò Marco adirato.

"Ma che madornale sciocchezza! Che cosa c'entra Andrea adesso? Piuttosto spiegami tu, invece, perché è così dannatamente importante dormire insieme? Che cosa vuoi?"

Marco la fissò. "Avevamo deciso di condividere il nostro tempo o sbaglio?" chiese di rimando.

"E' solo questo Marco? O desideri poter disporre di me ogni volta che ne hai voglia? E' questo ciò che davvero ti preme?"

Gli occhi di Marco lampeggiarono e per un attimo Azzurra pensò che l'avrebbe colpita.

"Tu non hai capito niente!" sbottò Marco adirato scagliando in terra il vestito e volgendosi verso l'uscio. Lo spalancò e uscì a grandi passi dalla casa di Azzurra. Lei esitò solo un attimo, poi lo seguì. "Marco! Marco fermati! Stiamo parlando e non puoi andartene così, piantandomi in asso," esclamò rincorrendolo nella sua casa ma Marco andò dritto alla stanza da letto e sferrò rabbioso un calcio alla grossa scatola che ingombrava il pavimento e dalla quale traboccavano gli abiti ottocenteschi di Azzurra. "Sono troppo furioso ora, per discutere e fugare i tuoi dubbi del cazzo!"

"Allora aspetterò che ti calmi," rispose Azzurra sedendo sul letto. Marco la guardò e scosse la testa. "Che vuoi?" chiese aggressivo. "Perché mi hai seguito?"

"Hai detto che non ho capito niente allora spiegami. A che ti riferisci?" domandò Azzurra.

Ancora Marco sospirò passandosi le dita tra i capelli. Sedette sul letto al suo fianco.

"Tu non hai idea di chi io sia. Non mi conosci per niente e non ti interessa conoscermi davvero. Ti piace divertirti con me consumando sesso di tanto in tanto e poi esigi che ognuno stia per conto suo a farsi i cazzi propri! E' solo questo ciò che vuoi tu e non provi minimamente a capire ciò che custodisco dentro di me o le mie motivazioni."

Azzurra scosse il capo. "No Marco sei in errore, io non mi diverto a scoparti di tanto in tanto però ho davvero una dannata paura di annullarmi totalmente per te. Ho il terrore di essere usata e poi buttata via. Noi vorticchiamo sempre intorno allo stesso argomento. Tu pretendi che io dorma con te tutte le notti. Ma perché? E fino a quando lo vorrai? E dopo? Quando ti sarai stancato che farò io dopo?" chiese Azzurra con gli occhi scintillanti di lacrime.

Marco le strinse la mano.

"Dopo? Io non lo so Azzurra, non ipotizzo il dopo, mai. Ora come ora valuto il presente ed è talmente dolce e confortante averti al mio fianco di notte che i miei sonni sono sereni ricchi e appaganti. Non è importante consumare sesso, non è quella la ragione per cui richiedo la tua presenza, o almeno non è la motivazione principale. Non so spiegartelo, tuttavia ritengo che ci completi come coppia condividere le nostre notti. Se lo desideri sottoscriverò un impegno; mi impegno ora a non costringerti più a fare l'amore in piena notte o a non farlo più per niente se questo può servire a dimostrarti che non ho l'intenzione di usarti. Ci sto bene con te Azzurra, ora, in questo momento della mia vita, ci sto magnificamente. Non so prevedere fino a quando durerà, non sono un indovino, tuttavia suppongo che alimentando il sentimento che ora ci lega, di qualsiasi natura esso sia, il nostro rapporto diverrà più saldo e profondo e noi ci comprenderemo meglio."

"E se invece, alimentandolo, ti stancassi di me? Se ti venissi a noia con la mia presenza costante e opprimente?"

Marco storse le labbra. "Credo che sia un rischio che dobbiamo correre. Ritengo in ogni caso che valga la pena di scoprire dove possiamo arrivare insieme, insieme Azzurra, condividendo la vita quotidiana, le piccole cose e le notti. E per averne la possibilità, devi trasferirti qui. Lo spiego io a tuo padre," si propose serrandole le mani.

Azzurra sorrise. "Non c'è bisogno che sia tu a spiegarlo a mio padre. Dunque ... suggerisci di tuffarci a capofitto in questa relazione. Ma tu ritieni di volermi ... bene abbastanza per imbarcarti in questa convivenza?" domandò la ragazza mordendosi un labbro.

"Lo saprò solo provandoci e poi te lo potrò garantire con assoluta certezza," rispose Marco portandosi le sue mani alle labbra.

"Ho ... ho solo il terrore di venirne fuori con il cuore spezzato," ansimò Azzurra stringendolo tra le braccia. Marco le cercò le labbra. "E chi ti dice che non potrebbe succedere a me?" replicò baciandola con affanno.

35

Marco si volse e il sentore buono e dolce di camomilla, dei capelli di Azzurra, gli raggiunse le narici.
Lei c'era davvero ... o stava sognando?
Stese la mano e la toccò. No, lei c'era davvero.
Le si fece vicino e la cinse. Era felice. Sì, era felice di stringersi a lei, di far scorrere la mano sul suo corpo caldo, nudo, seducente.

Spinse la sua erezione contro le natiche e le carezzò un seno raccogliendolo nella mano. Lo massaggiò strofinando il capezzolo con il pollice poi s'immobilizzò e fissò il display luminoso della sveglia sul comodino.

Erano le quattro di notte e aveva assicurato ad Azzurra che non intendeva usarla e che non l'avrebbe più presa in piena notte. Doveva mantenere l'impegno assunto o lei non avrebbe più creduto nelle sue parole.

Sospirò e la lasciò andare, volgendosi.

Cazzo, forse le aveva mentito? No accidenti, davvero non voleva usarla, però la desiderava e questo era un dato di fatto. La desiderava costantemente e averla così vicina ...

No, doveva ignorarla! In ogni caso avrebbe potuto percepire il suo odore. Si volse di nuovo e le tornò vicino sospirando di piacere.

Il contatto con il suo corpo morbido e caldo costrinse il suo ardito muscolo nuovamente nel più completo turgore, le mani a prudere per il desiderio di carezzarla da capo a piedi per percepire il calore e la vellutatezza della sua pelle liscia.

Restò immobile, combattendo con il desiderio di premersi contro di lei e stringerla tra le braccia.

"Ma che stai aspettando?" sussurrò Azzurra roca volgendosi e serrandolo nel suo abbraccio. Il membro gli pulsò con violenza. "Ho ... ho promesso ... che non avrei ..."

La bocca di Azzurra fu su di lui e lo baciò calda e umida, muovendosi lenta e sensuale a eccitarlo, ad accrescere il desiderio che tentava invano di contenere. La lingua sfiorò i punti più sensibili e Marco si ritrovò a tremare senza fiato, soggiogato da quelle manovre stimolanti.

"Oh Zu-zù ... come posso tener fede ai miei impegni se mi circuisci così?" mormorò roco e annientato.

"Non voglio ... che onori quell'impegno," bisbigliò Azzurra scivolandogli indosso. "E' talmente grandioso vederti gioire ... vibra per me," sussurrò facendo scivolare la bocca su di lui. "Vibra per me amore mio," lo invitò roca, manovrando la lingua e le labbra in modo irresistibile, disarmante, devastante.

Marco avrebbe voluto fermarla, ricominciare dal principio con lei e per lei ma fu risucchiato da un vortice di fuoco crepitante che alfine lo indusse a pulsare nel piacere, nondimeno lo lasciò insoddisfatto perché lei non aveva goduto con lui.

Ancora con il cuore a mille scivolò su di lei e cominciò a baciarla e carezzarla come lei aveva fatto con lui. "Anche tu Zu-zù, vibra anche tu per me," bisbigliò vagando su di lei con la sua bocca ardente. "Io per te e tu per me ... amore mio appassionato ..."

36

"Perché non vi sposate?" chiese il padre di Azzurra.

"Perché ... beh, inizialmente dobbiamo verificare se riusciamo a sopportarci con una frequentazione assidua e costante e a capire se è possibile vivere bene insieme. Dopotutto ci frequentiamo solo da pochi mesi e non ci conosciamo a fondo e quale sistema migliore esiste per comprendere maggiormente l'altro se non cominciare a vivere insieme?" replicò Azzurra risoluta.

E poi solo dedicandomi a lui, amandolo appassionatamente, cercando di capire di cosa ha bisogno per essere felice o quantomeno soddisfatto, posso sperare di non venirgli mai a noia, pensò con un fremito di angoscia.

"Abitate a un passo l'uno dall'altra. Che cosa ti impedisce di condividere il tuo tempo con lui pur continuando a rincasare nella tua casa dove sei la padrona?" insistette il padre.

Azzurra scosse il capo. "Non è la medesima cosa papà. Non sarebbe condividere una vita comune, un ménage familiare che inevitabilmente ci creerà problemi cui non siamo abituati a imbatterci. Vogliamo verificare se siamo in grado di risolverli insieme, unendo le nostre forze, capire quanto è grande il desiderio di sostenerci a vicenda, quanto amore siamo in grado di dispensare. Riesco a spiegarmi?" chiese accorata.

Il padre serrò le labbra caparbio. Scosse la testa raddrizzando le cartellette sul piano della scrivania. "Ritengo che quel ragazzo sia solo un egoista. Ti vuole coinvolgere in qualcosa che limiti al minimo le sue responsabilità apportandogli il massimo giovamento. Se però non è in grado di assumersi qualche obbligo, non credo proprio valga quello che pensi."

Azzurra si rizzò nella poltrona. "No papà, stai sbagliando a giudicare Marco," insorse veemente. "Lui non è affatto un egoista ed è responsabile di ogni sua scelta. Lo fa ormai da dieci anni."

"E allora perché ora non è qui con te a spalleggiarti? Perché si è dileguato lasciandoti sola? E' così dunque che intende restare al tuo fianco, sostenerti, restare coinvolto nella tua vita?" sbottò il padre adirato.

Azzurra si alzò e si parò davanti all'uomo perché la guardasse in viso. "Marco voleva informarti personalmente. Ha insistito per farlo. Non aveva alcun timore o remora ad affrontarti ma io l'ho pregato di astenersi. Volevo parlarti di persona, senza di lui, proprio per spiegarti quello che Marco è. Sono perfettamente consapevole che tu non lo stimi e non è giusto, perché tu non lo conosci. Non puoi giudicare un uomo senza saperne nulla."

"Sì, io non lo conosco, tuttavia è indicativo il suo comportamento. E' un ragazzo belloccio che sa rendersi senza dubbio affascinante però dubito che sia uomo abbastanza da dedicarsi a una famiglia assumendosene la responsabilità. Fino all'altro ieri ha mostrato un comportamento dissoluto e menefreghista. Credi che possa cambiare da un giorno all'altro?"

Azzurra scosse il capo e sospirò tornando a sedere, cercando in sé le parole più adatte. "Papà non nego che ... sì, insomma ... abbia avuto molte avventure, ma unicamente perché era alla ricerca di un amore vero, della donna giusta per lui. Forse sono io quella donna, tuttavia ancora non può saperlo, non ne ha la certezza."

"E se non lo sei? E se sarai solo una delle tante che gli dedicherà più tempo e più energie delle altre senza però ottenere risultati, vanificando il tempo e la vitalità investite? E il tuo amor proprio non conta nulla, Azzurra?"

La ragazza non perse la sua imperturbabilità.

"Sono una donna fortunata perché posso in ogni caso contare sulla vostra protettiva presenza a un passo da me. Non sarò mai sola papà e questa è la condizione ideale per me per mettermi alla prova. E poi credo che Marco ed io ci amiamo a sufficienza per investire il mio amor proprio in questa impresa. Sì è vero, iniziando a convivere con lui, Marco potrebbe anche valutare che in definitiva neanche io sono quella giusta, nondimeno mi sembra opportuno scoprirlo prima che sia troppo tardi, non sei d'accordo? Io sono disposta a investire molto per lui e devo capire se ho ben riposto il mio amore, avere la certezza che lui lo meriti."

Il padre tacque fissandosi assorto i palmi delle mani, poi riprese sommesso. "Spero ... mi auguro che siate entrambi abbastanza intelligenti da adottare provvedimenti finché ... fintanto che non avrete le idee più chiare," borbottò infine rassegnato. "Non posso impedirti di compiere le tue scelte, di sperimentare stili di vita nuovi e diversi. Sei una donna ormai, tuttavia non desidero che ti rovini la vita o che poni limiti e paletti al tuo futuro, ingarbugliandoti con quest'uomo più di quanto non sia necessario, per la vostra verifica."

Azzurra annuì poi giunse le mani. "Certo papà ... vuoi offrirgli un'opportunità? Marco è un bravo ragazzo altrimenti non avrei potuto scorgerlo, interessarmi a lui, innamorarmene. Lui ti assomiglia."

Il padre alzò un sopracciglio, le lebbra guizzarono in una smorfia contrita. "Non credo proprio Zuri. Io non avrei mai chiesto a tua madre di convivere esponendola alle critiche della gente. Che senso ha?"

"E' stata una mia scelta papà e Marco ed io non ci curiamo di quello che può pensare la gente della nostra unione, che riguarda e coinvolge solo noi. Vogliamo stare insieme dichiaratamente e vivere le nostre vite condividendo anche le piccole faccende quotidiane. A chi facciamo del male in fondo?"

"Forse solo a voi stessi."

"E sia ma avremo sperimentato la convivenza e se non dovesse soddisfarci potremo porvi rimedio. Se alla lunga dovessi scoprire che ho sbagliato a valutare Marco, se lui dovesse rivelarsi indegno dell'amore che gli porto tu ... tu mi puniresti e non mi vorresti più in questa casa?" chiese Azzurra titubante.

Il padre la fissò costernato, poi si alzò, la raggiunse in due passi e tese le braccia per afferrarla e tirarla in piedi. "Che sciocchezza! Io desidero solo il tuo bene e la tua felicità e nulla al mondo potrà mai offuscare l'amore che nutro per te o per tua sorella. Voi due siete parte di me e siete giovani e vulnerabili ed io vorrei difendervi dalle brutture del mondo, dalle sofferenze e dalle delusioni facendovi scudo con la mia esperienza e la mia forza. Non desidero assolutamente che tu ti faccia male," mormorò stringendo la figlia al petto. "Quell'uomo ha trovato un vero tesoro, Zuri. Non scordarlo e non permettere che lui lo dimentichi o che lo sminuisca."

"Non accadrà, papà. Marco mi rispetta e non mi farebbe mai del male volontariamente."

Il padre la fissò ancora con uno sguardo scettico. "Forse per me provare e dimostrare rispetto verso gli altri si manifesta in altro modo," replicò.

"Posso entrare?" chiese Alice sulla soglia della stanza.

"Sì certo, che cosa c'è?" chiese l'uomo.

"C'è Marco al telefono, Azzurra, e insiste per parlarti. E' la terza volta che chiama."

"Arrivo, posso invitarlo a cena papà?"

"Sicuro e riferiscigli che desidero avere un colloquio con lui."

"Solo se prometti di non massacrarlo," rispose Azzurra con un dolce sorriso uscendo dalla stanza. Corse al telefono nella sua camera e sedette sul letto rispondendo. "Marco?" chiamò.

"Ciao tesoruccio."

"Ciao, amore unico della mia vita, ho parlato con mio padre di noi."

"Ah! E che cosa ha detto?"

"Quello che era prevedibile."

"Cioè?"

"Perché la convivenza?"

"E tu cosa hai risposto?"

"Che sarà una prova generale di vita in comune per capire se è davvero quello che vogliamo per noi stessi. Naturalmente lui teme per la mia reputazione e per il mio cuore."

"E tu?"

"Ti amo Marco. Voglio essere presente nella tua vita e desidero che tu faccia parte della mia. Sarà interessante e divertente ... come lo è stata l'esperienza del castello."

"Ma questa volta non sarà solo per un paio di settimane," puntualizzò Marco.

"Lo credi davvero?"

Marco rise. "Lo spero proprio," replicò.

"Bene, sembra buono come inizio."

"Okay ... sei pronta? Vieni di qua?"

Azzurra esitò. "Ora?"

"Che dici, vogliamo continuare a parlare al telefono?"

"No ... però che sei stato invitato a cena. Mio padre desidera confrontarsi con te. Vuoi venire?"

"Arrivo. Mi sarei stupito se non avesse voluto incontrarmi e anch'io ho qualcosa da riferirgli e da chiarire."

Azzurra sorrise. "Non massacrarmelo per favore. Mio padre si sta sforzando di contenere la sua gelosia e il suo disappunto. Lui comprende perfettamente che mi sta perdendo, che non sono più sua."

Percepì il sorriso di Marco attraverso la linea telefonica.

"Non temere tesoruccio ... sarò clemente, in fondo mi sta affidando un tesoro prezioso e devo solo essergliene grato."

Ancora Azzurra sorrise. "Vi capirete," previde fiduciosa, chiudendo la linea e avviandosi alla porta.

37

Essendo stata assunta da poco tempo, ad Azzurra spettavano solo due settimane di ferie, avendone anche approfittato anzitempo per il soggiorno al castello e Marco, assorbito dal lavoro, neanche aveva programmato le sue vacanze, pertanto parte di quel tempo a loro disposizione, lo investirono nel trasloco e nella sistemazione delle cose di Azzurra nella casa di Marco che era ben spaziosa e semivuota, non possedendo lui una gran quantità di mobili o di oggetti inutili. Era un uomo che viveva in solitudine da anni e aveva imparato a circondarsi di ciò che riteneva necessariamente essenziale. Solo il suo studio si presentava ingombro e caotico e Azzurra propose d'installare una scaffalatura a ripiani lungo tutta una parete ove riporre con ordine e criterio la marea di libri, CD, opuscoli e materiale pubblicitario, dispense, copioni, raccoglitori e quant'altro Marco riponeva con sistematicità in quella stanza. Fu divertente anche scegliere ciò che serviva allo scopo e alla fine, data la scarsità di Esercizi ancora aperti, Azzurra si rivolse a un suo amico falegname che le realizzò in tutta fretta e su misura, quanto richiesto. Quando finalmente ebbero finito di ordinare con cura ogni cosa, si concessero qualche giorno di mare.

Azzurra interpellò un'agenzia di viaggi per una vacanza *'all'ultimo minuto'* e il giorno successivo nuotavano nelle acque limpide e cristalline della Costa Smeralda.

Si rosolarono pigramente al sole rilassandosi, nuotarono e s'immersero nelle limpide acque scoprendo un mondo sottomarino incantato. Passeggiarono a lungo mano nella mano e fecero all'amore ogni volta che ne ebbero la possibilità o il desiderio, rotolandosi nella sabbia calda sotto un cielo lattiginoso di stelle pullulanti, nel fresco della loro camera su un letto di lattice a tre piazze, o sotto il getto tiepido dell'acqua, nell'ampia cabina doccia lavandosi a vicenda.

La vacanza ebbe termine in un lampo e Marco fu certo che con la ripresa del lavoro e delle loro vite in città vissute in comune, sarebbero sopraggiunti i primi problemi, tuttavia, a dispetto della sua inespressa previsione, la loro vita prese a scorrere con una cadenza semplice e regolare, priva di intralci o scossoni di rilievo.

Ognuno dei due aveva il suo spazio in casa ed entrambi si guardavano bene dall'invadere il territorio dell'altro.

Spesso quando Azzurra entrava nella stanza da bagno munita di spugne e disinfettanti, lo rinveniva già scintillante di pulizia e odoroso di detergente, oppure, rientrando la sera con l'intenzione di rifare il letto dopo esserne schizzata fuori il mattino, lo rinveniva già in ordine, con le fresche lenzuola profumate di bucato ben stese sul materasso.

Marco si era abituato, dopo anni di solitudine, a svolgere anche quei compiti e Azzurra costatava con piacere che il compagno non li aveva addossati a lei, ma semplicemente, li dividevano tacitamente. Il primo a mettere piede in casa, se ne aveva la possibilità, interveniva dove necessitava.

Anche la sera spesso Azzurra trovava già qualcosa di pronto sul fuoco se Marco aveva lavorato a casa, oppure, se entrambi rientravano tardi, lui la tirava via dal frigorifero in cui lei stava cercando gli ingredienti per cucinare un determinato piatto, le dava una rapida sistemata ai capelli e chinandosi a baciarla sulle labbra, le sussurrava: "Paolo o Tito?"

Paolo era il gestore del ristorante dove solitamente mangiavano delle ottime bistecche alla fiorentina, Tito il titolare di un altro ristorante la cui cucina era unicamente a base di pesce.

Quando Marco lavorava a casa, Azzurra si informava discretamente se sarebbe stato da solo o in compagnia ma aveva notato che se e quando era possibile, Marco vi lavorava da solo.

Stefania non era più entrata in casa e qualche altra ragazza la cui presenza si era resa necessaria, vi aveva soggiornato lo stretto necessario. Quando con un pretesto qualsiasi Azzurra chiamava Marco chiedendogli se doveva comprare il latte tornando a casa, scopriva con sollievo e piacere che la collaboratrice del suo compagno era già stata liquidata. Il Sabato mattina poi, spesso andavano a cavalcare al Club e Azzurra aveva rammentato a Marco il suo desiderio di prendere lezioni di volo. Lui si era anche informato e le aveva suggerito di rimandare quell'impegno alla primavera successiva. Ormai le giornate stavano rinfrescandosi e accorciandosi.

Il Sabato sera, spesso ricevevano in casa o incontravano fuori gli amici di Marco che ormai erano diventati anche quelli di Azzurra; tutte persone che aveva conosciuto al castello durante la lavorazione del filmato storico e con le quali aveva legato particolarmente.

Nonostante l'abissale diversità tra lei e l'amica, aveva finito con il legare molto con Silvia che non mancava di rivolgersi a lei frequentemente per ricevere consigli o confidarle le sue pene d'amore.

Marco si mostrava sempre un po' sospettoso quando lo informava di aver sentito Silvia al telefono e non poteva evitare di continuare a porla in guardia.

"Marco, Silvia è un'amica!" ripeteva Azzurra spazientita.

"Ma è anche un uomo e difficilmente ho costatato amicizie vere e disinteressate tra uomini e donne."

E lei non poteva evitare di sorridergli e ribadire un concetto che lui puntualmente dimenticava.

"E' un uomo certo, tuttavia una parte di lei è pur sempre donna suo malgrado, e perciò si rivolge a me, perché ha la certezza che possa capirla."

"Sarà ..." rispondeva Marco sempre scettico.

Gli unici contrasti sorti con lui fino a quel momento, dipendevano dalla gestione delle spese alle quali Marco non le consentiva di contribuire, spiegandole che erano sempre state una sua competenza e che non comprendeva il motivo per cui lei ora dovesse intervenire, invitandola poi a conservare il denaro in vista delle lezioni di volo e del relativo brevetto.

Pertanto lei si divertiva e si compiaceva nell'offrirgli doni, banali o anche di rilievo, aspettandosi immancabilmente il suo dolce rimprovero.

Un altro conflitto si concretava quando un'amica invitava Azzurra per una cena tra sole donne. Era ormai ovvio che Marco non gradisse le sue uscite serali in solitudine.

Azzurra aveva indagato un po' e alla fine lui aveva ammesso che quelle uscite lo irritavano molto perché non desiderava preoccuparsi per lei ma, sebbene fosse logica, la spiegazione non l'aveva del tutto convinta.

Che fosse un po' geloso? Ma perché? Gli aveva ben spiegato che quelle erano riunioni tra sole donne.

Però quando rincasava, anche a tarda ora, lui immancabilmente stava ancora lavorando e, ponendo il punto a ciò che stava elaborando, la seguiva per casa mentre lei si spogliava, chiedendole con disinvolta noncuranza chi avesse partecipato alla serata, dove si fosse svolta e se era intervenuto qualcuno che poi magari si era offerto di fare loro compagnia o di accompagnarle a casa, il che non accadeva mai, eppure Marco sembrava essere convinto che fosse ovvio che un uomo o più uomini dovessero necessariamente avvicinarle scorgendo un gruppo di ragazze senza accompagnatori maschili.

A Natale Marco organizzò una vacanza sorpresa e volarono ai Tropici ma rientrarono per il Capodanno perché Azzurra ci teneva a trascorrerlo con i suoi.

Quella sera Marco si trattenne per un tempo lunghissimo al telefono con una donna, incuriosendo Azzurra che non voleva assolutamente concedere spazio ai sospetti dentro di sé. Così glielo chiese subito, non appena lui rientrò nella camera per spogliarsi. "Ma con chi parlavi?"

"Con mia nonna."

"Oh! E i tuoi, Marco, dove sono? Non accenni mai a loro."

"No, vivono al di fuori della mia vita," tagliò corto Marco uscendo nudo dalla camera per entrare nel bagno, ponendo subito il punto a quella cauta indagine, ma senza averlo preventivato, dopo poche settimane Azzurra apprese qualcosa della famiglia del suo compagno.

Marco era talmente infuriato da non riuscire a controllare il proprio malumore e, consapevole che qualche ignaro malcapitato avrebbe finito con il fare da catalizzatore alla sua ira, aveva deciso di andarsene dall'ufficio per evitare di scagliarsi contro qualcuno estraneo ai fatti.

Avrebbe dovuto immediatamente ricomprarsi un computer portatile e perderci il pomeriggio e la nottata per cercare di ricostruire il suo lavoro. Scuoteva la testa incredulo, stupefatto, entrando in casa, domandandosi come fosse possibile che alcune giornate potessero rivelarsi così infruttuose e disgraziate. Iniziavano con un concatenarsi di eventi negativi che si succedevano senza sosta e senza alcuna prevedibilità. Il tutto era cominciato con la triste e scombussolante notizia che l'unica persona al mondo di cui gli importasse e si interessasse, ai cui funerali non avrebbe mai voluto mancare, era ormai defunta da un paio di settimane e nessuno si era preso la briga di comunicarglielo per tempo. Solo quella mattina la madre si era decisa a informarlo, precisando che non aveva ritenuto di rivolgersi a lui prima, per non distoglierlo dal lavoro. Come se non avesse potuto perdere una mezza giornata per raggiungere Lugano e porgere l'ultimo saluto alla nonna. Ma cosa mai avrebbe potuto aspettarsi da quell'iceberg che lo aveva generato?

Poi, turbato e destabilizzato dalla notizia, prima ancora che avesse potuto parlarne con Azzurra, gli era capitato d'imbattersi in quello stronzo fatto e finito, paranoico lecchino rottinculo di Meroni che non solo non capiva un cazzo di niente, ma giacché consentiva a Testi di spassarsela offrendogli a tale scopo il proprio orifizio anale, poteva permettersi di decidere le modifiche del palinsesto che riteneva opportune.

"Devi capire che siamo ormai vicino alle elezioni," gli aveva detto pulendosi accuratamente le lenti dai vetri talmente spessi che sembravano fondi di bottiglia.

"E allora? Io non realizzo programmi politici," aveva risposto incredulo. Che significato aveva cancellare tre servizi sulla preistoria? Come e dove Meroni aveva potuto scorgere tendenze di parte, nella vita sociale degli uomini dell'età della pietra? Che condividere il cibo davanti a un fuoco facesse supporre che il popolo delle caverne fosse il primo gruppo comunista della terra?

Era stato assalito dall'ira quando inforcando di nuovo le lenti che gli avevano reso gli occhi piccoli come lenticchie, Meroni aveva continuato con la sua solita flemma. "Qualsiasi programma d'informazione può contenere messaggi sublimali," aveva risposto come se la sapesse lunga e ancora Marco aveva pensato che quel deficiente neanche immaginava di che cosa stesse blaterando.

Avevano discusso a lungo in toni accesi, tuttavia Meroni era stato irremovibile.

Individui che cercavano d'instaurare le regole per una giovane società dividendosi i compiti e il cibo in parti uguali, rappresentava un ovvio messaggio contenente l'incitamento alla democrazia se non al comunismo e perciò, in quel momento, il programma non poteva andare in onda. Punto.

Questo era quanto. Eppure lo stronzo di Meroni simpatizzante dichiarato della Destra, era informato che durante la dittatura fascista i rottinculo come lui dovevano nascondersi, mentire e fingere, pur di non essere deportati al confino? Grazie a chi poteva così liberamente sbandierare la sua omosessualità? E si era anche permesso di rivolgergli delle avances in passato, quel coglione senza coglioni che meritava solo di essere evirato. Tanto, a che diavolo gli serviva l'arnese se non a impegnarlo in maniera impropria?

E non era finita là. Dopo lo scontro violento con Meroni e la certezza che la messa in onda di ben tre dei suoi programmi sarebbe stata rimandata a data da stabilirsi, era tornato nel suo ufficio per scoprire che il computer portatile, e proprio quell'ultimo che gli aveva appena regalato Azzurra, era spartito. E ciò che più lo stupefaceva e infuriava, non era la certezza che giorni e giorni di lavoro fossero andati persi, come anche una quantità di dati che avrebbe faticato non poco a recuperare, perché non tutto era stato salvato altrove, quanto avere la consapevolezza che a perpetuare quel furto fosse stato proprio un impiegato dell'ufficio, qualcuno con il quale si confrontava ogni giorno, che rispettava e di cui si fidava. Adesso avrebbe osservato tutti con sospetto, diffidato di ognuno e preso anche di mira i possibili sospetti, tormentando, lo sapeva bene, la vita di molti, anche di chi per sua disgrazia, non c'entrava per niente in quella sporca faccenda. Eppure dell'eventualità che fosse coinvolto proprio qualcuno del suo staff, non c'era dubbio alcuno. Si era ben accertato dello svolgimento degli eventi.

Durante i quaranta minuti di assenza dal proprio ufficio c'erano stati pochi visitatori e tutti diretti nell'altra ala dell'edificio. Neanche per errore qualcuno si era avvicendato nel corridoio in fondo al quale dimorava il suo ufficio personale, in cui aveva lasciato il computer acceso e che aveva interrotto il proprio lavoro a circa metà di una stampa di quattrocento cartelle.

Sospirò attivando il computer appena comprato. Si sentiva ancora così adirato che se avesse morso qualcuno, probabilmente gli avrebbe iniettato veleno nelle carni.

"Marco?" chiamò la voce di Azzurra.

Lei comparve sulla soglia dello studio come una fresca ventata di primavera che però non servì ad alleggerirgli l'animo e a lei bastò guardarlo in viso per capire di che umore fosse. "Che è successo?" chiese avanzando ma Marco la bloccò alzando le mani. Non aveva alcun desiderio di parlare in quel momento né tantomeno voleva rischiare di sfogare su di lei l'ira che ancora covava dentro. "Ho un diavolo per capello Azzurra e devo lavorare! Lasciami solo," replicò secco volgendosi. Sullo scaffale alle sue spalle osservò depresso le file ordinate di CD, decidendo da dove cominciare l'installazione dei programmi.

Non aveva cognizione di quanto tempo fosse trascorso, supponeva tre o quattro ore, quando le narici cominciarono a percepire un piacevole odore di basilico e pomodoro fresco. Lo stomaco ebbe uno spasmo e solo allora rammentò che non aveva mangiato più nulla da quel mattino.

Che stava facendo Azzurra? Non l'aveva più veduta da quando l'aveva così bruscamente allontanata.

Si dispiacque di essere stato così brusco e sgarbato e, massaggiandosi le tempie, sospirò. Sicuramente lei sarebbe stata adirata e a conclusione della sua già pessima giornata, avrebbe dovuto discutere anche con lei, della qual cosa non aveva per nulla bisogno. In quel momento rimpianse di non essere solo. Ma davvero ci aveva riflettuto bene quando l'aveva invitata a trasferirsi da lui? Sospirando si alzò e a passo lento e stanco si diresse in cucina. Si fermò sulla soglia studiando Azzurra che rimescolava la pasta in una pentola. L'odore di ciò che stava cucinando era davvero allettante e sarebbe solo voluto sedersi e mangiare, però sapeva che prima avrebbe dovuto litigare con lei, scusarsi, cercare di placarla e magari raccontarle anche qualcosa di quella giornata infernale per potersi finalmente concedere il piacere di mangiare.

Ancora lo stomaco gli si contrasse e i succhi gastrici si agitarono al suo interno. Per un attimo l'immagine fuggevole della nonna fu davanti ai suoi occhi e la malinconia, pesante come una cappa, gli calò indosso gravandolo di un peso ancora maggiore di quello che l'aveva accompagnato per tutto il giorno.

Azzurra si volse e sobbalzò scorgendolo, poi però sorrise come se lui le avesse portato in dono qualcosa di meraviglioso. "Oh amore sei qui ... non sapevo se potevo disturbarti ... per venirti a chiedere ... di mangiare qualcosa. Sono quasi le undici ed io un po' di fame ce l'ho. E tu? Mangi un po' di spaghetti con me? O ti ha disturbato il rumore delle pentole?" chiese scrutandolo con i suoi occhi attenti e circospetti.

Il sollievo e lo stupore invasero l'animo già tanto gravato di Marco.

Pertanto niente rimproveri, niente musi lunghi e bronci per la sua sgarberia, nessuna domanda e richieste di spiegazioni per quel brusco e villano comportamento.

Tese le braccia avanzando nella cucina. "Vieni qua ..." mormorò e Azzurra si catapultò su di lui e lo strinse a sé con forza, come a volergli trasmettere il proprio calore. "Amore mio ... si aggiusterà tutto ... vedrai ... di qualsiasi cosa si tratti ... non tormentarti, ti prego. Vuoi cercare di rilassarti per dieci minuti e di mangiare qualcosa insieme con me?"

Le cercò la bocca e la baciò teneramente. "Grazie Zu-zù."

Lei lo scrutò sorpresa. "E per che cosa, tesoro?"

"Per la tua sensibilità, per aver compreso che non avevo voglia di parlare e per avermi lasciato solo a smaltire la mia ira, per essere qui a stringermi tra le braccia e a continuare a non chiedere, perché persequo nell'intento di non voler ripercorrere la mia orrenda giornata. Ho solo fame adesso."

Azzurra gli sorrise con tenerezza e gli carezzò il viso stanco. "E' pronto. Siediti adesso. Non è necessario che tu parli se non lo desideri, ma se e quando ne sentirai la necessità, io sono qui. Desidero solo aggiungere che, nel caso in cui ciò che non esprimi ti resta qui dentro e ti rode," esclamò posandogli la mano sul cuore, "allora spiegami cosa posso fare per strappartelo via."

La stretta di Marco intorno alla schiena di Azzurra si accentuò talmente che quasi non riusciva a respirare. Marco si aggrappava a lei per riuscire ad affrontare la sua pena. "Mia nonna è morta tredici giorni fa e solamente oggi mia madre si è decisa a comunicarmelo. Amavo mia nonna, andavo a trovarla spesso ed era l'unico legame di sangue che percepissi vivo e presente in me con una profonda emozione; una traboccante tenerezza per quella donnina minuta che mi ha cresciuto con amore, mi ha indicato una strada da perseguire con tenacia e determinazione, mi ha sollecitato a studiare quando mi ero perso, mi ha invogliato a rimettermi in piedi e devo solo a lei tutto ciò che sono o che ho conquistato e mia madre questo lo sa perfettamente. Come ha potuto non informarmi? Ancora ha prevalso il suo egoismo e il disinteresse verso tutti noi. Ma credi che sia capace di ricordarsi di tanto in tanto che mi ha generato lei?"

Le parole erano scaturite come un fiume in piena inarrestabile e Azzurra le aveva ascoltate stretta al petto di Marco, rammaricandosi per l'amarezza che traboccava dal suo tono sommesso.

"Amore mio ... mi dispiace tanto per tua nonna. Dove riposa ora? Andiamoci domani, vuoi? Hai qualche impegno inderogabile?"

Finalmente Marco allentò la presa e si ritrasse. "Io no, ma tu?" chiese già più sereno.

"Cosa vuoi che importi dei miei impegni? Sei importante tu e tua nonna. E' l'unica occasione che ho per conoscerla e porgerle un ringraziamento perché se davvero tutto ciò che sei lo devi a lei ... beh, non avrebbe potuto eseguire un lavoro migliore e desidero confidarglielo, anche se sono più che certa che lei lo avesse già ben compreso."

Marco sedette stancamente al tavolo. "Già, lei credeva in me." Sospirò passandosi una mano nei capelli. Azzurra riempì i piatti e li depose sul tavolo.

"Ma non è tutto qua," aggiunse Marco dopo un po'. Adesso che aveva cominciato, sentiva di dover espellere ogni cosa, esporre i fatti fino a quando non si fosse svuotato di tutto il deleterio contenuto del suo animo amareggiato e solo dopo che ebbe raccontato ogni evento, accennando anche ai sospetti che nutriva sul responsabile del furto del computer, cominciò a sentirsi più tranquillo, finalmente sgravato da quel peso che lo aveva oppresso per tutto il giorno.

"Puoi recuperare tutti i file?" chiese Azzurra porgendogli un'albicocca.

"Quasi tutti. Quello al quale stavo lavorando, solo in parte, senza gli aggiornamenti degli ultimi giorni, se mi va bene."

"Almeno per quanto concerne quell'aspetto il danno non è irreparabile e per ciò che riguarda i tuoi sospetti, ti esorto a non accanirti su quelle persone prima di aver ottenuto un minimo di certezza."

"E come dovrei operare per avere questa certezza?"

"Tendi una trappola. Lascia del denaro contrassegnato sulla scrivania e osserva che succede. Se sparisce, chiedi a tutti di vuotarsi le tasche e se trovi le banconote contrassegnate, il gioco è fatto. E poi l'occasione rende l'uomo ladro e se uno ci ha già provato una volta e gli è andata bene, ci riproverà se gli si ripresenta l'occasione."

"Credi?"

"Sì, lascia una banconota da cinquecento Euro bene in vista e vedrai."

"Cinquecento? Magari lo induco in tentazione anche con una da cento," replicò Marco con un mezzo sorriso e Azzurra stese la mano sul tavolo a coprire la sua. "Finalmente ti vedo tornare a sorridere," esclamò sommessa.

"Scusami Zu-zù. Non volevo certo scaricare su di te la mia ira ed è proprio per questo motivo che ti ho subito allontanato."

Azzurra si alzò, girò intorno al tavolo e gli si sedette in grembo avvolgendogli le spalle con un braccio. "Però ora che ne abbiamo parlato e ti sei sfogato stai meglio, vero?"

"Sì."

"Non scordarlo amore. Condividere la vita quotidiana include anche le rispettive pene. Non tenere solo per te ciò che ti tormenta. Io posso aiutarti a dissipare i tuoi tormenti o almeno provarci ..."

Le bocche si sfiorarono con dolcezza.

"Temevo fossi adirata con me per il modo in cui ti ho risposto quando sei arrivata e in quel momento avrei voluto essere solo, ma ora più che mai sono lieto della scelta che abbiamo operato. Se tu non fossi qui, se non ne avessimo parlato, starei ancora rimuginandoci su rodendomi l'animo e scaricando fuoco e fiamme o ... lacrime, peraltro ancora digiuno."

Azzurra lo strinse ancora di più e gli baciò il capo. "Tua nonna non vorrebbe le tue lacrime né sarebbe contenta di saperti adirato con tua madre. Sarebbe lieta di avere la certezza della tua forza, della tua sicurezza e serenità e vorrebbe credere fermamente che nessuna avversità, mai, sarà in grado di porti in ginocchio. Lei ha lavorato per non vederti mai così. Non deluderla amore mio."

"Cercherò di ricordarlo."

"Bene. E ora mi dai una mano a rimettere in ordine?"

"Anche due, Zu-zù, vai pure a spogliarti che qui riordino io."

38

Azzurra entrò in casa e percepì immediatamente l'odore penetrante delle mimose.

Dove aveva trovato la mimosa, Marco? Era ancora freddo perciò quella pianta non poteva essere già in fiore.

"Marco," chiamò sulla soglia richiudendo la porta ma non ebbe risposta.

Raggiunse velocemente il soggiorno e avvistò sul tavolino davanti al divano il grazioso rametto infilato in un vasetto di cristallo. Avanzò per annusare più da vicino i gonfi pappi gialli.

Come faceva Marco a intuire che adorava quell'intenso profumo che preannunciava la primavera? Sollevando il vasetto scorse il piccolo pacchetto che il vasetto colorato aveva nascosto alla sua vista.

Sorrise felice.

Ancora un regalo per lei? Si chiese incredula.

Aprì la scatolina e rimase a bocca aperta nello scorgere i due piccoli diamanti sfaccettati montati su sottili steli d'oro bianco, da infilare nei lobi.

Fu allora che udì lo scatto della serratura e la voce di Marco che la chiamava. Gli corse incontro e gli buttò le braccia al collo. "Oh, Marco ... sono bellissimi! Ma perché? Grazie amore, grazie," sussurrò sulle sue labbra e Marco arretrò impacciato. "Se mi lasci deporre i sacchetti in terra, posso ricambiare il tuo caldo abbraccio," esclamò e solo allora Azzurra notò quanti sacchetti reggesse.

"Sei andato al supermercato?"

"Sì, ospitiamo John Sebastian e Luca a cena," rispose Marco mollando i sacchetti e tendendo le braccia.

Azzurra si strinse a lui. "Grazie Marco, che cosa devo fare con te? Non voglio che tu spenda tanto denaro per un ..." La bocca di Marco la zittì, dolce suadente, tenera. "Ti piacciono?"

"Moltissimo."

"Allora taci," sussurrò baciandola di nuovo.

"Anche la mimosa ... l'adoro. Dove l'hai trovata?"

"A Recco. Ci sono andato stamattina, l'ho vista e ho pensato subito a te."

Si baciarono ancora, stringendosi, carezzandosi a vicenda.

"Com'è che sei tanto dolce?" chiese Marco succhiandole un labbro, scivolando con le mani sui jeans e carezzandole le natiche rotonde e polpose. "E queste si stanno arrotondando."

"Già, mi fai sempre mangiare troppo," si lamentò Azzurra.

"Sono diventati troppo stretti questi jeans. Perché non ti cambi mentre metto su l'acqua per gli spaghetti?" chiese Marco dolcemente, continuando a baciarla, morderla e carezzarla.

"Se la smetti di farmi girare la testa."

Marco rise ritraendosi. "Io? Sei tu che la fai girare a me," replicò raccogliendo i sacchetti e procedendo per la cucina.

"Che cosa cucini?" chiese Azzurra cercando di prendergli un sacchetto dalle mani.

"La carbonara e affettati misti per chi avesse ancora fame."

"Ti do una mano?"

"No Zu-zù, preferirei che adesso ti cambiassi e magari dopo cena, se non ti dispiacesse particolarmente, gradirei anche che ti ritirassi per una mezz'ora, perché quello di stasera è un incontro voluto da Luca che deve riferirmi qualcosa di molto privato."

"Non c'è problema," replicò Azzurra osservandolo vuotare i sacchetti con gli acquisti appena effettuati. "Ma perché devo cambiarmi?"

"Sono davvero troppo stretti quei jeans," replicò Marco riponendo lo yogurt nel frigorifero.

"Davvero? E da quando?"

"Non lo so da quando. Me ne accorgo adesso e non mi piacciono. Sembra che tu voglia porre in evidenza le tue curve."

Azzurra ridacchiò. "Ecco perché oggi in ufficio tutti mi esaminavano la schiena."

Azzurra aveva solo inteso scherzare e non aveva previsto di veder mutare l'espressione di Marco. "Adesso li butti proprio nella spazzatura!" replicò infatti lui con durezza, serrando le labbra.

Stava per spiegargli che aveva solo scherzato quando squillò il cellulare. Lo prese dalla mensola sul calorifero e lo attivò.

"Ciao Azzurra," la salutò la madre. "Dove sei?"

"Ciao, sono a casa, perché?"

"Non ti vediamo da un secolo anche se sei a due passi. Perché non vieni a salutarci o a cena con Marco se vi fa piacere?"

"No, a cena no perché devono venire alcuni amici, però posso fare un salto subito, così Marco e i suoi ospiti saranno più liberi e tranquilli."

"Perfetto. Ti aspettiamo, cara."

"Okay." Chiuse la linea e si volse. Il volto adirato di Marco la stupì.

"Ti avevo chiesto di ritirarti per mezz'ora e non di uscire per tutta la sera, e se poi hai intenzione di andare fuori vestita in quel modo ..."

"Marco! Vado solo qua di fronte. Era la mamma che mi ha chiesto di andare a salutarli."

"Oh!" Marco cambiò repentinamente espressione e fu subito più disteso. Tacque affaccendandosi vicino ai fornelli.

141

Azzurra andò in camera, sfilò i jeans incriminati e ne infilò un altro paio, quindi tornò in cucina. "Va bene così?" chiese piroettando su se stessa ma Marco storse le labbra. "No, affatto, era meglio prima!" replicò sbatacchiando le uova in un piatto.

"Oh insomma! In fondo vado solo dai miei!"

"Okay, ma comprati urgentemente dei jeans nuovi. Hai messo su qualche chilo che ti arrotonda troppo e a me infastidisce molto che gli occhi di tutti siano puntati sul tuo sedere!"

Azzurra rise. "Ma chi vuoi che mi guardi? In primo luogo poco fa stavo scherzando e poi che mi sia arrotondata lo noti solo tu. I jeans mi sono sempre andati stretti."

"Pertanto lo sai che sono stretti! E allora? Devi porti in mostra?" replicò Marco tornando al frigorifero per prendere la pancetta.

Azzurra lo guardò sconcertata. "Ma stai parlando seriamente?"

"Ti pare che stia scherzando?" replicò l'uomo prendendo il tagliere.

"Lo sai che queste mi sembrano un po' argomentazioni da uomo geloso?"

"Non me ne frega proprio un cazzo di ciò che sono queste argomentazioni. So solo che i jeans stretti non ti calzano bene e ti sto chiedendo di comprartene dei nuovi, un po' meno aderenti. Punto. E' fattibile? Puoi farlo?"

"Certo, va bene, però sappi che adopero questi jeans da una vita e tu solo oggi ti accorgi che non mi calzano bene."

"Okay, ora che l'ho saputo è tutto chiarito!" replicò Marco tagliuzzando la pancetta.

Accidentaccio! Era pur vero che adoperava quei jeans da una vita ma, o davvero aveva messo su qualche chilo o qualcosa era variato nel suo corpo rendendola ancora più donna, più seducente, più sinuosa.

Lo aveva notato anche nel seno. Gli appariva più pieno, più sodo, più ... deglutì, cercando di scacciare dalla mente il corpo nudo di Azzurra, le sue curve seducenti, le sue rotondità eccitanti.

Cazzo, non era certo quello il momento di eccitarsi come un toro pronto alla monta!

"Ciao," lo salutò Azzurra imbronciata. "Io vado."

Sollevò il capo e la guardò. Azzurra si era nuovamente cambiata e aveva indossato una gonna ma accidenti a tutti gli accidenti, davvero qualcosa era cambiato in lei perché ancora gli apparve bella, soda, sensuale e maledettamente provocante con quelle curve così evidenti. Non seppe che dirle.

Ma che diavolo aveva quella sera? Era forse lui che la esaminava con occhi diversi, ben conoscendo la passione che ardeva nelle vene di Azzurra, fortemente conscio della sua sensualità e di come gli si offriva rendendolo folle di desiderio?

"Che cosa c'è, ora?" chiese Azzurra sulla difensiva.

"Niente, salutami i tuoi," replicò volgendosi verso il fornello.

Cazzo, cazzo, cazzo! Doveva persuaderla a cambiare tutto il suo guardaroba!

Si sentì cingere la vita da dietro e Azzurra gli costellò la schiena di baci. "Che cosa c'è amore unico della mia vita?" chiese dolcemente e Marco si sentì sciogliere. Si volse nel suo abbraccio. "Davvero è avvenuto un cambiamento nel tuo corpo e ora sei maledettamente più donna e trapela dagli abiti un po' aderenti. Non so proprio perché me ne accorga questa sera, né voglio offenderti, né sono geloso, è solo che ... che ... ecco ... non desidero che tu appaia provocante e appariscente agli occhi di un estraneo. Sei sempre stata vestita in modo impeccabile e mi spiacerebbe se ora apparissi ordinaria, perché tu sei una donna elegante. Mi è sempre piaciuta la tua fine eleganza e voglio continuare ad ammirarla. Ti sembra che stia affermando delle stronzate?" chiese infine dubbioso.

Azzurra scosse il capo. "No, è vero, l'ultimo completo di biancheria intima che ho comprato era di una misura superiore alle precedenti, perciò è vero che le mie forme si sono arrotondate pur non avendo preso peso e mi stupisce che tu te ne sia accorto. E se nonostante questo cambiamento mi ostino a indossare abiti che mi aderiscono troppo al seno o ai glutei, lo faccio unicamente per te, perché tu possa continuare a vedermi."

"Ti vedo fin troppo, Zu-zù," sussurrò Marco premendole contro il ventre la propria erezione. "E non hai nessun bisogno di dimostrarmi che sei un bocconcino assai appetitoso. Questo lo so già," spiegò chinando il capo a baciarle un seno pieno, cercando di serrare dolcemente tra i denti un capezzolo turgido nonostante fosse ricoperto dalla t-shirt e, esasperato dalla difficoltà, in un gesto rapido le sollevò la maglietta e le scoprì il seno dalla biancheria per baciarlo e succhiarlo voluttuosamente.

Il suono del citofono li indusse a sussultare. Azzurra rise ritraendosi e ricoprendosi. "Rispondi tu?" chiese avviandosi ancora una volta nella stanza da letto.

Marco stava invitando gli amici ad accomodarsi quando Azzurra apparve sulla soglia del soggiorno. Era bellissima, radiosa, scintillante ed elegante. Aveva indossato dei calzoni larghi, a vita bassa e una blusa di seta che le cadeva indosso morbidamente. Era ugualmente sensuale ma nessuna curva era evidenziata in modo esasperato dall'aderenza dei tessuti.

Aveva pettinato i lunghi capelli biondi fermandoli sulle orecchie con mollettine a forma di farfalla in modo da lasciare completamente scoperto il bel viso ovale e i lobi sui quali aveva appuntato i due diamanti che lanciavano caldi bagliori di luce.

Gli amici schizzarono in piedi, scorgendola.

"Azzurra! Sei splendida," esclamò John andandole incontro per stringerla tra le braccia e Marco avrebbe voluto fermarlo perché non la toccasse. Cosa diavolo era quella morsa che gli serrava lo stomaco contorcendoglielo?

Anche gli altri amici si erano fatti avanti.

"Ciao John va tutto bene? E' un po' che non ci vediamo ... e voi ragazzi?" chiese Azzurra gentilmente abbracciando e baciando tutti.

"Bene, e tu? Perché sei così elegante? Esci? Non infliggermi questa delusione," continuò John allegro e scherzoso ma Marco s'intromise brusco. "Ora vai, stella, o tua madre penserà che non voglia lasciarti andare da loro," esclamò sottraendola a tutte quelle mani protese verso di lei. "Sei bellissima!" continuò sospingendola verso la porta. Azzurra gli rivolse uno di quei sorrisi che lo inceneriavano e si toccò un lobo. "Questi sono bellissimi!"

"Rendono solo giustizia alla tua luminosità."

Azzurra si fermò e lo abbracciò. "Grazie," sussurrò aderendo contro di lui, ma era ancora troppo sensibile al contatto con il suo corpo pertanto la allontanò con delicatezza. "Vai ora, ma torna presto," la esortò con occhi scintillanti di malizia.

39

"Allora siamo d'accordo?" chiese Giulia mordendo il suo panino.
"Non lo so ... non ho idea se Marco abbia già qualche impegno ..." rispose Azzurra evasiva.
"Chiamalo e chiediglielo," la esortò l'amica ma Azzurra non voleva farlo in sua presenza. Nel caso in cui Marco fosse stato d'accordo a partecipare a quella festa, voleva essere certa che acconsentisse perché ne aveva davvero piacere e non solamente perché glielo chiedeva lei. In quel secondo caso avrebbe rinunciato però non voleva lasciarlo trapelare all'amica.
"Ho provato a chiamarlo prima ma il cellulare è disattivato," replicò imboccando un bel pezzo succoso di anguria della sua mega macedonia. "Lo informerò più tardi e ti farò sapere."
"Be', nel caso lui abbia già qualche impegno potresti comunque intervenire da sola o sei segregata in casa?" chiese Giulia ironica. "Da quando vivete insieme, ti si vede talmente poco."
Azzurra annuì sorridendo compiaciuta. "Spesso Marco non mi consente di cucinare perché ritiene che sia stanca, così andiamo fuori oppure riceviamo i suoi amici a casa, pertanto ci restan davvero poche sere libere."
"E quando ricevete gli amici Marco non pensa più che tu sia stanca?" obiettò Giulia ancora con quell'irritante tono ironico e di nuovo Azzurra sorrise di compiacimento. "Certo, perciò cucina lui. Ha fatto pratica per anni vivendo da solo ed è bravissimo, sai? Anche più di me."
Giulia fissò l'amica con palese invidia. "Dove diavolo lo hai scovato uno così? Insomma è bello, intelligente, cucina e ti pulisce pure il bagno! Cazzo, hai una fortuna inaudita. Tienitelo ben stretto quest'uomo d'oro."
"E' proprio quello che faccio," replicò Azzurra pulendosi le labbra. Giulia la imitò. "E' ora di rientrare in ufficio," annunciò con un sospiro alzandosi ma Azzurra non si mosse. "No, io non rientro. Aspetto Marco che mi ha chiesto di tenermi libera questo pomeriggio. Non ne conosco ancora il motivo ma è sempre talmente imprevedibile il mio uomo che posso aspettarmi di tutto da lui, anche ritrovarmi a dover fare la comparsa su qualche set vestita da geisha o da zarina."
Di nuovo Giulia sospirò. "Devi avere una vita piena e interessante. Di' non c'è la possibilità anche per me di fare la comparsa?"

"Sei iscritta al ..." stava chiedendo Azzurra quando un colpo di clacson la costrinse a volgere bruscamente il capo, schizzando in piedi. "Ecco Marco, ci vediamo, Giulia," annunciò prendendo la borsa e scappando via.

"Dove stiamo andando?" chiese Azzurra abbassando il parasole per difendersi gli occhi.

"A Lugano."

Azzurra si animò. "Andiamo al cimitero? Allora dobbiamo fermarci a comprare qualche bel fiore."

"No, veramente non siamo diretti al cimitero, anche se possiamo comunque passarci. Sono stato convocato dal notaio per le volontà testamentarie della nonna e mia madre mi ha proposto di restare a cena da lei."

"Oh! E sa che arriverai in compagnia?"

"Sì, l'ho informata che ci saresti stata anche tu."

"Come mai vive a Lugano?"

"Ha sposato un ricco industriale tedesco che ha là, la propria residenza e vivono in una villa hollywoodiana."

"E tuo padre? Non ne parli mai," precisò Azzurra sommessa.

"Perché non ho idea di dove sia e non lo vedo da quattordici anni."

Azzurra si morse un labbro. "E non si mette in contatto con te, non si informa della tua vita?" chiese cercando di dissimulare l'incredulità e lo sconcerto. Non voleva certo ferire Marco però non riusciva a comprendere come un genitore potesse nutrire un tale completo disinteresse per un figlio.

Marco agitò una mano nell'aria. "E' in un altro mondo, ha un'altra vita e probabilmente crede di non avere un passato. Spero solo che abbia trovato ciò che cercava."

Azzurra tacque. Marco le aveva risposto in tono fermo, lo sguardo imperturbabile fisso alla strada tuttavia qualcosa le suggeriva che era dovuto ricorrere al suo autocontrollo per non mostrarle le sue istintive reazioni. Preferì non chiedere altro. Non voleva turbarlo né indurlo a dispiacersi, soprattutto adesso che ancora una volta, doveva rammentarsi di aver perduto la nonna.

"Almeno tua madre ci è riuscita," costatò.

Un sorriso sghembo gli increspò le labbra. "A trovare quello che cercava intendi? Non credo, perché lei neanche ha cognizione di quello che vuole, però certamente non disdegna le comodità, la bella vita e la mancanza di responsabilità e tutto questo, Hans glielo ha dato."

Azzurra sbuffò. Intuiva che anche la madre non rappresentava un argomento di cui Marco parlasse volentieri, pertanto cominciò a raccontargli della vacanza catastrofica di Giulia, dell'orribile e scomoda casa fuori dal mondo affittata in Sardegna con altri amici che si erano rivelati pessimi coinquilini e gioì nel vedere Marco rilassarsi gradatamente, e ridere delle disavventure della sua sfortunata amica.

Arrivarono a Lugano senza neanche accorgersene e solo quando Marco frenò irrigidendo i muscoli facciali, Azzurra capì che erano arrivati. Seguì lo sguardo di Marco e scorse una bella donna, elegante e giovanile accostarsi all'auto. Marco attivò l'apertura automatica del finestrino. "Che fai in strada?" apostrofò la madre, senza un saluto.

"Il Dottor Rubinstein ha perso l'aereo e non è allo Studio. L'appuntamento è rimandato," spiegò concisa.

"Perché non mi hai avvertito?"

"L'ho saputo solo mezz'ora fa e ho pensato che dovevi già essere per strada e tanto valeva salutarti," rispose la donna lanciando un'occhiata ad Azzurra. Sicuramente era stata la curiosità di vedere chi avrebbe accompagnato Marco a non fermarlo per tempo.

"Okay noto che stai bene e anch'io sto bene. Hans?" chiese Marco sbrigativo.

"Sta bene. E' andato a bere un caffè."

"Me lo saluti tu?"

Gli occhi della madre di Marco espressero risentimento e delusione. "L'invito a cena permane tuttavia se non desideri fermarti ..."

Azzurra mosse lentamente la mano a coprire quella di Marco allargata sul sedile e gliela strinse in una muta supplica. Marco sospirò. "Lei è Azzurra," annunciò indicando la ragazza al suo fianco alla quale si rivolse. "Vuoi restare?" chiese.

"Ti prego," rispose Azzurra tendendosi per porgere la mano alla madre di Marco e la donna si fece avanti, attraverso il finestrino, per stringerla. "Buongiorno Azzurra."

"Buongiorno a lei, Signora."

La madre di Marco arretrò e si raddrizzò. "Vi aspetto a casa," concluse volgendo le spalle e incamminandosi.

Di nuovo Marco sospirò. "E' solo curiosa perciò ci ha fatto arrivare ugualmente fin qui," considerò.

"Certo, è palese, però non credi che volesse anche vedere te?"

"No, se avesse voluto vedermi mi avrebbe avvertito dei funerali ..."

Azzurra gli serrò di nuovo la mano. "Tesoro, cerca di dimenticare quello che avrebbe potuto fare che non ha fatto e che ti ha indignato tanto. Ora c'è questa cena in ballo e l'occasione per vederti quanto quella di conoscere chi ti avrebbe accompagnato. Riconoscile che ha colto l'occasione per rivedere anche te."

Marco storse le labbra. Non era convinto.

"Era delusa quando ha compreso che volevi andartene," insistette Azzurra persuasiva.

"Credi?"

"Perché non l'hai guardata in viso?" replicò Azzurra il più dolcemente possibile.

Marco tacque, poi si raddrizzò e accese il motore. Azzurra non aveva la presunzione di capire i rapporti che intercorrevano tra Marco e la madre, però era sicura che lui nutrisse un certo risentimento verso di lei che gli impediva di osservarla con obiettività. Probabilmente, in passato, lei doveva averlo deluso e addolorato allontanandolo e affidandolo alla propria madre e questo doveva avergli fornito la certezza di essere stato poco amato e sicuramente lo credeva ancora. Ma come poteva essere possibile non amare un figlio?

"Amore ..." sussurrò Azzurra.

"Sì?"

"Puoi cercare di credere che volesse vederti?" insistette.

"Non lo so se ci riuscirò. Io la conosco troppo bene!"

"La gente cambia Marco, specie quando invecchia."

Marco non replicò e guidò concentrato, come se non rammentasse bene la strada e Azzurra non aggiunse altro. Aveva cominciato a capire quando Marco desiderava restare solo con se stesso e intuiva che quello era uno di quei momenti.

40

Come Marco aveva predetto, la villa in cui la madre di Marco abitava con il marito era magnifica, moderna, dislocata su tre livelli, con terrazze pullulanti di fiori, piscine con scivoli, prati e ombrelloni variopinti, circondata da un bosco in cui erano stati costruiti anche due campi da tennis e uno da golf.

L'interno della villa era elegante, traboccante di oggetti ovviamente preziosi. L'arredamento moderno e futuristico indusse Azzurra a comprendere che la madre di Marco doveva essere una donna che cambiava arredamento in continuazione, sempre alla ricerca di idee all'avanguardia, ed ebbe conferma della convinzione radicata in Marco, che lei ancora non sapesse quello che voleva.

Hans si dimostrò un uomo cordiale e simpatico che sembrava nutrire sincero interesse e rispetto per Marco. Strinse Azzurra in un abbraccio caloroso che le fornì la sensazione di essere stritolata da un orso. Le dimensioni di quell'uomo erano imponenti, come la forza che trapelava da lui. Riempiva la stanza con la sua sola presenza e, per quanto alto, Marco al suo confronto, pareva un fuscello.

Una cameriera linda e impeccabile, in pettorina bianca inamidata servì gli aperitivi ma Hans rise, respingendo il vassoio. "Per Marco e per me, il solito, Helena," avvertì con voce tonante.

La moglie lo redarguì. "Marco potrebbe non desiderare la tua birra, prima di cena."

Ma Hans rise di nuovo, strizzando un occhio a Marco. "Che ne dici?" chiese.

"Vada per la birra!" rispose Marco guadagnandosi una pacca sulla spalla che lo fece vacillare.

"Però lo sai bene come mi piace berla, vero?" continuò Hans e stranamente Marco parve a disagio.

"Ti prego, ragazzo," insistette Hans e Marco annuì alzandosi. Azzurra non ebbe il tempo di chiedersi dove stesse andando perché lui mosse solo pochi passi nell'ampio salone. Discese due scalini e si accostò a un pianoforte a coda bianco, che occupava una specie di conca circondata da ampie vetrate. Sedette dietro il piano e Hans che lo aveva seguito, tirò a sé uno sgabello sul quale sedette, dissipando il timore di Azzurra che in una frazione di secondo aveva immaginato e visto lo sgabello sgretolarsi sotto il peso di quell'omone. La cameriera gli servì un grosso boccale di birra scura, che lui cominciò a sorseggiare con evidente piacere.

"Che cosa vuoi che suoni?" chiese Marco.

"Il solito, ragazzo mio. Le tue dita volano quando interpretano Mozart."

Azzurra era stupita. Non aveva idea che Marco suonasse il pianoforte e non avrebbe mai supposto che Hans gli chiedesse di suonare sinfonie di Mozart. Le aveva fornito l'impressione di essere più un tipo da ballate country.

Quando Marco cominciò a suonare, Azzurra non pensò a nient'altro. La melodia penetrò attraverso le orecchie ovattando ogni altro senso, procurandole un piacere tale da costringerla a rimpiangere all'istante quel suono melodioso quando poi subentrò il silenzio. E Hans fu d'accordo con lei. "Di nuovo, per favore," pregò vuotando il boccale.

"Lo stesso?" chiese Marco.

"Sì, sai che è quello che prediligo e che te lo rifarei suonare per ore."

Marco sorrise ricominciando a suonare e Azzurra si chiese perché il suo uomo non avesse un pianoforte in casa. No, era necessario, assolutamente!

Come poteva non desiderare di esprimersi in quel modo che gli era così congeniale e che allietava gli animi? Gli occhi le si colmarono di lacrime, sommersa da un sentimento di tenerezza e di amore verso quell'uomo che continuava a stupirla, stimolandola ad accrescere l'ammirazione che nutriva per lui.

Marco sollevò il capo e la fissò immobilizzando le dita, quelle stesse dita leggere e gentili che accarezzavano il suo corpo con altrettanta maestria.

Hans applaudì vigorosamente ma Azzurra non riuscì a fare altrettanto. Avrebbe voluto confidare a Marco che l'aveva rapita con quella melodia, che l'aveva stupita e allietata e che lo amava da morire, che il suo cuore traboccava di gioia e di tenerezza e che stava controllandosi per non scoppiare in lacrime tale era l'emozione che si agitava in lei.

Marco la guardò con curiosità, perplesso, non capendo ciò che provava e domandandosi se avesse apprezzato la sua esecuzione.

"Magico ... come il solito," mormorò la madre, alzandosi. "Ti spiace venire con me, Marco? Devo consegnarti qualcosa che tua nonna desiderava avessi tu."

Marco distolse lo sguardo da Azzurra e si alzò per seguire la madre. "Scusateci," esclamò lasciando il salone.

"E' davvero carina quella ragazza," affermò la madre cominciando a salire una scalinata di marmo rosa.

"Sì, molto."

"E oltre a essere carina possiede anche un cervello?"

"Se non lo avesse non sarebbe con me," replicò Marco seguendola da presso.

La donna si volse e rise scoprendo la magnifica dentatura. "Mio caro, sappiamo bene entrambi che molto spesso ti sei accompagnato a ragazze assai carine ma ahimè, prive del più vuoto dei cervelli," lo corresse.

"Intendevo dire che non sarebbe con me, qui!" precisò Marco e la madre annuì.

"Sì, non hai mai portato nessuna qui. Da questo devo dedurre che Azzurra sia un tantino diversa dalle altre?" chiese aprendo la porta di una camera.

"Abbiamo incominciato a convivere," rispose Marco.

Di nuovo la madre si volse a scrutarlo. "La mancanza di affetto materno non deve indurti a compiere passi affrettati."

Quella volta fu Marco a ridere. "Ho ventinove anni mamma e da dieci faccio ciò che voglio. Non credi che abbia un minimo di esperienza per capire che forse è arrivato il momento di fermarmi per un po' in un porto sicuro e tentare di stabilire se forse quel porto può essere proprio Azzurra?"

La madre sorrise con ironia. "Sei come tuo padre Marco. Ogni porto in cui sosterai ti sembrerà quello sicuro, tuttavia ti fermerai solo il tempo necessario per riposare prima d'intraprendere un nuovo viaggio."

"A proposito di mio padre, sai dove sia ora?"

"In Congo e credo che sia nato il tuo settimo o ottavo fratellastro ... ho perso il conto, ormai. E tornando a te non lasciarti abbindolare ancora da un dolce viso e da un bel corpo voluttuoso di femmina. Tanto sappiamo bene che è solo quello che conta per te e limitare la tua libertà, assecondando le manovre di quella donna che ti ha indotto a ..."

"Guarda mamma, che Azzurra una famiglia ce l'ha," precisò Marco irritato, interrompendola. "Una famiglia unita che l'ama e la protegge e dalla quale è stato davvero difficile separarla. Sono stato io a volere che si installasse da me, io l'ho pregata di accettare questa convivenza. E se l'ho voluto con determinazione è perché ho creduto che valesse la pena di eseguire una verifica."

"E per questa verifica hai barattato la tua libertà?" chiese la madre scettica.

"La mia libertà ..." ripeté Marco greve, "... o la mia solitudine?"

"Allora ho ragione! E' la mancanza di un affetto materno a indurti a ..."

Marco tese una mano a zittirla. "Tu non c'entri niente. Se ho sofferto per la mancanza dell'affetto materno, sono stato largamente compensato dall'affetto di una nonna che adoravo e tu non troverai mai abbastanza giustificazioni per non avermi comunicato con tempestività la sua perdita. In ogni caso, non cerco in Azzurra ciò che tu non mi hai dato, ma sono attratto e affascinato da ciò che sa dispensare lei. Azzurra è ricca dentro, è prodiga ed è un pozzo colmo dal quale attingo sostentamento. Forse ora che hai Hans puoi capirmi."

"Allora se è davvero come affermi, non buttarlo al vento per intraprendere altri viaggi misteriosi e sconosciuti. Nutriti di quella ricchezza che hai fortunosamente trovato e non lasciarti tentare dal fascino del mistero. Non troverai mai più qualcosa che possa eguagliare un pozzo colmo. D'ora in avanti li rinverresti sempre semivuoti e rimpiangeresti di averne voluti cercare altri. E per quel che riguarda mia madre puoi anche non perdonarmelo per il resto della tua vita, però sappi che in definitiva, non ho voluto che la vedessi. Si era consumata povera donna e tu ne saresti rimasto sconvolto e addolorato ancora più di adesso. Ho solo voluto e operato in modo che la ricordassi per sempre com'era l'ultima volta che l'hai incontrata." Ciò detto si avvicinò a uno scrittoio e sollevò una valigia portadocumenti. "Portatela via e aprila a casa tua, per favore," continuò porgendola a Marco e quando lui l'ebbe afferrata ritornò sui suoi passi senza aggiungere altro.

41

Le foto sparpagliate sulla scrivania gli riportarono alla mente momenti e avvenimenti indelebili, i cui ricordi non lo avrebbero mai abbandonato.

Giorni lieti e giorni tristi, momenti speciali e attimi di vita quotidiana di un passato che in quel momento, gli apparve lontanissimo e così amaramente irrecuperabile. Riprese tra le dita il medaglione sulla cui superficie d'oro era incastonato uno splendido e trasparente topazio azzurro esagonale.

Era un caso che quella pietra fosse azzurra o rappresentava un chiaro segno rivelatore della persona alla quale era destinato quel gioiello? Fece scattare l'apertura e all'interno osservò il proprio volto ombroso di ragazzino adolescente da un lato e quello fiero e sorridente, di un giovane uomo appena laureatosi con il massimo dei voti, dall'altro. Rilesse il biglietto vergato nell'elegante e ricercata calligrafia della nonna.

Solo chi amerà entrambe le tue facce potrà custodirti sul suo cuore.

Richiuse il medaglione e lo ripose nella valigetta, poi raggruppò le foto e le lettere e le riannodò col nastrino di seta azzurra che le aveva tenute insieme. Solo allora rammentò quanto la nonna avesse amato il colore azzurro. Riprese il libro di poesie e quanto altro c'era sulla scrivania e lo rimise nella valigetta, chiudendola. Si alzò inquieto, giudicando insopportabile quel peso che gli gravava sul cuore. "Azzurra ..." sussurrò bisognoso di sgravarsi di quel fardello così opprimente.

Raggiunse la camera, si spogliò e scivolò sotto le coperte, al fianco della ragazza. Le cinse la vita appoggiandosi contro il suo corpo caldo e morbido, inalando l'odore dei suoi capelli, spingendosi maggiormente contro di lei per assorbirne il calore.

"Finalmente sei venuto a letto ..." mormorò Azzurra semiaddormentata, spingendogli contro il ventre le natiche calde, strusciando su di lui come una gatta in cerca di calore.

Marco si inturgidì all'istante e si spinse più in basso, cercando la strada per raggiungere il caldo sesso di lei in cui voleva essere custodito e che aveva cominciato a carezzare con una mano.

Azzurra si spinse contro le sue dita invasive, poi s'inclinò un po' per permettergli di raggiungerla da dietro.

Marco la penetrò e si spinse con foga fuori e dentro di lei, continuando a stimolarla sul davanti con la mano, e Azzurra prese a dimenarsi incontrollata, sollecitata da troppi stimoli convergenti dentro di lei, e quel dimenarsi convulso contro le dita, e il tendere il busto in avanti, sollevandosi ancora contro di lui perché potesse affondare più in profondità, li fece esplodere entrambi in convulsi spasmi irradianti piacere caldo e bruciante.

Marco scivolò via e ancora col fiato corto volse Azzurra nelle sue braccia, sempre desideroso di quell'intimo contatto che lo univa a lei come se fossero un'unica entità. La baciò ardente, continuando a carezzarla, sfregandole i seni e stuzzicandole i capezzoli e quando fu di nuovo turgido, la guidò su di lui, desideroso solo di placare quel desiderio bruciante di essere in lei, racchiuso dal suo calore inebriante, avvolto dalla sua serrata morbidezza. E quando ancora si piantò nel centro vitale di lei eretto e gonfio, le impedì di muoversi per un po', perché voleva che durasse il più a lungo possibile nonostante il tormento per l'immobilità. Le mani scivolarono e le accarezzarono le natiche, assestandola meglio attorno a lui, la bocca le cercò i seni stuzzicando entrambi i capezzoli, alternativamente. Si sentiva bruciare dentro di lei, eppure ancora la tenne ferma e ciononostante il calore aumentò e Azzurra gemette, e, non potendo sopportare oltre quel bruciore incessante e crescente, allentò la presa sui fianchi di lei che subito si impennò come un puledro selvaggio e scalpitò, arrovesciando il capo all'indietro. Le strinse i seni nelle mani, spingendosi in lei, assecondando il suo dimenarsi affannoso, sentendosi talmente gonfio e rovente da desiderare con urgenza l'esplosione liberatoria che però, tormentosamente, tardava a sopraggiungere.

Sollevò Azzurra scivolando via e lei gemette per la contrarietà di essere stata abbandonata. La baciò e la carezzò per placarla e la spinse giù, nel letto, poi le fu indosso. La baciò ancora sulla gola e sui seni e, tremante di desiderio, si raddrizzò. In ginocchio tra le gambe di Azzurra la contemplò ammirato. I suoi occhi erano intorbiditi dalla passione, le labbra gonfie e rosse dischiuse richiedevano ancora baci, i seni turgidi e i capezzoli appuntiti come mine di matite, esigevano le sue carezze. Le fece scivolare le mani indosso plasmandole i seni, lisciandole le costole, marcando la vita sottile e scivolando sul liscio pube fino a sfiorare le tenere pieghe umide e sensibili. Azzurra sussultò e lui ebbe uno spasmo. Il membro congestionato gli doleva desideroso solo di tornare a essere racchiuso da lei, ma ancora si concesse un'altra intima carezza, una spinta lieve in quell'umido anfratto che fece fremere Azzurra senza controllo in tutto il corpo. Si adagiò su di lei.

"Piccola stella lucente ... che illumina di fuoco le mie notti ..." sussurrò tremando per il desiderio bruciante di penetrarla, mentre ancora le dita la sfioravano intrufolandosi lievi per poi ritrarsi, provocandole brividi di piacere e ansimi rochi.

"Ti prego ..." lo implorò Azzurra, attanagliandolo con le sue lunghe gambe.

Si puntò contro di lei e la sentì trattenere il fiato. Penetrò lentamente e da quella lenta avanzata scaturirono scariche di pura energia. Azzurra urlò per il piacere liberatorio che s'irradiava in lei da quel rovente congiungimento e Marco pulsò così violentemente da spingerlo a sussultare in tutto il corpo.

Vibrarono a lungo, così consapevoli di ogni spasmo dell'altro da avvertirli come propri e bearsene ancora. Poi giacquero spossati.

"Gesù mio quanta esperienza devi avere. Quante donne hai indotto a vibrare in questo modo rendendole tue schiave?" chiese Azzurra a un tratto, con un tono fastidiosamente amaro.

Marco la serrò di nuovo tra le braccia. "L'amore è nato con te Zu-zù. E' te che voglio vedere vibrare, è con te che sto imparando a vivere l'amore. Sono queste, ora, le mie esperienze. Prima di te era ... era ... il nulla ... era sesso puro e semplice ... era un barlume di piacere effimero e insoddisfacente ... e subito dopo via dal mio letto, mentre te, ti voglio sempre stretta a me, serrata dalle mie braccia, il tuo corpo caldo contro il mio. Prima di te ci sono stati quindici anni di donne inutili, che non mi hanno fornito alcuna esperienza. Ciò che invento con te è solo frutto del desiderio insaziabile che accendi in me e che non ho idea di come placare. Vorrei avere dieci mani per accarezzarti tutta, almeno tre arnesi per ..."

Azzurra sussultò nelle sue braccia e Marco capì che stava ridendo.

"Tre? Non ti sembra di esagerare?" chiese la ragazza tendendo una mano a spegnere il lume.

Marco sorrise assestando il capo sul cuscino. "Però pensa che meraviglia ad averne tre ..." ipotizzò cullato dal battito del cuore di lei che avvertiva contro il proprio.

"Già, uno potrei baciarlo mentre con un altro mi penetri, ma per poterlo baciare dovresti avercelo sulla fronte."

Risero insieme.

"E il terzo?" chiese Marco.

"Sui piedi," replicò Azzurra risoluta.

"Pensa se assestassi un calcio nel sedere a qualcuno."

Risero ancora tenendosi ben stretti.

"Ma non te ne basta uno?" mormorò Azzurra sommessa. "Non ti soddisfo abbastanza?" chiese esitante.

Come spiegarle quello che provava? Che era talmente appagante e meraviglioso essere dentro di lei, sentirsi parte di lei e percepirla come parte di sé che sarebbe voluto restare coeso con lei all'infinito?

"No Zu-zù, non è questo. Il piacere che mi dai è talmente bello e potente che non ne ho mai abbastanza."

Azzurra gli baciò il collo. "Anche per me è così. Ti amo Marco e ti ho amato maggiormente oggi, se è possibile, vedendoti suonare così meravigliosamente il piano e pensando che quando mi tocchi è davvero

155

come se mi suonassi e la melodia si diffonde dentro di me. Perché diavolo non possiedi un piano?"

Marco rise. "Non ho mai creduto che mi fosse necessario."

"E invece lo è! Devi suonare per me, Marco. Il pianoforte te lo regalo io, d'accordo?"

"Sei impazzita? Costa una fortuna!"

"E che dovrei farci del denaro che guadagno con il mio lavoro, giacché non mi consenti di contribuire alle spese di casa?"

"Mi sembra che ti sia assunta tu il compito di rifornire il frigorifero."

"E quando lo vuotiamo se mangiamo sempre fuori e paghi regolarmente tu, tra l'altro?"

"Ma perché ti rammenti di discutere di questi argomenti sempre in piena notte?" chiese Marco sbadigliando.

"Ah, adesso lo sai che è piena notte vero? Ma quando cominci a carezzarmi e a baciarmi lo dimentichi?"

Marco ridacchiò. "Adoro prenderti mentre dormi e costatare quanto ci impieghi a svegliarti del tutto e a reagire. Perciò ora dormi bambina, che ci ritroviamo tra qualche ora."

Azzurra sorrise. "Allora sarà quello il momento in cui dovrò cominciare a preoccuparmi."

"Quale?" bofonchiò Marco con la voce impastata dal sonno.

"Quando non mi sveglierai più di notte. Starà solo a significare che ti sei stancato di me." Azzurra tacque e attese una risposta ma il respiro fondo e regolare di Marco le rivelò che lui era sprofondato nel sonno. Stringendosi a lui sorrise felice e chiuse gli occhi, consapevole del tepore che ancora le albergava fra le gambe, in quel luogo bruciante che tornava a sopire in attesa del ritorno di Marco.

42

Marco carezzò la natica nuda di Azzurra. "Sveglia bimba. Ignoravo che fossi una gran dormigliona," le sussurrò baciandole il tenero lobo.

Azzurra mugugnò. "Mi fai sempre dormire tanto poco," brontolò volgendosi e Marco rise. "Dormire è uno spreco di tempo, specie quando si può fare di meglio," rispose spostando la mano per carezzarle un seno.

"Umpht!"

"Muoviti bimba o farai tardi in ufficio ed io con te."

"Ma non è Sabato, oggi?"

"No, è solo Venerdì."

Marco si chinò a baciarle un seno e Azzurra rise sgusciando via. "Perché sei sempre così ferocemente affamato?" chiese alzandosi dal letto.

Marco si fermò a riflettere sulla domanda. "Forse perché un consumo quotidiano regolare stimola un maggiore appetito," rispose alzandosi anch'egli e accostandosi all'armadio. Si sfilò l'accappatoio e cominciò a vestirsi.

Azzurra rise e uscì dalla camera. Vi rientrò poco dopo avvolta nell'accappatoio. "Non aspettarmi Marco. Stamattina devo vedere Andrea e non vado in ufficio," annunciò frizionandosi i capelli con una salvietta di spugna.

"Vedi Andrea?"

"Sì."

"E dove?"

"Qui."

"Qui?" ripeté Marco stupito.

"E'... è anche casa mia ... vivo qui ormai da mesi. Posso anche lavorarci in tranquillità."

"Sì, certo, sono solo stupito dal fatto che continui a vedere Andrea."

"Sai bene che intercorrono rapporti di lavoro tra noi."

"E lui lo sa con chi vivi in questa casa?"

"No."

"E perché no?"

"Non sono certo affari suoi."

"Si è rassegnato, Azzurra?" chiese Marco deciso parandosi davanti a lei.

"Non proprio, ma che importa?" rispose la ragazza cingendogli il collo. "Sei bellissimo con questa camicia, esalta il colore dei tuoi occhi," esclamò scrutandolo nelle iridi blu e aspettando che la loro espressione si addolcisse, ma questo non avvenne. Lo sguardo di Marco si incupì maggiormente. "Mi stai dicendo che stamattina incontrerai il tuo ex ragazzo ancora cotto di te, e al quale non hai ritenuto di dover spiegare che vivi con un uomo?"

"Esatto ... ma io sono stracotta di te," rispose sollevandosi a sfiorargli le labbra. "E Andrea potrebbe camminarmi nudo davanti agli occhi senza stimolare affatto i miei sensi. Lui non esiste perché io vedo solo te," bisbigliò sulle sue labbra carezzandogli la schiena. Marco rimase immobile e il suo sguardo cupo la sfiorò con freddezza. "Tu sai bene che io non tollererei mai ..."

Azzurra gli impedì di continuare. Si sollevò di nuovo fino ad appropriarsi della sua bocca. Lo baciò dolcemente ardente.

"*Tu* non hai nulla da temere amore mio."

Marco si ritrasse. "Devo andare adesso," rispose prendendo la giacca e infilandola rapidamente.

Nell'auto si rilassò contro lo schienale del seggiolino, guidando verso l'ufficio e il pensiero vagò intorno ad Azzurra e, le parole con cui lo aveva congedato, riecheggiarono nella sua mente. Aveva precisato che non aveva nulla di cui aver paura, mentre era ovvio che lei temesse una sua debolezza.

Aveva ragione di paventarla? Che poteva rispondersi evitando di mentire a se stesso? Proprio non lo sapeva.

La convivenza con Azzurra si stava rivelando ben più piacevole di quanto avesse supposto e nonostante la vicinanza serrata, ancora non erano subentrati sintomi di noia. Quanto tempo era trascorso da quando era cominciata?

Calcolò i mesi trascorsi dal periodo del soggiorno al castello. Era luglio, giusto?

Nove mesi?! Notò stupito.

Erano già trascorsi nove mesi?

Tremò d'angoscia. Allora stava per raggiungere il limite!

Forse di lì a qualche giorno si sarebbe sentito inquieto e insoddisfatto e avrebbe nuovamente cominciato a notare le belle ragazze che incrociava e a desiderarle.

Era forse cambiato? Si sentiva un uomo diverso? No. Era il Marco Ghini di sempre ... quello che non aveva mai resistito oltre i nove mesi in una relazione sentimentale. Eppure doveva ammettere che le altre relazioni le aveva vissute con sofferenza maggiore a ogni giorno che si andava ad aggiungere al precedente. Quest'ultima storia invece era scivolata via senza problemi. Neanche si era reso conto del tempo trascorso.

Scosse la testa, come a cercare di snebbiarsela. Stava per giungere al limite, lo sapeva! Non era affatto cambiato ed era proprio come suo padre. Già, anche la madre glielo aveva rammentato.

E come avrebbe fatto a porre fine a quel rapporto, giacché Azzurra sembrava ancora tanto presa da lui? Lei non era certamente stanca!

Rise tra sé. Beh, a essere onesti un pochino lo era di essere svegliata sempre nel cuore della notte, tuttavia doveva pur saziarsene per poi cominciare ad averla a noia e quello non si era ancora verificato.

Però sapeva che sarebbe accaduto. Come sempre, dannazione! O forse no? Azzurra era speciale. Aveva capito anche questo. Lo aveva intuito dal primo momento che l'aveva vista e fare l'amore con lei era così appagante come non lo era stato con nessun'altra donna fino ad allora. Quel rapporto era sicuramente diverso da tutti gli altri precedenti e la prova consisteva proprio nel fatto che neanche si fosse accorto del tempo trascorso. Se non avesse eseguito la conta dei mesi, avrebbe assicurato a chiunque che convivevano solo da poco ... due, tre mesi ... al massimo quattro.

E desiderava intensamente quella donna, nonostante l'avesse presa con sfinimento in quell'ultimo periodo.

Sospirò.

L'amava tanto da continuare a desiderarla in quel modo per il resto della vita? Ne dubitava.

Parcheggiò e uscì dall'auto abbottonandosi il cappotto. Rivolse lo sguardo dinanzi a sé e gli occhi si soffermarono su uno splendido paio di gambe lunghe e affusolate.

Ecco! Ci siamo! Mi accorgo nuovamente di un bel paio di gambe e provo curiosità. Chi è questa ragazza? Il suo didietro è perfetto, ma il davanti come sarà?

Aumentò l'andatura e superò la ragazza velocemente, poi si volse a esaminarla apertamente.

Cielo, anche il davanti non era niente male. Già, che seno sensazionale!

La ragazza gli sorrise e alzò una mano a fermarlo. Marco si bloccò e l'attese.

"Ciao, sei Marco Ghini, vero?"

"Sì, ci conosciamo?"

"Terry Lion. Sono la doppiatrice di Rosa Rosella," spiegò la ragazza porgendogli la mano. La pelle era liscia e calda.

"Ah, sì! Adesso rammento. Come va Terry?"

"Bene grazie. Volevo chiederti ... c'è la possibilità di prendere parte a qualche altro lavoro?"

"Non in questo momento però non è escluso che non possa esserci nel prossimo futuro. Che cosa ti interesserebbe fare?" domandò fissandole le labbra piene e carnose.

"Recitare. Lavorare come comparsa in uno dei tuoi meravigliosi documentari. E ti assicuro che la mia gratitudine sarebbe espressa in tutta la sua completezza e pienezza," rispose Terry respirando ampiamente a esclusivo vantaggio del seno prosperoso che si gonfiò maggiormente.

Apparve così sodo e compatto attraverso l'ampia scollatura della camicia, sotto il soprabito, che Marco non poté impedirsi di fissarlo. Tremò inconsapevolmente, immaginando la sensazione che avrebbe provato raccogliendolo nelle mani.

Ci siamo! Pensò con sollievo misto ad angoscia.

"Non hai idea di che gioia sarebbe per me realizzare questo sogno nel cassetto e sono disposta a tutto pur di conseguirlo," continuò Terry sorridendo amabile e portandosi una mano a sfiorarsi rapidamente la curva di un seno.

Marco deglutì nervosamente. "Lasciami esaminare i prossimi lavori. Sicuramente troverò qualcosa per te," rispose.

Terry si fece avanti e gli pungolò il torace con i seni sodi e prosperosi. Gli baciò le labbra inumidendole con la lingua. "Grazie, sapevo per istinto di poter contare su di te. Mi chiamerai? Mi comunicherai notizie?"

Marco arretrò. "Certo, Terry ... quanto prima."

Terry cercò velocemente nella borsa e gli porse il suo biglietto da visita. "Aspetto che mi chiami ... saprò mostrarti la mia gratitudine. Non te ne pentirai, Marco, te lo assicuro. Sarai abbagliato e sopraffatto dal mio riconoscimento e sarò pronta a offrirti ciò che più desideri," assicurò roca e suadente, continuando a far scivolare un dito lungo il profondo solco tra i seni.

Marco annuì e le sorrise, poi se ne andò infilandosi il bigliettino in tasca.

43

Azzurra rise alla battuta di John e i denti candidi, piccoli e perfetti, baluginarono come perle nella sua bella bocca. "Non credo che Marco sia d'accordo con te," esclamò cercando il suo compagno con lo sguardo e i suoi occhi lo avvolsero in una tenera carezza. "Vero?" domandò scrutandolo con uno sguardo malizioso.

Marco annuì ignorando completamente a cosa si stesse riferendo. Lo sguardo di Azzurra si fece più attento e incuriosito. Intuiva che lui non stesse seguendo la conversazione domandandosi perché la fissasse con tanta insistenza. Si volse ancora verso John e rise di nuovo con lui. Il cuore di Marco palpitò forte per lei.

Gesù era talmente bella, così splendente, così insaziabilmente desiderabile.

Eppure aveva notato Terry ... si era incuriosito e interessato a quella sconosciuta. Dunque stava invariabilmente cominciando a scemare il suo interesse per Azzurra? Come sempre era avvenuto in passato?

Azzurra rise di nuovo sollevando il viso e il collo lungo ed esile si tese. Fu travolto dal desiderio di baciarle la gola pulsante.

Azzurra lo scrutò di nuovo con gli occhi scintillanti d'ilarità, le guance arrossate, le labbra dischiuse e colse qualcosa nel suo sguardo che le fece mutare espressione. Trattenne il respiro, le guance maggiormente arrossate e con i suoi occhi fondi lo attanagliò. Marco ebbe l'impressione che lo carezzasse e fu pervaso dal calore del desiderio. Lei lo intuì e, subito ricettiva, s'inumidì le labbra respirando più velocemente. Infine distolse lo sguardo da lui tamponandosi le guance accaldate.

Sicuramente era eccitata quanto lui, doveva essere pronta, umida, calda, tenera, avvolgente.

Marco avvertì le pulsioni nel membro e s'immobilizzò trattenendo il fiato. Avrebbe voluto che nessuno dei suoi amici fosse lì per potersi subito soddisfare di lei. L'avrebbe tirata sul suo grembo, l'avrebbe stretta, carezzata sulla schiena ponendola su di lui, poi l'avrebbe baciata appassionatamente e morso dolcemente i teneri capezzoli e poi sarebbe penetrato in lei e ...

Una fitta dolorosa gli pungolò il basso ventre. Si alzò bruscamente dalla poltrona cercando di controllare il proprio respiro e le sue reazioni. Ma chi cazzo se ne fregava del tempo che era trascorso da quando aveva cominciato a soddisfarsi di Azzurra? Due mesi, nove, un anno, che importava?

Al diavolo Terry! Ma quale noia? Lui voleva Azzurra, la bramava con ogni fibra pulsante di se stesso. Soltanto osservandola si eccitava incapace di controllarsi e il desiderio di lei era talmente potente e violento, da indurlo a palpitare come un tredicenne alla sua prima travolgente cotta.

"Marco!"

Si volse stupito. "Sì?"

"Dove vai?"

"A servirmi da bere. Chi vuole bere qualcosa?"

"Che cosa mi proponi di dolce?" chiese Silvia.

"Vediamo," rispose Marco aprendo lo stipo che conteneva i liquori.

Squillò il telefono e Azzurra che era più vicina all'apparecchio lo afferrò per rispondere. "Sì?" esordì nel microfono dopo avere attivato la linea.

"C'è Marco per favore?" chiese la voce arrochita di una sconosciuta.

"Chi lo desidera?"

"Terry Lion."

"Un attimo. Marco c'è Terry Lion al telefono."

Marco si volse e per un attimo fissò Azzurra con uno sguardo sgomento. Poi si riscosse e prese il telefono che la ragazza gli porgeva. "Sì?" esclamò disinvolto avvertendo lo sguardo intento di Azzurra su di sé.

"Ciao, sei impegnato?"

"Sì, ti richiamerò io, Terry, ancora non ho notizie per te."

"Oh, va bene. Allora aspetto una tua chiamata, però tu non scordarti della ricompensa che ti spetta. Ciao Marco."

"Ciao," rispose chiudendo la linea. Ancora colse lo sguardo attento di Azzurra fisso su di lui. Sembrava volesse radiografarlo e senza alcun preciso motivo evitò di guardarla.

"E' deciso. Il documentario andrà in onda a maggio," stava dicendo John.

"E il progetto Egitto si sta evolvendo?" chiese Marco.

"Sì, Azzurra sarà una splendida regina Cleopatra," continuò John contemplando la ragazza con aperta ammirazione. "Credo che io sarò il Faraone," aggiunse con un ghigno e Marco fu percorso da un moto di stizza. "E' tutto da vedersi," rispose porgendo i bicchieri e le bottiglie agli amici.

Silvia si fece vicina ad Azzurra. "Che cosa farete a Pasqua?" chiese.

Azzurra alzò le spalle. "Non lo so ... Marco ed io non ne abbiamo ancora parlato."

"Luana ed io andremo al mare. Se vi interessa ..."

Azzurra annuì. "Deciderò con Marco E' sempre molto imprevedibile e non ho idea se abbia già in mente qualcosa."

"Come va con lui?" chiese Silvia studiando Marco e osservandolo discorrere animatamente con John.

"Bene, perché?"

Silvia piegò le labbra. "Perché che io mi ricordi non è mai stato tanto a lungo con una ragazza né tantomeno ci ha convissuto. Mi sembra che sia cambiato," replicò.

"Non ne sarei così certa," rispose Azzurra fissando Marco. C'era qualcosa nell'aria. Lo fiutava con estrema chiarezza ricevendone un senso di angoscia che le aleggiava nello stomaco come una grossa farfalla incapace di volare fuori da lei. Marco era diverso dal solito da qualche giorno. Sembrava spossato, distratto e depresso. Che stesse cominciando a stancarsi di lei? Eppure la desiderava ancora con prepotenza, di quello ne era certa. Anche poco prima l'aveva guardata con desiderio, eppure, nonostante il sesso sempre brillante e garantito, forse la vita in comune con lei non si stava rivelando come si era aspettato che fosse. Cielo! Si stavano velocemente avvicinando a quella fatidica soglia del suo record per un legame affettivo. Forse Marco cominciava ad avvertire il peso di quel lungo rapporto. E chi diavolo era quella Terry roca e mielosa?

L'intestino ebbe uno spasmo incontrollato e le dolse. Si accorse di avere la bocca arida. Si versò da bere con mani tremanti, cercando ancora Marco con gli occhi. Dio era così bello e affascinante! E l'amava così profondamente. Eppure anche Marco amava lei. Lo aveva dimostrato in quei mesi di convivenza prendendosi cura di lei, viziandola, ricoprendola di regali, portandole inaspettatamente cioccolatini e fiori, vietandole di lavargli le camicie che da anni affidava alla tintoria perché non voleva che lei si stancasse o si caricasse di lavoro extra, in modo che le fosse chiaro che non era di una cameriera che aveva bisogno. Sì, diavolo, lui l'amava davvero, di questo era certa. Eppure Marco ne era pienamente cosciente? E il suo amore, quanto era profondo e saldo? Poteva ancora dissolversi evanescente, se nelle loro vite fosse subentrata un'altra donna? Una bella, mielosa, sconosciuta Terry, con la voce roca e sensuale? Provocante imperante e decisa ad averlo come lo era stata Stefania?

"E' ora di andare," annunciò John alzandosi. "Siamo tutti stanchi."

Gli amici si alzarono e si salutarono con strette di mano e baci sulle guance. In breve la casa si svuotò. Marco richiuse la porta e si appoggiò su quella.

Azzurra lo studiò. "Che cosa c'è Marco? Sei stanco?"

"No, perché?"

"Non lo so ... sei strano. Devi ... devi riferirmi qualcosa?" chiese col cuore in gola.

"No."

"Ne sei certo? Io ... intuisco che ... ci sia qualcosa."

"Non c'è niente Azzurra. Non insistere, diventi noiosa!"

Si bloccò nel pronunciare quelle parole e Azzurra lo scrutò poco convinta.

"Vado a letto. Sistemerò domani il salone," mormorò la ragazza, provando uno sgomento sconosciuto.

"Lascia ... ci penso io," rispose Marco.

Azzurra annuì e si avviò. Mosse un passo, poi si volse. "Chi è Terry Lion?" chiese.

Marco esitò un attimo evitando i suoi occhi. "Una collega," rispose poi guardandola.

"Sarà ... colei che mi sostituirà?"

Marco la fissò a bocca aperta. Cielo! Come poteva quella donna intuire i suoi dubbi, le sue incertezze, le sue paure e gli assurdi fantasmi che creava la sua instancabile mente?

"Non dire idiozie," rispose brusco, muovendosi verso il tavolo per nascondersi allo sguardo di lei. Cominciò a raccogliere i bicchieri provando irritazione per se stesso e per la propria stoltezza.

Che importanza poteva avere da quanto tempo andava avanti il suo rapporto con Azzurra? Ne era ampiamente soddisfatto e questo contava.

Perché cercare altri interessi? Solo per non oltrepassare quella fatidica soglia tanto temuta? E se pure l'avesse oltrepassata, che cosa diavolo credeva che sarebbe accaduto?

Intuì con improvvisa chiarezza di essere terrorizzato. Oltrepassare quel traguardo senza interruzioni avrebbe significato la sua resa, la sua totale dipendenza da Azzurra, l'ammissione dell'indissolubilità del vincolo che li univa.

E allora? Che cosa diavolo temeva? Azzurra lo amava e si disfaceva per lui. Non avrebbe certo smesso quando lui le avesse dichiarato la sua resa, non si sarebbe dimostrata diversa solo perché avrebbe avuto la certezza di dominarlo. Non sarebbe cambiata!

Doveva fidarsi di lei e rilassarsi, continuare a essere esattamente come era stato prima che si rendesse conto di quanto tempo, fosse già trascorso vivendo insieme con lei. Sì, solo quello doveva fare e lasciare che la loro vita scivolasse via come era accaduto fino ad allora. Era arrivato nel suo porto. Non era questo che aveva cercato, invano? Alla fine anche suo padre si era fermato. In Congo, certo, tuttavia che importava dove e con chi, se aveva infine trovato quello che aveva cercato con tanto affanno per ben più tempo di lui?

Spense le luci col desiderio di andarsene a letto e stringere Azzurra tra le braccia.

44

Azzurra entrò in casa chiudendo l'ombrello e chiamò Marco dalla soglia ma nessuno rispose. Si diresse alla stanza da letto e cominciò a spogliarsi. Accidenti alla pioggia torrenziale, i calzoni erano bagnati fino al ginocchio! Gli occhi le caddero sulla spia lampeggiante della segreteria telefonica. L'attivò automaticamente sfilandosi le scarpe.

"Bippp ... *ciao Azzurra, sono Andrea. Dobbiamo necessariamente concordare gli estremi di quella pratica e non ammetto più rinvii, perciò è inutile che tu non risponda al cellulare. Ti aspetto questa sera a casa mia!*" enunciò la voce con fermezza e proseguì più dolcemente, "*... vieni stella. E' davvero importante che tu mi raggiunga. E ti assicuro che non te ne pentirai ... bippp.*"

Azzurra sorrise e mosse la mano per interrompere la riproduzione, ma la voce roca e mielosa la bloccò.

"*Marco? Non sei neanche a casa? Sono Terry. Mi hanno riferito che mi hai cercato e che hai qualcosa per me. Anch'io ... come promesso. Per ogni favore una giusta ricompensa ... basta che tu venga a riscuotere. Sarà un vero piacere per me soddisfare qualsiasi tuo desiderio. Non faccio che pensarci ... da quando ho assaporato le tue dolci labbra ... ho un desiderio folle di succhiare tutto il dolce che c'è in te, zuccherino dagli occhi blu ...*"

Azzurra ansimò e con una manata spedì in terra l'apparecchio.

Eccoli lì i suoi tormenti che prendevano forma. Avevano un nome: Terry, Terry, Terry!

Stronzo! Grandissimo figlio di puttana bugiardo e falso! No, non gliel'avrebbe perdonata!

Infilò frenetica il golf che si era appena sfilato, annebbiata dalle lacrime che le offuscavano la vista.

Come aveva potuto stringerla tra le braccia e dichiararle il proprio amore dedicandosi contemporaneamente a quella tale Terry? Quella maledetta aveva assaporato le sue dolci labbra e cos'altro ancora di lui? Quante volte? Quando? Dove? Signore iddio voleva morire. Il cuore le doleva davvero troppo, insopportabilmente.

Dunque Marco aveva sempre finto con lei? Che uomo era, infine? Che stronzo era? Doveva gridarglielo in faccia, coglierlo nelle braccia di quella donna e riversare indosso a entrambi il suo disprezzo. E a lei avrebbe anche cavato gli occhi dalle orbite così che non avesse più potuto vedere Marco!

Si accostò brancolando all'armadio, lo aprì e cercò frenetica nelle tasche delle giacche di Marco appese in bell'ordine, quel bigliettino da visita che le era capitato nelle mani qualche giorno prima, e dopo una breve ricerca lo rinvenne.

Lesse a fatica l'indirizzo di Terry Lion, continuando ad asciugarsi gli occhi inondati da lacrime amare e incontrollate. Poi afferrò le chiavi dell'auto e corse fuori di casa, ansimando e mugolando come una bestiola ferita a morte.

Non poteva crederci! Ancora la notte precedente Marco era stato così tenero, così dolce, così persuasivo che alla fine era riuscito a confonderla e convincerla.

Entrò nell'auto e mise in moto scossa dai singhiozzi.

Oh, ma lei lo aveva ben intuito. Poteva dichiarare esattamente quando era comparsa Terry nella vita di Marco. Lo aveva intuito immediatamente perché lui era cambiato. Falso! Bugiardo! Ipocrita! Come poteva spiegargli che cosa le aveva fatto? Ma lui sapeva di spezzarle il cuore?

Si strofinò gli occhi. Non vedeva! Stava piovendo a dirotto e i tergicristalli non riuscivano ad aprire il fiume di pioggia che si riversava sul cruscotto. Un lampo illuminò il cielo. Da dove era sbucata quella luce che l'accecava? Cosa diavolo era? Un'altra auto?

Il rombo possente del tuono la fece sussultare. Frenò sterzando bruscamente e aggrappandosi allo sterzo con ambedue le mani. L'auto lanciata in velocità continuò a scivolare sull'asfalto bagnato nonostante il piede premuto sul pedale del freno e Azzurra sperò che si fermasse in tempo, prima di raggiungere il muro che le andava incontro troppo velocemente, e quando si schiantò, fu il nome di Marco che urlò, sperando inutilmente nel suo aiuto.

45

Marco entrò in casa e scorse le luci accese. Sorrise chiamando Azzurra ma non ci fu risposta.
"Azzurra dove sei?" urlò infilando l'ombrello nel portaombrelli e sgrullandosi l'acqua dal soprabito.
Si diresse alla camera e là, si guardò attorno perplesso. Scorse la segreteria telefonica in terra e la raccolse chiedendosi in che modo fosse caduta.
Che cosa era accaduto? E dove diavolo era finita Azzurra? Attivò la segreteria e attese.
"*Bippp ... ciao Azzurra bzzzz sono Andrea ...*"
Marco strinse i denti rabbioso. Azzurra era andata da Andrea? Perché?
Con una manata bloccò il nastro.
Che cosa era accaduto? Si chiese volgendo il capo. L'impermeabile di Azzurra era abbandonato sul letto e fuori pioveva. Aveva ascoltato il messaggio di Andrea ed era corsa da quell'uomo senza neanche riprendere l'impermeabile o spegnere le luci? Era stato così irresistibile quel richiamo?
Riavvolse il nastro e riattivò la segreteria ascoltando con attenzione. I muscoli dello stomaco gli si contrassero dolorosamente. Che significava tutto quello? Azzurra gli aveva sempre mentito? Aveva giocato con lui? Pensò angosciato bloccando di nuovo il nastro. Poi lo sguardo attento a scrutare ogni insignificante indizio, cadde sul bigliettino accartocciato in terra nell'angolo sotto la finestra. Lo raccolse chiedendosi che cosa fosse e lo spiegò. Fissò confuso il nome di Terry Lion. E quello? Perché era in terra e non nella tasca della sua giacca?
Ricordò d'improvviso che anche la segreteria era stata in terra, come fosse stata scagliata via con un gesto rabbioso. La riattivò nuovamente.
"*Bippp ... bzzzz... Marco? Non ci sei? Sono Terry ...*"
Strinse le mascelle sentendosi inondare dal panico a mano a mano che si svolgeva il nastro.
"*... non faccio che pensarci ... da quando ho assaporato le tue dolci labbra ...*"
No! Dio del cielo! Che doveva aver pensato Azzurra?
"*... ho un desiderio folle di succhiare tutto il dolce che c'è in te, zuccherino dagli occhi blu ... di estrarre la tua linfa vitale e berla. Ti piace con la bocca, Marco? A me molto e sono bravissima a manovrare la lingua bzzz chiamami, sono pronta ... aperta a tutto ... Bippp.*"
Marco disattivò la segreteria avvertendo il gelo invadergli le membra.

No, cazzo! Io amo Azzurra con tutto il mio cuore. Lei non avrebbe dovuto ascoltare questo stupido messaggio ... lei non sa ... dove è andata? Dove sei, amore mio sconvolto?

Afferrò il telefono e compose il numero del cellulare di Azzurra. Il telefonino continuò a squillare invano.

Sono uno stupido, un idiota, un imbecille! Avrei dovuto confessarle tutto! Parlarle delle mie infondate incertezze fugate alfine dall'amore profondo di cui ora sono perfettamente consapevole e che non temo più e Azzurra avrebbe riso ascoltando la proposta lasciva di Terry.

Dove sei anima mia? Perché non rispondi? Ti prego piccola, ti prego, ti prego!

Interruppe la linea e si rigirò il biglietto stropicciato tra le mani.

Sei andata da Terry? Credendo di trovarmi là?

Si mosse risoluto e afferrò le chiavi dell'auto. Si avviò alla porta e l'aprì. Sobbalzò trovandosi davanti Alice. "Ciao, che ci fai ..." si zittì scorgendo il volto terreo della ragazza, gli occhi arrossati e tormentati. Tremò, nuovamente invaso dal panico. "Che cosa ... è accaduto?" riuscì a balbettare aggrappandosi alla porta.

"Azzurra ..." lo sguardo di Alice vacillò e gli occhi si colmarono di lacrime. Marco si sostenne con più forza, avvertendo il graduale cedimento dei muscoli delle gambe. "Cosa?" chiese sfinito. Gli pareva di essere reduce da uno di quei combattimenti simulati che tanto lo avevano prostrato, lasciandolo inerme e spossato per ore.

"E' all'ospedale ... un incidente ... l'auto si è schiantata contro un muro ... è distrutta ..."

"No!" urlò sgomento, scivolando in terra privato della forza nelle gambe. "E' viva? E' viva?" urlò afferrando le gambe di Alice. La ragazza scosse la testa. "Non lo so ..." balbettò pallida e sconvolta. Un singhiozzo la scosse con violenza.

Marco emise un suono sordo e straziato, poi si alzò risoluto. "In che ospedale l'hanno condotta?" chiese avviandosi alle scale.

"Vengo con te," urlò Alice chiudendo la porta e seguendolo giù dalle scale.

"In che ospedale è?" ripeté Marco con le ali ai piedi.

"*Fatebenefratelli*. Mamma e papà sono corsi là. Sono terrorizzata Marco!"

Marco deglutì, rifiutando l'idea. "Non devi ... vedrai che ... che ..." Non poté completare. Una morsa feroce gli strinse la gola. Cercò di inalare aria, allontanando dalla mente l'immagine di Azzurra riversa nell'auto sfracellata ... sanguinante ... senza vita.

Mugolò entrando nell'auto e partendo a razzo, prima ancora che Alice avesse richiuso lo sportello.

"Dio, non farmi questo," pregò sommesso. "Ti prego ... ti scongiuro, anche se non mi sono mai rivolto a te ... ma è nel momento del bisogno che si cerca di te, non è vero? Ti scongiuro, non avevo certo bisogno di tanto tormento per capire quanto profondamente io l'ami. Mi nutro di lei! Azzurra è tutto, tutto! Non portarmela via, non farmi questo Signore. Non punirmi per la mia stoltezza. Non così. Non posso accettarlo! Ti prego, ti prego Signore," farfugliò. "Come si fa a pregare?" sussurrò smarrito volgendosi a scrutare Alice. La ragazza si asciugò le guance bagnate di lacrime. "Vai bene così," mormorò straziata.

"Mi sono dimenticato," proseguì Marco stupito, inseguendo i suoi pensieri confusi ai quali si aggrappava per non continuare a immaginare Azzurra senza vita. "Sarei dovuto passare dalla tintoria questa sera rincasando, per ritirarle il giaccone nero. Mi aveva chiesto di ritirarlo pregandomi di non dimenticarmene. Credi che mi rimprovererà per essermene dimenticato? Però non mi piace quel giaccone. Devo comprargliene un altro più chiaro. Ad Azzurra stanno magnificamente le tinte chiare ... la rendono più luminosa, la mia stella lucente. Anche quando sorride è luminosa vero Alice? Ti ha informato che abbiamo finalmente contattato la scuola di volo? Io avrei preferito che iniziasse le lezioni con il caldo, ma lei era stanca di rimandare e ha fissato la lezione per il primo giorno di primavera che è un Sabato. Verrai a vederla? La scuola di volo è sopra Lecco ... non ci vuole poi molto ad arrivarci, ma in ogni caso potresti venire con noi e se lo desideri, potrai prendere lezioni anche tu."

"Siamo arrivati, Marco."

"Sì, parcheggio qui? Si può o è una zona vietata? Mi affibbieranno una multa? Chi se ne frega se non si può. Devo confessare ad Azzurra che l'amo. Devo spiegarle che non ha senso né importanza quello che era registrato sul nastro della segreteria. Corri Alice," la esortò Marco uscendo dall'auto.

La ragazza lo seguì muta, ascoltando il fiume inarrestabile di parole che sgorgava dalla bocca dell'uomo. Cercò di non singhiozzare.

Si fermarono davanti all'accettazione. Marco respirò profondamente più volte, incapace di pronunciare il nome di Azzurra, pertanto lo scandì Alice. "Azzurra Frizzi ..." esclamò torcendosi le mani.

L'infermiera consultò un grosso tomo che occupava gran parte del banco. "Ah! L'incidente automobilistico. La paziente è in sala operatoria. La sala d'attesa è in fondo a questo corridoio," spiegò indicandolo.

"Come ... come stava ... quando è giunta qua?" Ebbe la forza di chiedere Marco.

L'infermiera lo fissò desolata. "Non sono informata ..." rispose mesta.

"Grazie," disse Marco arretrando. "Almeno è ancora viva se stanno operandola," bisbigliò con voce appena percettibile Si inoltrarono nel corridoio e in fondo a quello Alice scorse i genitori. Si precipitò fra le braccia della madre.

"Ci sono notizie?" chiese Marco terreo in volto.

"Ha picchiato il capo con violenza. Era priva di conoscenza quando è arrivata qua," mormorò il padre. Marco annuì. "Quanto tempo fa?" chiese tranquillo avendo la sensazione che non fosse lui a parlare ma che la voce giungesse da qualche luogo ben lontano dalla sua persona.

"Un'ora o poco più."

Ancora Marco annuì e sorrise mesto. "Ho dimenticato di ritirare il suo giaccone in tintoria. Pensa che si adirerà con me per quello?" chiese.

Il padre di Azzurra lo fissò sconcertato, poi tese una mano a toccargli un braccio. "Non credo, ragazzo mio," mormorò e fu come se avesse spinto un interruttore per sbloccare il meccanismo di scarico di una diga. Marco scoppiò in singhiozzi disperati.

La madre di Azzurra gli si fece vicino e lo strinse tra le braccia. "Stai tranquillo ... Azzurra se la caverà ... è una ragazza così forte ... e sa bene che noi tutti l'amiamo ..." lo rassicurò piangendo con lui.

Marco scosse la testa. "Forse Azzurra crede che l'abbia tradita, che non la ami ... ma non è vero, io l'amo più della mia vita e non gliel'ho ripetuto abbastanza, non gliel'ho dimostrato abbastanza. Dio che stupido sono stato. Perché ho indugiato? Non volevo tutto questo per capire che non potrei vivere senza di lei, non lo volevo! Devo informarla. Lei ancora non sa quanto sia importante per me, quanto sia vitale!

Azzurra è il mio solo amore ... crede che acconsentirebbe a sposarmi se glielo chiedessi? Che ne pensa Signora? In fondo perché non dovrebbe? Noi siamo già vincolati l'uno all'altra, quindi?"

"Siediti Marco e respira profondamente."

"Sì è meglio che mi sieda. Ho le gambe insensibili. Forse cadrò e picchierò anch'io la testa. Prendi me Signore. Prendi me! Non lei. E' troppo essenziale lei ... per tutti! Ti prego non lei. Le avevo ripetuto che dovevamo far controllare i freni dell'auto. Che è successo?" chiese sbattendo le palpebre.

Il padre sospirò. "Azzurra ha imboccato la via Palizzi nella quale hanno appena cambiato il senso di marcia. Si è trovata davanti un'auto proveniente nel senso inverso e per evitarla si è catapultata sul muro. Pioveva e doveva procedere a un'andatura assai sostenuta ..." spiegò.

"La via Palizzi sbuca sul viale Misurata e là abita Terry. Azzurra stava andando da Terry! Andava là capite?" chiese con un lamento straziato.

Alice fissò la madre e ambedue scossero la testa.

Le porte della sala operatoria si aprirono e un medico in camice verde ne uscì. Tutti gli si fecero incontro tranne Marco che restò immobile, con le mani giunte in grembo in segno di preghiera.

"Tutto bene, tutto bene," esordì il medico con un sorriso giulivo. "E' stato appena rimosso un piccolo ematoma nella zona parietale destra e la ragazza ha già ripreso conoscenza. A parte la frattura all'omero non c'è altro ..."

"Sia lodato il cielo!" rispose il padre di Azzurra.

Marco chiuse gli occhi e si lasciò andare al sollievo. Pianse di nuovo, senza ritegno, per il sollievo che gli stava sgravando l'animo dal peso che lo aveva oppresso. La madre di Azzurra lo scosse. "Hai sentito?" mormorò gioiosa.

Marco annuì col capo, incapace di parlare.

"Sta uscendo. La stanno già portando fuori," gridò Alice.

Marco sollevò il capo e guardò avanti a sé. Scorse il volto pallido della ragazza che amava solo per un attimo, subito nascosta dai suoi cari che attorniarono il lettino.

Dio ti ringrazio. Puoi chiedermi ciò che vuoi per questo dono. Grazie, mio Dio! Io sto rinascendo alla vita per la seconda volta. Grazie! Grazie anche a te, nonna. Sei tu che hai intercesso per me, vero?

Si alzò e mosse qualche passo. Era talmente fiacco e privo di energie che per un attimo pensò di stare solo immaginando di camminare. Poi vide il lettino entrare in uno degli ascensori e si fermò a controllare a che piano si fermasse. Quindi raggiunse il piano dalla scala pedonale. Appena fuori dell'ascensore trovò Alice in attesa di lui. "Chiede di te, vieni!" lo informò afferrandogli la mano. Lo scortò fino alla camera ove avevano condotto la ragazza e sulla soglia lo lasciò andare. Il padre e la madre di Azzurra arretrarono per concedergli spazio. Il cuore gli si strinse in una morsa dolorosa scorgendo il capo fasciato di Azzurra e un lato del suo bel viso delicato tumido e bluastro.

Il respiro esplose in un singhiozzo. "Signore, volevi ucciderti? E pretendevi che io morissi con te?" ansimò chinandosi su di lei. Singhiozzò stringendole le spalle. "Io sarei morto con te perché vivo per te," bisbigliò sul suo capo. Poi si sollevò e la fissò. Vide i suoi occhi inondati di lacrime e con delicatezza le asciugò il viso.

"Amore mio, amore mio immenso, ti amo Azzurra e non ti ho mai tradito. Ho pensato per un solo fugace attimo che forse avrei potuto, che facilmente sarebbe potuta sopraggiungere la noia quando mi sono reso conto che stiamo insieme da più di nove mesi, però poi ho guardato in me e mi è apparso lampante che ti desideravo come il primo giorno se non di più, che non volevo altre che te perché tu ed io ci completiamo. Avevo già capito che non posso più fare a meno di te già prima che temessi per la tua vita e ho sbagliato a non confidartelo. Sono uno stupido. Sì, lo so, ti amo Zu-zù, oh Dio, quanto ti amo! Forse è questo che mi rende così stupido, ma ho temuto di addolorarti rivelandoti il mio sciocco dubbio."

"Marco ..." sussurrò Azzurra.

"Sì?" chiese Marco facendosi più vicino, asciugandole e carezzandole il lato del viso integro.

"Stai zitto e abbracciami. Ho solo bisogno di un tuo abbraccio."

Marco represse un altro singhiozzo e si strinse la ragazza al petto.

"Ti amo," sussurrò Azzurra cingendolo con il braccio sano.

"Anch'io. Dio ti ringrazio! Grazie, mio Dio," bisbigliò cullandola teneramente.

46

La madre di Azzurra sfiorò con delicatezza la spalla di Marco.
"Azzurra riposa tranquilla, adesso," disse indicando la ragazza. "Perché non vai a riposare anche tu? Sei sfinito Marco."

Marco scosse la testa. "Era intontita quando le ho parlato ... non ho idea di che cosa abbia compreso ma deve essere certa che l'amo. Devo ripeterglielo non appena riapre gli occhi. Non commetterò più l'errore di tacerglielo."

"Azzurra ti ha sentito Marco. Ha udito e capito tutto quello che le hai esposto. Vedi com'è serena?"

"E' stupenda! Quel lato del viso le tornerà normale? Ma non importa. Lei è qui e solo questo ha importanza."

La donna annuì stringendogli forte una spalla. "Sì, grazie al cielo."

"Marco ..."

"Sono qui Azzurra, con te amore mio," rispose Marco stringendo la mano della ragazza. Azzurra sorrise e tacque, immobile.

Azzurra aprì gli occhi e fissò l'uomo seduto vicino al letto. La tenerezza le colmò il cuore. "Sei stato sempre lì a fissarmi?" bisbigliò.

Marco annuì. Sospirò facendosi avanti. "Come ti senti?"

"Così, mi sembra di essere appena uscita da un tritacarne. Che cosa mi è successo?"

"Non lo ricordi?"

"No."

"Sei andata a schiantarti con l'auto contro un muro."

Lo sguardo di Azzurra s'incupì. "Ricordo solo che ero in auto ... e stavo venendo da te ... dopo aver udito il messaggio nella segreteria ..."

"Sss ..." Marco le pose delicatamente un dito sulle labbra. "Che io sia dannato cento volte. Non ero a casa di Terry. Non sono mai stato in quella casa né avrei mai voluto esserci!"

Quella volta fu Azzurra a porgli un dito sulle labbra. Marco si zittì godendo della sua carezza lieve.

"Come sei bello."

L'uomo rise. "Oh, sì! Devo essere un vero spettacolo."

"Sai bene che mi piaci molto con l'ombra della barba sul viso. I tuoi occhi risultano più fondi e le labbra più evidenti. Però sei stanco. Vai a casa Marco."

"Sì, tra un po'."

"I miei?"

"Tua madre riposa su un divanetto in corridoio e tuo padre e Alice sono andati a casa poco fa. Era inutile che fossimo tutti qui. Oh, tesoro ..." continuò Marco carezzandole la guancia. "Affrettati a guarire. Voglio portarti a casa nostra e prendermi cura di te e coccolarti come non ho fatto finora semplicemente perché sono uno stupido e non credevo che fosse possibile amare qualcuno così profondamente."

Azzurra gli prese la mano e gliela baciò. "E hai dubitato di noi ... dell'amore che ci unisce e nella tua incertezza, Terry ha creduto di potersi intrufolare nel tuo letto ..."

"Sì, è così, ma l'incertezza è stata di breve durata. Te lo giuro sulla mia vita, Azzurra. Non mi importa niente di nessuna. Ora lo so e devi crederci anche tu."

Azzurra annuì, con gli occhi lucidi e scintillanti.

"E non mi basta più quello che abbiamo. Voglio di più Azzurra. Intendo legarti a me in ogni modo possibile. Che cosa ci può rendere indissolubili?"

"Siamo già legati indissolubilmente."

Marco scosse la testa, poco convinto. "Di più ... forse legalizzando l'unione con un documento che valga per tutti ... o forse con un matrimonio di cui il Signore sia testimone ... o con una creatura tutta nostra ... nella quale sia condensata la passione che ci avvince quando ci fondiamo l'uno nell'altra. Pensi che possa essere fattibile?"

Azzurra annuì serrando gli occhi e grosse lacrime le rotolarono via. Marco si chinò a baciarle le palpebre abbassate, a bere le sue lacrime. La strinse a sé e la tenne così per un po'.

"Sai, la scorsa notte ho fatto amicizia con il Signore. Prima di adesso non mi ero mai posto il problema, neanche ero consapevole della sua esistenza ma ieri sera e per tutta la notte, gli ho parlato a lungo di noi due, e lui mi ha indicato la via." Si raddrizzò alfine e ancora la carezzò, osservandola. "Oggi questo lato del viso ha una splendida sfumatura violacea. Hai presente quelle belle melanzane fresche?" chiese e Azzurra rise.

"Hai un aspetto così fragile ... così vulnerabile ..."

"Anche tu," sussurrò Azzurra. "Vai a casa Marco, riposati e torna da me carico di energia e di fiducia. E' tutto passato, amore mio. Dimentica la paura, dimentica l'amarezza i dubbi e le incertezze. Guardiamo al futuro, al nostro futuro! Ti renderò molto felice Marco, te lo prometto."

Marco si chinò a baciarle la mano. "Ti basterà restare accanto a me e non lasciarmi mai," bisbigliò aprendo le dita e posandovi una guancia perché lei lo carezzasse.

47

Andrea sorrise. "E' molto bella quella tinta di viola," affermò osservando la guancia di Azzurra. "Ci sono sfumature gialle e persino verdi."

"Me lo ripetono tutti," rispose Azzurra volgendo gli occhi verso la porta, poi tornò ad Andrea. "Come procede il lavoro?"

Andrea le prese una mano. "Bene anche se collaborare con Amanda, non è esattamente come collaborare con te."

Azzurra rise. "Dovrai accontentarti," rispose tornando a rivolgere lo sguardo verso il vano della porta che finalmente fu occupato dalla figura splendida di Marco, il cui sorriso raggiante le inondò il cuore. Stringeva fra le mani un enorme, spropositato, mazzo di rose rosse.

Gli sorrise chiedendosi se gli avesse portato in dono l'intero assortimento di rose del fioraio.

Lo sguardo di Marco saettò velocemente verso Andrea e poi alla mano che copriva quella di lei e l'espressione dei suoi bellissimi occhi cambiò all'istante. Divennero cupi e fondi.

"Amore! Finalmente sei arrivato. Dio che belle rose," intervenne Azzurra prontamente. "Andrea, tu conosci già il mio adorato compagno?"

Andrea si alzò volgendosi. "No, ancora non ho conosciuto l'uomo che ti rende radiosa con la sua sola presenza. E' un piacere conoscerti, Marco," disse Andrea tendendogli la mano. "Ti stupiresti di sapere quanto ti conosco bene."

Marco sorrise ricambiando la stretta di mano. "Davvero?"

"Già ogni volta che ci troviamo per lavoro, quella chiacchierona comincia a parlarmi di te e non c'è modo di fermarla più. Sei disgustosamente amato, ammirato e adulato. Lo sai vero?"

Marco sorrise gioioso. "Sì, lo so," ammise squadrando Azzurra teneramente.

"Non ricordo che quando stavamo insieme mi abbia mai osservato con quello sguardo perso. Ti invidio, Marco. Avrei piacere che una donna mi esaminasse così," concluse Andrea con un sospiro.

"Succederà anche a te prima o dopo," rispose Marco con gli occhi fissi ad Azzurra. "Sei pronta, amore?"

Azzurra annuì. "Andiamo a casa Marco. Ho proprio bisogno della mia casa, del mio letto e ... di te!"

"Felice di esaudire ogni tuo desiderio, mia Signora," rispose Marco inchinandosi e sorridendo ancora più gioioso. Non aveva saputo fino a quel momento, quanto si potesse essere profondamente felici.

FINE

DI NUOVO IL SOLE SORGERA'

Ricky Simone e Priscilla si sono imposti di rivedersi almeno una volta l'anno durante il periodo natalizio, per ritrovare, immutato negli anni, il calore della famiglia.

Perciò ci imbattiamo in tre storie diverse, tre vite parallele ma ognuna con i suoi ostacoli, i suoi bivi, i suoi seguiti che condurranno i tre sull'orlo dell'abisso.

Ricky, il maggiore dei fratelli e sua moglie Serena dovranno decidere che direzione imprimere al loro zoppicante matrimonio, e ognuno dei due dovrà prima perdonare se stesso per i propri decisivi errori.

Simone dovrà raffrontarsi con uno stile di vita al di sopra delle sue possibilità e sarà costretto a misurarsi con il diavolo in persona.

E Priscilla, delusa dalla vita e da un uomo, dovrà imparare di nuovo a fidarsi e ad amare maggiormente se stessa.

A ognuno dei tre fratelli sarà dato di assistere a un nuovo spettacolare giorno, a un altro promettente inizio.

Un romanzo intrigante, appassionante come i protagonisti, con le loro debolezze e vulnerabilità ma dotati anche della forza che a ognuno servirà per rimettersi in piedi più saldo che mai, purché ci sia al proprio fianco colui cui aggrapparsi, chi non si è mai smesso di amare.

www.amazon.it
www.lulu.com

VIAGGIO FINO AL TERMINE DEL DIARIO
(La trilogia)

Ci imbattiamo nel diario di un uomo dalle passioni profonde e tormentose, nelle cui pagine, il figlio scoprirà un segreto devastante che condizionerà la sua vita, offuscando la sua brillantezza e il suo indiscusso talento, inducendolo a odiare se stesso, a ritenersi inadeguato a guadagnarsi l'amore di chiunque gli stia al fianco, a credere di essere un fallito incapace di realizzare progetti grandiosi come le sue straordinarie invenzioni che sistematicamente distruggerà.

Quella verità così dolorosa e decisiva lo costringerà a percorrere l'inesorabile cammino verso la devastazione non solo dei suoi elaborati esperimenti ma di tutto ciò che ancora, suo malgrado, costruirà, a cominciare dal matrimonio con l'amata Rebecca, per finire all'impero di famiglia ereditato dal padre, fino al temuto epilogo di quel maledetto diario che ha condizionato per oltre un decennio, consapevolmente oppure no, ogni sua scelta.

Un romanzo avvincente, intenso, crudo e commovente, dalla forza descrittiva impetuosa e travolgente. L'autrice ripercorrerà i ricordi di una vita per descrivere l'uomo e le sue scelte fatali, tuttavia la luce risplende sovrana in fondo al buio tunnel che Stefano dovrà percorrere per ritrovare se stesso e la sola donna che abbia sempre profondamente amato.

www.amazon.it
www.lulu.com

Printed in Poland
by Amazon Fulfillment
Poland Sp. z o.o., Wrocław